講談社文庫

鳴風荘事件

殺人方程式Ⅱ

綾辻行人

JN265933

講談社

『鳴風荘事件——殺人方程式Ⅱ——』目次

——TとPに——

プロローグ

「どうしようもない」

女は冷たく云《い》った。腰よりも長く伸ばした見事な黒髪が、まるでそれ自体が生を持つものであるかのように妖《あや》しく揺れ動いた。

「可哀想だけど、私にはどうしようもないの。ただ分かってしまうだけ、見えてしまうだけ。あなたの身の破滅が」

……この女のせいで。

絶望に打ちひしがれ、彼は唇を噛みしめた。

この女の、この忌まわしい黒髪のせいで……。

理性が吹き飛んだ。巨大な狂気に呑《の》まれた。

怒りと、それよりもずっと激しい恐れに衝《つ》き動かされる自らを、もはや止めることができなかった。テーブルの上にあった鋏《はさみ》をとっさに手に取ると、すいと背を向けて窓の方へ進む女めがけ、彼は躍《おど》りかかっていった。

…………

……俯《うつぶ》せに倒れ、動かなくなった女のそばに屈《かが》み込む。逡《しゅん》巡《じゅん》する間もなく、彼は鋏を握り直した。

I　月蝕《げっしょく》の夜、二人は出会った

1

一九八二年十二月三十日、木曜日の夜だった。

風はなく、雲の影もない。首都圏にしては珍しいくらい澄んだ真冬の夜空に、いつになく妖しい風情《ふぜい》で光る満月の下――。

誰《だれ》かがあそこに立っている。

建物の最上階に造られた、広々としたルーフバルコニー。その端に立って、じっと空を見上げている……。

明日香井叶《あすかいきょう》がその人影に気づいたのは、偶然と云えばまったく偶然のことだった。

時刻は午後七時過ぎ。場所は世田谷区代田《せたがやだいた》。叶が東京での住処《すみか》としている、独身者向け賃貸マンションの屋上である。

叶が入居しているのは、四階建てのこのマンションの二階の一室だった。ありあわせのインスタント食品で夕食を済ませたあと、天体観測用の高倍率双眼鏡を携《たずさ》えていそいそと屋上に昇ってきたのが、つい先ほどのこと——。

月の位置を確かめつつ、専用の三脚に双眼鏡を取り付けようとした、その時だった。ふと視線を移した先に、たまたまその人影を見つけたのだ。

こちらの古びた安普請《やすぶしん》の建物に比べ、あちらのマンションはまだ新しい、なおかついかにも高級そうなたたずまいであった。何度か前を通りかかったこともある。確か〈ヴィニータコータ〉とかいう、何だかよく意味の分からないカタカナ名前だったと思う。広い敷地に建てられた六階建ての、あちらは最上階の部屋だけれど、土地がいくぶん傾斜しているため、こちらの屋上と問題のバルコニーとはほぼ同じ高さにある。

いくつもの建物や道路を挟んで、直線距離はたぶん何百メートルかあるだろう。肉眼だと、バルコニーの人影は文字どおり「影」にしか見えない。片手をフェンスの手すりにかけて空を仰いでいる姿勢がかろうじて認められるくらいで、服装はもちろん男女の別も分からなかった。

この寒い中、バルコニーに出て何をしているんだろう。今頃、洗濯物の取り込みを？　いや、そんな様子はない。では単に外の空気を吸うため？　あるいは、ひょっとして同好の士だったりして……。

そんなふうに思いを巡らせながら、叶は双眼鏡のレンズをその人影へと向けた。

むろん叶は、そのような行為を本来の目的として高性能の双眼鏡を所持しているわけではない。今夜ここにやって来たのは、普段は見ることのできない特殊な天体現象を楽しむためだった。

一九八二年十二月三十日。今夜はこれから、太陽と地球と月がちょうど一直線に並び、月面を照らす太陽光を地球が遮《さえぎ》ってしまう。つまりは月蝕の夜なのである。

二十倍に拡大された視野に、問題のバルコニーが映る。

降り注ぐ月光と部屋のガラス戸から洩《も》れ出す光のおかげで、存外にはっきりと、思わずどきっとしてしまうほど間近に、そこに立つその人物の姿が見えた。

女性だ。それも若く美しい——。

黒い服に、薄緑色のショールを羽織っている。喉許《のどもと》に覗《のぞ》いているあの黄色いものは、スカーフか何かだろうか。腰よりも長く伸ばした黒髪が、とにかくまず印象的だった。

思わず息を殺して見守るうち、女はおもむろに手すりから手を離し、もう片方の手と合わせて自分の胸に当てた。その姿勢でまた空を振り仰ぐ。

柔らかな月光を浴びて揺れる長い髪。青白く浮かび上がった美しい顔……。月に祈りを捧げる巫女《みこ》、とでもいった不思議な雰囲気を何となく感じて、叶の心はざわめいた。

「こらこら」

と呟《つぶや》いて細かく瞬《まばた》きをし、このまま彼女の様子を見ていたいという誘惑に抵抗する。

「何しに来たんだ、お前」

本来の目的を忘れてはいけない。飲み会の誘いを断わり、見たいテレビの年末特番を諦《あきら》めて、こうして屋上まで昇ってきたというのに。

双眼鏡から目を離すと、静かに息をつきながら夜空を見上げる。すでに円《まる》い月の左端が暗くなっていた。蝕が始まっているのだ。

明日香井叶、当時二十一歳。

故郷の札幌を離れ、東京に出てきて三年近くになる。M＊＊大学理工学部に籍を置く、ごく平凡な学生であった。

子供の頃から星を見るのが好きだった。いずれは天文学者になりたいと夢見てもいたのだが、それは何年か前までのこと。学者になれるほどの素質は自分にはないと早々に見切りをつけ、来年はとりあえず、教員採用試験でも受けてみようかなと考えている。札幌でいくつかの会社を切りまわしている父親は、帰ってきて手伝いをしろとうるさいが、今のところそんな気はない。学者に向いていない以上に、自分は実業家には向いていないと思うのである。

三脚に双眼鏡を取り付け、叶は「本来の目的」へと立ち戻る。

今夜の月蝕は皆既蝕《かいきしょく》だった。これから暗い部分がどんどんと広がっていって、午後八時前には皆既が始まる。

ひとしきり月の動きを追いかけると、叶はブルゾンのポケットから缶コーヒーを取り出した。ここへ上がってくる直前に自動販売機で買ったものだが、もうすっかり冷たくなってしまっている。

一口飲んで、思わずぶるりと身を震わせる。さすがに冷える。風のないのがまだしも救いだった。

かじかんだ手に息を吐きかけながら、ちらりと先ほどのマンションの方に目をやる。バルコニーに立つ人影は、もうなかった。

(まあ、そりゃあそうだよな)

他の季節ならともかく、真冬のこの寒さの中、何十分間もバルコニーに出て月を見ている人間などそうそういないだろう。少なくとも彼女は「同好の士」ではなかったということだ。月に祈りを捧げる巫女——それもまた、少々ロマンティックにすぎる叶の幻想であったということか。

八時二十八分。蝕が最大となる。

すっぽりと地球の影に入った月は、赤銅色《しゃくどういろ》に鈍く光る円として捉えられる。地球の大気を通過して屈折した太陽光が月面に届くため、完全には輝きを失ってしまわないのである。

夜空に暗く浮かんだ異形《いぎょう》の月。寒さも忘れてその妖しい表情を見つづけるうちに、ふと——。

この夜のどこかに何かしら異様な気配を感じて、叶ははっと息を止めた。

音として耳に聞こえたわけではない。像として目に映ったわけでもない。強《し》いて云えば皮膚感覚に似た、けれども実際のところそれとはまた違う……。

不意に崩れた何かのバランス。激しく乱れた波の形。静かな水面に突然投げ込まれた小石。——何やらそのようなもの。

五感を超えた人間の知覚能力の存在を、叶はこれまで一度も実感したことがないし、信じたこともない。その見解を変えないとすれば、この時彼が感じたものは単なる気のせいで、折りしもこの同じ時にその事件が起こったという事実はまったくの偶然だったことになるわけだが、その如何《いかん》はさておき——。

叶がそこで、とっさに例のマンションのバルコニーに目を向けたのは、先ほどのあの女性のことがやはり心に引っかかっていたためであった。

六階のルーフバルコニーの奥に、明りの灯《とも》った部屋が見える。いくらかのためらいの後、叶は双眼鏡の向きを変えた。

バルコニーの奥の広いガラス戸。カーテンは引かれていない。その向こう、部屋の中にいる人間の姿が、焦点を合わせた円い視界に飛び込んできた。黒い服に黄色いスカーフ……間違いない。さっきのあの女だ。

長い髪を振り乱し、両手を前に突き出してこちらに向かってくる。大きく口を開けているのが分かった。何か叫んでいるのだ。

(ええっ?)

叶は身を硬くした。

(いったい何が……)

同じ部屋の中に、別の人間の姿が見えた。青い袖《そで》のスタジアムジャンパーを着ている。若い男性のようだった。右手を振り上げながら、女のあとを追ってくる。そして——。

男の手には、銀色に光る何かが握られていた。それが女の身体《からだ》めがけて勢い良く振り下ろされる。ガラス戸にへばりつくような格好で、女はさらに大きく口を開ける。そのままずるずると身を崩す。

(おいおい、冗談じゃないよ)

暴力は大の苦手だった。映画やテレビドラマでちょっと血腥《ちなまぐさ》い場面を見せられただけで、すぐに気分が悪くなってしまう叶だが、期せずして現実にそれを目撃してしまったのだからたまらない。動悸《どうき》と冷や汗に加え、強い目《め》眩《まい》に襲《おそ》われて膝《ひざ》が折れそうになった。

どうしたらいい? 警察に連絡するか。それともすぐにあの部屋へ駆けつけるか。

わずかの時間でからからに渇いてしまった口と喉を、缶コーヒーの残りで湿《しめ》らせる。それから叶は、双眼鏡と三脚をその場に放り出したまま、もつれる足で階段へと向かった。

午後八時五十五分。そろそろ皆既が終わろうとしている時刻である。

2

何だか様子が変だ。何だか普通じゃない……。

ふっと夜空を見上げて、相澤深雪《あいざわみゆき》は驚いた。

あそこに浮かんだ、あれはいったい何だろう。光なのか影なのかよく分からないような、あの大きな円いものは。

(――月?)

そう気づいて、思わず目をしばたたく。

あれが月? あんなに暗い、あんなに妙な色をした月なんか、これまで一度も見たことがない。まるでココア色のセロファンをかぶせたような。

さっきの店で飲んだワインのせいだろうか。あまりアルコールには強い方ではないのに、今夜はついついたくさん飲んでしまった。気分は決して悪くないのだけれど、足許《あしもと》の方はかなりふらついている。この酔いのせいで、月があんなふうに見えるのだろうか。

「ねえねえ、夕海《ゆうみ》ちゃん」

火照《ほて》った頬《ほお》に片手を当てながら、深雪は並んで歩いていた友人に声をかけた。

「ほらほら、何だか凄《すご》いよ」

「えっ？　何が」

「あれ。あの月の色」

深雪が示す空を見上げて、夕海は黒縁《くろぶち》の眼鏡《めがね》のフレームに指をかけた。そうしてぼそりと、

「本当だ」

「やっぱり変な色に見えるよね」

深雪が訊《き》くと、夕海は小さく頷《うなず》き、

「今夜は確か、月蝕だから」

と云った。

「月蝕？」

「今朝の新聞に、そう……」

「ナルホド。そっか。月蝕が起こってるのかぁ。あんなになっちゃうんだ、お月さま」

相澤深雪、当時十九歳。

今年の春、S＊＊女子大学の文学部に入学した。都内M市にある自宅から、片道一時間半をかけて通学している。

一方の夕海は姓を美島《みしま》といい、深雪とは中学と高校が一緒だった仲である。中学の時には同じ美術クラブのメンバーだった。同じクラスになったことも幾度かあって、わりあいに親しくしていた間柄なのだが、高校を卒業してからは一度も話をする機会がなかった。

その日、深雪が夕海と出会ったのは、下北沢《しもきたざわ》のとある小劇場で起こった偶然だった。知り合いが所属している劇団の年末公演を観《み》にいった、そこでたまたま彼女の姿を見つけたのである。

夕海に観劇の趣味があるとは知らなかったので、深雪はちょっと驚いた。深雪の方はもともと演劇好きで、特に大学に入ってからはちょくちょくそういった小劇場に足を運んでいたのだが。

ほぼ十ヵ月ぶりの友人との再会を深雪は単純に喜んだが、夕海の方は何となく戸惑っているふうだった。聞けば、大学の友人に誘われてチケットを買ったのだという。二人で来るはずだったのが、その友人は今日になって急に体調を崩し、来られなくなったらしい。

公演が終わると、深雪の方が誘って近くのレストランに入った。

小柄な深雪よりもいくらか上背のある夕海だが、着こなしのセンスの問題だろうか、実際以上にずんぐりとした体型に見える。化粧っけのない童顔にショートボブの赤みがかった髪、度の強そうな黒縁眼鏡。そんな、どちらかと云えば野暮《やぼ》ったい風貌《ふうぼう》も、あまり自信のなさそうな声でとつとつと言葉をつなげる喋《しゃべ》り方も、高校時代とほとんど変わるところがなかった。

「そう云えばさ、お姉さんのマンション、確かこの辺なんだよね」

深雪がその話題を持ち出したのは、ずいぶんとワインが入って気分が浮かれてきた頃のことだった。夕海はすると、「あ……」と小さく声を洩らし、

「どうして、それを」

「こないだ週刊誌で見たの」

と、深雪は答えた。

「巻頭のグラビアに取り上げられてて、そこに『世田谷区代田のマンションを仕事場にする』って書いてあったから」

「――そう」

夕海の反応は意外にそっけなかったが、深雪はその意味を深く考えることもなく言

葉を続けた。

「凄い、すっかり有名人だよね、お姉さん。作家でイラストレイターであんなに美人で、そんでもって人の未来を予言しちゃう力があるんだって？」

「…………」

「凄いなあ。あたしたちより七つ上だっけ」

夕海の姉、美島紗月《さつき》の名が初めてマスコミに登場したのは三年ほど前のことである。某文芸誌の新人賞に投じた小説が入選し、ほぼ時期を同じくしてイラストレイターとしても活躍しはじめる。当時二十三歳の若き才媛《さいえん》は妖艶《ようえん》な雰囲気を持った美人で、それがさらに注目度を高めることとなった。

各々《おのおの》の分野で着実に優れた作品を発表して話題をさらう一方、彼女が持つと噂《うわさ》されるある種の〝不思議な力〟もまた、徐々《じょじょ》に人々の注目を集めはじめていた。その〝力〟とはつまり、深雪が云ったような「人の未来を予言しちゃう力」である。占い師だの霊能者だのといった看板を上げてこそいないが、噂を伝え聞いて彼女を訪ねる人間はここのところめっきり増えてきているという。

その美島紗月が夕海の実の姉だということを、深雪は最近になってから知ったのだった。夕海に美人の姉がいるという話は聞いていたのだが、それ以上の事実が高校時代の彼女の口から語られることは一度もなかったのである。

「お姉さんの本、いくつかあたしも読んだことあるのよ。幻想小説っていうの？　あ
あいう小説。とてもきれいで、だけどどことなく怖い感じで」

深雪は嬉々《きき》として話しつづけた。

「ねえね、夕海ちゃん。ほんとにお姉さんって、他人の未来が分かっちゃう人な
の？」

「さあ」

と、夕海は言葉を濁した。

「でも、そうね、お姉さんはやっぱり、わたしなんかとは違って〝特別な人〟だから
……」

「未来を見てもらったこと、ある？」

夕海は緩《ゆる》く首を振りながら、

「そんなこと分かっても、悲しくなるだけじゃないかなって」

「そうかなあ。あたしは見てもらいたいなあ」

と云って、深雪はワインを飲み干した。

「今から会いにいけないかな。せっかく近くまで来てるんだし、夕海ちゃんも一緒だ

し。ね、夕海ちゃん。紹介してよ。お願い」

そこでの夕海の反応も、あまり思わしいものではなかった。「それは……」と口ごもり、力なく目を伏せる。けれどもその時点で、深雪の方はすっかりその気になってしまっていた。

「ね、行こうよ行こうよ。電話して、今から訪ねてってもいいかって訊いてみようよ」

「う、うん」

夕海は気乗りのしない様子だったが、深雪の盛り上がりぶりに押されるようにして、そのうちこくりと頷いた。「じゃあ」と云って席を立ち、店内の電話に向かう。

「いい、って」

何分かして戻ってきた彼女は、そう告げてぎこちなく微笑《ほほえ》んだ。

「今ちょっとお客様がいるから、もう少ししたら——九時くらいを見当に来てちょうだいって」

かくして、二人は適当な時間に店を出、美島紗月が住む代田のマンションへと向かったわけである。深雪が夜空の異変に気づいたのは、その途上でのことだった。

妖しい月蝕の空の下をさらにしばらく歩き、やがて二人は目的のマンションの前に到着した。六階建ての立派な建物だった。〈ヴィニータコータ〉という文字が、玄関横の大理石の壁に刻まれている。

　広々としたロビーを横切ってエレベーターへ向かおうとしたところで、夕海がはっと足を止めた。何やら慌《あわ》てたような手つきで、首に巻いていた赤いマフラーを外し、バッグの中に突っ込む。それから深雪の方を振り返り、

「手袋、取った方がいい」

　と云った。

「えっ、これ？」

深雪が小首を傾《かし》げて自分の手に目を落とすと、夕海は少々困ったような声で、

「赤い手袋……。お姉さんね、赤い色が大嫌いなの。だから」

「ふーん。気むずかしい人なんだ」

「何かこだわりがあるみたい。絵を描く時も、絶対に赤い色は使わないし」

「へえぇ。やっぱりそういうところがないと、ゲージュツカにはなれないのねえ」

と、妙に感心してしまう深雪である。週刊誌で見た美島紗月の写真――腰よりも長く伸ばした見事な黒髪がとても印象的だった――を思い浮かべながら、手袋を外してコートのポケットにしまう。

エレベーターの前まで来た。

呼び出しボタンを押そうとして、夕海が手を止めた。六階にあった表示ランプが下に向かって動きだしたからである。誰かがちょうど乗り込んだところなのだ。

ややあってエレベーターの扉が開いた。

乗っていたのは、青い袖のスタジアムジャンパーを着た男だった。長身で痩《や》せ気味、浅黒い顔に金縁の眼鏡。年の頃は二十代半ばというところか。

深雪たちがいるのを見るや、男はぎくっと身をこわばらせて深く顔を伏せた。持っていた紺色のショルダーバッグを胸に抱え込み、会釈《えしやく》の一つもせずに二人の横をすり抜ける。そのままほとんど駆け足で建物から出ていった。

深雪はきょとんと男の後ろ姿を見送る。その傍らで夕海が、「あの人は」と呟いた。

「知ってるの？」

訊くと、夕海はやや心許《こころもと》なげな面持ちで、

「確か、お姉さんの……」

「紗月さんのお友だち？」

「一緒にいるところを見たことが、前に」

「恋人なのかしら」

「さあ。親しくしてる男の人、たくさんいるみたいだから……」

単なる男友だちか、それとももっと親密な間柄なのだろうか。いずれにせよ、先ほど夕海が電話で聞いた「お客様」というのが今の男であった可能性は高い。

(急に押しかけたの、やっぱり迷惑だったかな)

ここに来ていくぶん反省の念にかられつつ、深雪は腕時計で時刻を確認した。午後九時を五分ほど過ぎている。

3

美島紗月が仕事場兼住居に使っているのは、最上階の一番奥に位置する一室だった。部屋番号は605である。

夕海がドアの横のインターホンを鳴らしたが、返事はなかった。少し待ってもう一度ボタンを押してみるが、やはり応答はない。

「——開いてるわ」

ノブに手をかけ、夕海が呟いた。

「鍵《かぎ》、掛かってない」

そこで突然、「あっ」と短い悲鳴を上げる。深雪はびっくりして、

「何？　どうしたの」

「これ」

と云って、夕海はノブから離した右手を目で示した。色白の小ぶりな掌《てのひら》と指に、何やら赤いものが付いている。

（――血？）

深雪は一瞬、夕海が何かで手を切ったのかと思ったのだが、それはすぐに否定された。

「ノブが汚れてるの。これは……」

何かただならぬことが？　と深雪は直感した。思わず背後を振り返る。廊下の窓の外に、皆既を終えて元の形に戻りはじめた月の輝きが見えた。

ドアを開け、夕海が中に踏み込んだ。

「お姉さん」と声を投げかけながら、ふらふらと部屋に上がり込んでいく。あとを追っていいものかどうかと迷っているうちに、玄関ホールから右手へと続く廊下を進んでいった夕海の口から、

「ひいっ」

と、掠《かす》れた悲鳴が上がった。

深雪は慌てて靴を脱ぎ、廊下を駆けた。突き当たりの中扉の向こうに、夕海が立ち尽くしていた。そこはリビングルームだった。深雪がそばに駆け寄る前に、夕海はへなへなと床に膝を落とし、

「あああ」

軋《きし》むような声を響かせた。

「ああああ……」

明りの点《つ》いた室内を覗き込んで、深雪は慄然《りつぜん》と目を見張った。

白と黒と灰色。ほとんどすべての調度品がモノトーンで統一された、広いリビングルーム。電気スタンドが倒れ、テーブルが斜めになり、灰皿やカップが床に落ちている。

そんな有様の部屋の中央に、変わり果てた美島紗月の姿があった。

俯せに倒れている。黒いシャツに黒いスパッツ。ねじ曲がるようにしてこちらを向いた顔。頬に刃物で切られたような傷がある。血が流れ出している。足許に落ちた、何か鮮やかな朱の色をしたもの（あれは……？）。力なく前方に投げ出された手も、

血にまみれて赤い。その何十センチか先に、壊れた電話機が転がっている。

「お姉さん！」

両手両膝を床に突き、這《は》い進むようにして夕海が近づいていく。声をかけられても、紗月はぴくりとも反応しない。

「——ああ。髪が、こんな……」

その言葉を聞いて、深雪は気づいた。

紗月の髪の毛が短くなっている。このあいだ雑誌で見た写真では腰よりも長かった髪が、肩にも届かないような長さに。

彼女が自らの意思で切ったのではない。それは明らかだった。いったいどこの美容師が、あんなでたらめなカットをするものか。短くなった頭髪の状態は、それほどに無残なものだった。誰かが無理やり鋏で散切《ざんぎ》りにしたとしか見えないような。

紗月がこの部屋で何者かに襲われたのだということに、疑いの余地はなかった。そしてその犯人が、彼女の髪をあんなふうにしてしまったと？

(警察を)

深雪はぎゅっと瞼《まぶた》を閉じ、大声で叫びだしたい衝動を抑えた。

(早く警察を)

この部屋の電話は、あのとおり使えそうにない。凶器として用いられたのか。それとも争ううちに落ちて壊れたのだろうか。——ああ、そうだ。マンションのすぐ横に電話ボックスがあった。あそこまで走って、一一〇番を……。

隣室の住人に知らせて、というふうには何故《なぜ》かしら思考が働かなかった。とにかく早く電話ボックスへと、その考えで頭がいっぱいになっていた。

「待ってて、夕海ちゃん」

云って、すぐに踵《きびす》を返す。部屋から駆け出す。ワインの酔いはすっかり吹っ飛んでしまっていたが、膝が震えてさっきまで以上にひどく足がもつれた。

4

ようやく問題のマンションの前まで辿《たど》り着いたところで、明日香井叶は一度足を止めた。輝きを取り戻しつつある月を振り仰ぎながら、乱れに乱れた呼吸を整える。

午後九時十二分。

大急ぎでやって来たつもりが、ずいぶんと時間がかかってしまった。最短の道順を選びそこねたためかもしれないし、動転していて思うように走れなかったためかもしれない。

さっき双眼鏡で見た光景を、改めて思い出す。

このマンションの最上階の一室で、女が男に襲われた。男が振り上げた手に持っていたものは何だったのか。刃物か、それとも鈍器か。女はどうなっただろう。あの男はもう逃げてしまっただろうか。

やはり先に警察へ知らせた方がいいかも……と、ここまで来て迷いつつも、叶は意を決して建物に足を踏み込んだ。そこで——。

折りしもエレベーターから飛び出し、まろぶようにロビーを駆けてきた人影を見て、叶はぎょっと足をすくませた。

「あ……あ……」

何か云おうとして、相手はしゃっくりのように声を詰まらせた。白いダッフルコートを着た、小柄な若い女性だった。黒眼がちの大きな目をまん丸にして、叶の顔を見つめる。

「た……た……」

「どうしたんですか」

ただごとではない様子と察して叶が訊くと、

「た、た……」

なおも声を詰まらせながら、彼女は訴えかけるように云った。

「大変、なの」

「えっ?」

「電話電話!」

「はっ?」

「警察警察!」

彼女は懸命に訴える。

「刑事さん刑事さん! ……」

「ちょっと、落ち着いてください」

他人が取り乱しているのを見ると、不思議と自分は冷静になってくるものである。さっき目撃した光景と目の前の女性とのつながりを考えながら、一方で、何て可愛い子なんだろうなどと呑気《のんき》な感想を抱きながら、叶は努めて優しい口調で云った。

「何か事件があったんですね。大丈夫。僕は怪しい者じゃありませんから」

こちらを見つめる大きな目が見る見る潤《うる》み、涙が溢《あふ》れ出した。「あーん」と子供のような泣き声を上げて、いきなり叶にすがりついてくる。

どぎまぎしながらも、叶はしっかりとそれを抱き止めた。彼女の身体はひどく震えていた。腕に力を込める。さらさらのきれいな髪が甘く香り立ち、緊急の事態であるにもかかわらず、思わず叶は陶然としてしまった。

「大変なことが」

震えが治まると、彼女は洟《はな》を啜《すす》り上げながら早口でまくしたてた。

「紗月さんが上の部屋で、殺されてるの。犯人はきっとあいつよ。あたし見たの。逃げるみたいにして出ていったわ。あいつ——あの青いスタジャンの男……」

明日香井叶、当時二十一歳。後に警視庁刑事部捜査第一課の刑事となる。

相澤深雪、当時十九歳。後に明日香井叶の妻となる。

その二人の、つまりはこれが、劇的と云えばなるほどなかなかに劇的な出会いだったというわけである。

DATA (1)

○一九八二年十二月三十一日（金）の朝刊から抜粋《ばっすい》

『女流作家、殺される』

三十日午後九時頃、世田谷区代田のマンション〈ヴィニータコータ〉605号室にて、この部屋に住む作家の美島紗月さん(二六)が殺されているのが発見された。発見者は、この夜たまたま同室を訪れた紗月さんの妹夕海さん（一九）とその友人相澤深雪さん（一九）。紗月さんは顔や手、背中など数ヵ所を刃物で切られた上、自らのスカーフで首を絞められていた。犯人はさらに紗月さんの髪の毛を鋏で切り取り、現場から持ち去った模様だが、その理由は明らかではない。凶器の刃物は髪を切ったのと同じ鋏と見られるが、これは現場には残されていなかった。警察では相澤さんらの証言を元に、事件の発見直前にマンションから出ていった二十五歳くらいの男を重要関係者と目《もく》して追っている。

殺された紗月さんは一九七九年、M＊＊美大在学中に小説家としてデビュー。独特の耽美《たんび》的な作風で人気を博す一方、気鋭のイラストレーターとしても活躍していた。………

○一九八三年一月五日（水）の夕刊から抜粋

『美島紗月さん殺害の容疑者、自殺』

五日午前七時二十分頃、渋谷《しぶや》区神宮《じんぐう》前《まえ》のコンピュータソフト会社〈システムN〉社長、中塚哲哉《なかつかてつや》さん（二六）が、三鷹《みたか》市井《い》の頭《かしら》公園内の林で首を吊《つ》って死んでいるのが発見された。

中塚さんは、昨年十二月三十日夜に殺された作家美島紗月さんと親交のあった人物で、美島さん殺害の容疑者として警察が行方を追っていた。そのことを苦にしての自殺と思われるが、今のところ遺書の類は見つかっていない。………

Ⅱ　十年前の約束が語られる

1

一九八九年——昭和から平成に元号が変わった年の、四月十四日、金曜日の夜。明日香井叶・深雪夫妻が住む東京都M市のマンションにて。

「どうかしたのかい」

本日の辛い勤務を終えて叶が帰宅した時、深雪はダイニングテーブルで頰杖《ほおづえ》を突いていた。いつも能天気《のうてんき》な彼女らしからず、どこかしら物憂《ものう》げな様子であった。「お帰りなさい」と一言だけ云って、また頰杖を突く。

「何？　それ」

叶は妻の手許を覗き込み、小首を傾げた。

蓮見《はすみ》皓一郎《こういちろう》
後藤《ごとう》慎司《しんじ》
杉江《すぎえ》あずさ
美島夕海

四人の男女の名前が記されたメモ用紙に、深雪は視線を落としていた。文字は手書きで、彼女自身の筆跡である。

「ね、カナウ君」

目を上げて、深雪が云った。

「今年の八月十七日って、お休み取れる？」

「八月？」

いきなり訊かれて、叶は戸惑った。今はまだ四月の中旬だというのに。

「分かんないよ、そんな先のこと。まあ、休暇の願いは出せるけど、もしも何か大きな事件があったらそれどころじゃないし」

「そうよね。――でも、そこを何とか。ね、カナウ君。ねっ」

夫の名を、深雪は「キョウ」ではなく「カナウ」と呼ぶ。叶には同年同月同日生まれの——つまりは双生児の兄がいて、紛《まぎ》らわしいことに、その名前が響《きょう》という。二人を区別するため、彼ら両方と親しい者は叶を「カナウ」、響を「ヒビク」と呼び分けるのだった。

「どうして急にまた？　そのメモが、何か関係あるのかな」

と、その程度の洞察は誰にでもできようというものである。叶の質問に、深雪は

「うん」と大きく頷き、

「すっかり忘れてたの。今日、青柳《あおやぎ》画伯から電話があって、それで……」

「青柳画伯？」

「中学ん時の先生。美術クラブの顧問で、あたしたちみんな良くしてもらったんだ。とっても素敵な絵を描く先生でね、あたしたち勝手に『画伯』って呼んだりしてたの」

深雪は小さい頃から絵を描くのが好きで、今でもたまに水彩画を描いたりする。専門的に見てどうなのかはまったく保証できないが、叶はいつも、なかなかうまいものだと感心して見ている。高校時代は演劇部に入っていたというが、そちらの方はずっと「裏方さん」だったらしい。

「ちょい待ち」

と云って、叶は顎《あご》を撫《な》でる。

「ということは——、そこに書いてある四人はみんな、中学の時の？」

「そう。同じ学年で、同じ美術クラブで」

蓮見皓一郎

後藤慎司

杉江あずさ

美島夕海

記された四つの名前に改めて注目する。叶の知っている名が一つだけ、そこには混じっていた。

「美島、夕海……」

「夕海ちゃんのことは憶《おぼ》えてるよね」

「ああ、そりゃあ」

忘れるわけはない。あの夜——もう六年以上も前のことになる——深雪と初めて出会ったあの月蝕の夜、〈ヴィニータコータ〉というあのマンションの一室で殺された美女、美島紗月の妹。

「ずっと入院していたんだけど、去年になって退院したんだって。やっと良くなったらしくって」

「去年？」

「うん。春頃に」

「そんなに長く……」

あの夜――一九八二年十二月三十日の夜、マンションの横の電話ボックスから一一〇番して、それから深雪とともに六階の紗月の部屋に駆けつけた。そこで見た彼女、美島夕海の姿を思い出す。

息絶えた紗月――叶が双眼鏡で目撃した女性と確かに同一人物だった――のそばにべったりとしゃがみ込んで、夕海は虚《うつ》ろな眼差《まなざ》しを宙に据《す》えていた。紗月の喉には、血に染まったスカーフが深く喰《く》い込んでいた。深雪や叶が呼びかけても夕海は返事をせず、泣き声とも笑い声ともつかぬ力のない声を半開きの唇から洩らすばかり。その時点ですでに彼女の精神が正常の域になかったことは、叶たち素人の目にも明らかだった。

あのあと、通報を受けた所轄《しょかつ》署の警察官たちが到着してからも、彼女の様子に思わしい変化はなかった。事情聴取の段階になってもそういった状態は変わらず、彼女はそのまま都内の精神病院へ連れていかれることとなる。要は、実の姉のあのような形での死を目《ま》の当たりにして、そのショックのため気がおかしくなってしまったというわけである。

入院後の経過は決して順調とは云えず、結局のところ夕海は、通っていた短大を休学せざるをえなくなった——と、そこまでは叶も知っている。深雪と一緒に病院へ見舞いにいったことも幾度かあった。が、それから五年以上もの間、ずっと入院生活を続けていたとは……。

「他の三人は?」

叶は訊いた。

「どれも仲が良かった人たちなのかい。僕は一度も名前、聞いたことないように思うけど」

「冷たい女なの、あたし」

と、深雪は多少芝居がかった調子で云う。

「中学のクラブじゃあけっこう仲良しだったんだけれど、高校に上がってからはあんまり。高校は女子だけだったしね。夕海ちゃんはおんなじ高校だったからそれなりにつきあいはあったけど、凄く親しくしてたわけでもなかったの。他の三人は別々で、どうしてるんだかほとんど知らなくって。だからね、結婚式にも誰も呼ばなかったでしょ」

叶と深雪が結婚したのは二年半前——一九八六年の九月であった。叶は派出所勤務から本庁捜査一課に異動になって半年、深雪は大学を卒業して半年、といった時期だった。あの時の披露宴に来ていた深雪の友人は、確かにどれも大学時代の友だちばかりだったようである。

「別にそれを冷たいとは思わないけどさ」

と云って叶は、中学時代の友人の顔などたいがい忘れてしまっている自分のことを正当化する。

「で、その昔の友だちが、今になってどうしたっていうんだい。ちゃんと順番に説明してくれないと、よく分からないんだけど」

「あ……うん。そうだよね」

殊勝《しゅしょう》な顔で頷くと、深雪はポニーテールにした髪の先をいじりながら、

「十年前の約束、っていうのがあったの」

と云った。

「そりゃあまた、ずいぶん昔の話だね。十年前っていうと、七九年？」

「そう。あたしたちが高校に上がった年の、夏休み——八月十七日だったわ。その時にね、あたしたち五人、ちょっとした約束を交わしたの。画伯、そのことをちゃんと憶えててくれて、それでわざわざ電話をくださったってわけで」

「なるほど」

ようやく少し話が見えてきた。叶は深雪と向かい合って椅子に腰を下ろし、ネクタイを緩めた。

「ところでミーちゃん、疲れて帰ってきた亭主のために熱い紅茶を一杯、淹《い》れてくれないかなあ」

2

「十年後の夢をね、あそこに埋めたの」

紅茶にミルクを入れてゆっくり掻《か》き混ぜながら、深雪が独りごつように云った。

「誰が云いだしたんだったかなあ。杉江さんだったか蓮見君だったか……ひょっとしてあたしだったっけ。あーあ、若かりし日よね。青春だったのよね」

「ちょっとちょっと」

叶が口を挟《はさ》むのをほとんど無視して、深雪はぶつぶつと喋りつづける。

「いま思い出すと、やっぱり恥ずかしいなあ。でもさ、画伯も幹世《みきよ》兄さんも、けっこう面白がってたんだもんね」

幹世兄さん？　はて、これは聞いたことのある名前だが。

「ちょっと。ちゃんと説明しておくれよ、お願いだから」

「せっかちねえ、カナウ君」

眼差しを上げて、深雪は軽く頰を膨らませた。

「二十代も後半にさしかかったオンナがしんみりと感傷に浸《ひた》ってるのに。だめよ。そんなんじゃあ、複雑な愛憎のもつれで本当は殺したくなかった恋人を殺しちゃった女の人の尋問とかさ、うまくやれないよ」

返す言葉に詰まる夫を上目《うわめ》遣《づか》いに見て、深雪はふうと小さく息をつく。それに続けて、

「タイムカプセル、埋めたの」

と云った。

「へえ？」

「だからぁ、タイムカプセルをね、埋めたの、あたしたち五人。自分たちの十年後の夢を書いて、中に入れて」

「…………」

「知ってるでしょ、タイムカプセルって」

「万博《ばんぱく》の時に埋めてた、あれだろう」

未来への小包、とでも訳すのが適当だろうか。始まりは一九三八年のニューヨーク世界博。現代の文化や生活の記録を容器に入れて地中に埋め、遥《はる》か後世の人々のための資料として遺《のこ》そうという企画であった。

一九七〇年の大阪万博でのそれは二回目だったらしいが、日本ではこれがきっかけとなって一般に広まり、学校の卒業記念などで同様の趣向のカプセルを埋めるのがひとしきり流行《はや》ったりもした。叶が通っていた札幌の小学校でも、同じようなことをやっていたクラスがあったのを憶えている。

「高校に上がって最初の夏休みで、みんなやっぱり中学の頃が懐かしかったりしてね、あたしたち五人で、画伯の海《うみの》ノ口《くち》のおうちへ遊びにいこうってことになって」

「海ノ口っていうと？」

「信州《しんしゅう》の、八ヶ岳《やつがたけ》のそばの。画伯はね、あっちに実家があるの。大きな古いおうちで。涼しくていいところだから、みんなで来ないかって誘ってくれたのね。それで……」

「はあん。そこでその、タイムカプセルを？」

「誰がともなく云いだして、面白そうだからやろうやろうって。自分たちの十年後の夢っていうのを紙に書いて、別々の瓶に詰めてね、それを画伯んちの庭に埋めたってわけ」

深雪は紅茶のカップを両手で持ち上げ、ふうふうと息を吹きかけながら一口啜った。

「その時あたしたち、十年後の今日——八月十七日にみんなまたここに集まって、これを掘り出してみようって、そんな約束をしたの。そしてそこで、五人の中の誰が一番夢に近づいてるかっていうのを比べてみようって」

「なるほど」

「でね、一番の人には青柳画伯が絵をくれるって約束もしたの。その頃に画伯が描いていた素敵な絵があって、それを」

「ふうん。賞品ってわけか」

「まあ、そういうことかな」

「何となく話が分かってきたぞ」

と云って、叶は自分の紅茶を飲み干した。

「十年後——今年の八月十七日、五人がまた集まってタイムカプセルを掘り出す。その際の公正なジャッジメントのために、みんなはそれぞれ、自分の夢がいかに叶《かな》ったかっていう証拠を示さなきゃならない、と？」

「証拠……って、そんな大袈裟《おおげさ》なことじゃないし、そこまで約束したってわけでもないんだけど」

「ふんふん」

少しばかり決まりが悪そうに目線をそらす深雪を見据え、叶はわざと語調を改めて云った。

「さて、深雪さん？　あなたはそこにどんな夢を書いたわけですか」

「分かってるでしょ、訊かなくても」

「さぁて」

「もう……」

深雪は唇をきゅっと尖《とが》らせ、ふくよかな頰をわずかに赤らめた。

「だからね、あたしはちゃんとその時の正直な気持ちを書いたんだってば。十年後には、カッコいい刑事さんの奥さんになっていたい、って」

「なるほどなるほど」

そもそも深雪のその「夢」のために——そんな妙な夢を幼い頃から抱《いだ》きつづけていた彼女に惚《ほ》れてしまったがために、叶の人生は大いなる進路変更を余儀なくされてしまったのだった。

深雪は小学校低学年の時分、ある凶悪事件に巻き込まれた経験を持つ。その際に彼女を助け出してくれたのが警視庁の若い刑事であったことが、彼女のその後を決定してしまった——と、そう云っても過言ではないだろう。以来、彼女は思いつづけるようになる。将来結婚するならば、相手は絶対に警視庁の敏腕《びんわん》刑事、と。このように書いてしまうと何だか漫画のようなお話だけれども、それが事実なのだから致し方がない。

紗月殺しのあの夜に深雪と出会い、あっと云う間に彼女との恋に落ちてしまった叶はそして、とりあえず教師にでもなってという地道な将来設計を全放棄し、およそ自分とは最も縁がないと思っていた警察官という職業に就《つ》くための努力を始めたわけなのであった。

だがしかし、涙ぐましい努力の甲斐《かい》あって採用試験に受かり、本庁捜査一課の刑事になり、晴れて深雪と結婚できたものの、彼にはなかなかに深刻な悩みがあった。生来、叶は血とか暴力とかが大の苦手なのだ。殴り合いの喧嘩《けんか》など生まれてから一度もしたことがないし、いわんや本物の変死体など見ようものならいっぺんに気分が悪くなってしまう。そんな彼にとって、捜査一課の刑事というこの仕事は、過酷と云えばこれほど過酷なものはない重労働なのである。

「……といったわけだから、ね、カナウ君」

ポニーテールの先を撫でながら、深雪が云った。

「八月十七日は何とかお休みを取って、一緒に来てよね」

「ううむ」

「ちゃんとあの時の夢が叶って、警視庁の刑事さんと結婚したんだから。連れていって、みんなに『ほら』って云いたいもんね」

「八月十七日ねえ」

叶は着たままでいた上着の内ポケットから手帳を取り出し、カレンダーを開いた。

八月の十七日、木曜日——盆明けの頃だ。今のところ何も予定はないけれど、だからと云って、願い出た休暇をすんなり休暇として過ごせるかどうかまるで予断を許さないところが、この職業の辛いところである。

「ふーん」

手帳に目を落としたまま、叶は思わず唸《うな》り声を洩らした。

「今年の八月十七日って、月蝕の日なんだな」

「月蝕。ほんとに？」

深雪もすぐに、六年四ヵ月前のあの夜の空を思い出したに違いない。赤銅色の満月が、二人の記憶を暗く妖しい光で照らした。

「もっともこの日の月蝕は、日本では見られないみたいだけど。欠けはじめが午前十時二十分、欠けおわりが午後一時五十五分。観測可能な地域は……」

刑事になってからも、叶はたまに時間を見つけては望遠鏡や双眼鏡を覗く。手帳のカレンダーには、その年の主な天体現象のデータが細かく書き込んであったりする。

「……まあ、それはともかく」

胸の奥でかすかに蠢《うごめ》いた嫌な予感を抑え込み、叶は何気ない調子で云った。

「話はだいたい分かったけど、別にどうしても僕がついて行く必要はないんじゃない？　刑事と結婚したことは紛れもない事実なんだからさ」

「だってぇ」

と、深雪はまた唇を尖らせる。

「せっかく夏の信州へ遊びにいくんだから、愛する人には一緒に来てほしいものでしょ」

駄々をこねるようにそう云うと、よよと泣き崩れるふりをしてみせる。帰ってきた時の物憂げな頬杖はいったい何だったんだろう、とも思うけれど、叶にしてみればまあ、彼女がいつもの能天気でいてくれるに越したことはない。明るく笑っている深雪が一番好きだから、そのためには何でもしてやりたいと思う。——と、これはつまり惚れた弱みというやつである。

「分かった。分かったよ。何とか上にかけあってみるから」

「やったね」

深雪はちゃっかりと笑顔を見せた。

「お願いね。それと——」

「うん？」

「もう一つ、お願いがあるの」

「何だい」

「『カッコいい刑事さん』なんだからね、カナウ君は。だからみんなの前じゃあ、ちゃんとそれらしくしてね」

云われて、そんなに自分は格好良くないのだろうかと、叶はちょっと悲しい気分になる。

（……ま、そうだよなあ）

いまだに暴力が苦手中の苦手で、殺人現場へ行ってもしょっちゅう目眩《めまい》と吐き気に襲われる――というのは、プロの犯罪捜査官としては確かにあまり「カッコいい」とは云えないだろうから。

「了解。何とか努力いたしましょう」

応《こた》えて、今度は叶の方がきゅっと唇を尖らせた。

3

それから四ヵ月――。

問題の八月十七日を五日後に控えて、明日香井家は思わぬ事態に見舞われた。叶が夜中に突然激しい腹痛を訴え、救急車で病院へ担《かつ》ぎ込まれた結果、急性虫垂炎の診断を受けたのである。医師の判断で翌日には手術が行なわれ、これは無事に成功したものの、抜糸・退院までには最低一週間の時間が必要だという非情な宣告が下されてしまったのだった。

○主要登場人物に関するデータ①

氏　　名	明日香井叶（あすかい　きょう）
性　　別	男
血 液 型	O
生年月日	1961年12月23日
身　　長	165cm
体　　重	52kg
出 身 地	北海道
現 住 所	東京都M市
職業その他	警視庁刑事部捜査第一課に勤務

氏　　名	明日香井深雪(あすかい　みゆき) 旧姓・相澤
性　　別	女
血 液 型	B
生年月日	1963年11月11日
身　　長	155cm
体　　重	45kg
出 身 地	東京都
現 住 所	東京都M市
職業その他	明日香井叶の妻

Ⅲ　双子《ふたご》は入れ替わるものである

1

　彼は薄紫のシャツにアイボリーのソフトスーツといったいでたちで現われた。髪を油でびっちりと固めてオールバックにした上、厳《いか》つい真っ黒なサングラスをかけている。

「おいおい兄貴、何だよ今度は」

　思わず枕から頭を浮かせて、明日香井叶は呻《うめ》くような声を吐き出した。

「その格好……」

「似合わないかい」

　と云って、相手はちらりと前歯を覗かせる。

「『カッコいい刑事さん』っていう深雪ちゃんのリクエストだったからさ、やっぱりドラマに出てくるその手の刑事のノリだろうなと思って」

「うう」

叶は本当に呻いた。

「他はともかくとしてだね、そのサングラスはちょっと」

「変かな。我れながらけっこうサマになってると思うんだが。——ま、去年のヘヴィメタに比べりゃあましだろ？」

明日香井響、二十七歳。叶の双子の兄である。

身長百六十五センチ、体重五十キロ。叶と同じく男性にしては華奢《きゃしゃ》な体格で、肌の色も白い。一卵性双生児なので、知らない者が見たらどちらがどちらか区別のつかないほど、顔立ちもよく似ている。それがいきなりオールバックにサングラスだものだから、叶がたじろいだのも無理はなかった。

「お似合いよ、ヒビクさん」

と、横から深雪が口を挟んだ。

「どうせだから喋り方はハードボイルドでいこうよね」

「任せときな」

わざとらしい作り声でそう応えると、響は口角をわずかに歪《ゆが》めてふっと笑う。はて、今度は芝居か何かにでも凝《こ》りはじめているのだろうか、と叶は頭を抱えたくなった。

八月十七日、木曜日の朝。所はM市の一等地にある相澤政治《まさはる》邸――つまりは深雪の実家である。

広い庭に面した南向きの一室。その窓際に置かれた真新しいベッドに、叶は寝かされている。昨夕になって、病院の個室からここに移動させられたのである。本来ならばもう二、三日は入院していなければならないところだったのだが――。

深雪とて、手術後の夫を独り病院に置いて旅行に出かけてしまうのは心苦しいわけである。せめて実家に預けていった方が、心配も後ろめたさも少なくて済む。そう考えたのだった。

「お医者様は毎日午前中に来てくださるからね。経過は良好で、何の問題もないって。抜糸もここでやってくださることになってるし、あとはあやめ義姉《ねえ》さんが付いてくれるから、心細くないよね。ね、カナウ君」

子供をあやすようにそう云うと、深雪はくるりと後ろを振り返り、

「よろしくお願いします、お義姉さん」

そこに立っていた和装の婦人に向かって、ぺこりと頭を下げる。

「お安いご用よ」

婦人はたおやかな笑みを返し、

「むかし取った何とやら、だから」

涼しげな白い絣柄《かすりがら》の着物をさらりと着こなした彼女は、相澤あやめ、三十三歳。深雪の兄――相澤家の次男、真実《まさざね》の妻である。真実の方はあやめより一つ年上の三十四歳。二人が結婚してもう六年になるが、それまで彼女は都内の大学病院に看護婦として勤務していたのだった。

M市のこの邸宅には現在、父政治と母冬子《ふゆこ》、真実とあやめの二所帯が住む。相澤政治は当年六十歳。保守系某政党でかなりの力を持つ政治家で、真実はその秘書を務めている。同居する二組の夫婦の折り合いは、すこぶる良い。これはもっぱら、あやめの性格と頭の良さゆえのことだと深雪は見ている。

真実の他に、深雪には二人の兄がいる。

深雪とは十二歳年が離れた長男、正義《まさよし》は有能な外交官で、数年前から夫人とともに海外に駐在中。三番目の勝利《まさとし》は三十歳にしていまだ独身、大学を卒業すると同時に家を出、かといって定職にも就かずにぶらぶらしている。これには父も母もかなり頭を悩ませているようである。

といった、単純そうでいてけっこう複雑な相澤家の内部事情は、ここでは措《お》くとして——。

賢明なる読者諸氏はもちろん、叶の兄、明日香井響が今日ここに現われた理由をほぼお察しのことであろう。

叶の突然の発病・入院という事態には、さすがの深雪もずいぶんと慌てたが、もとより虫垂炎はさして深刻な病気でもない。手術自体はごく簡単なものだし、予後もまず心配は要《い》らない。無事に手術を終えて病室に戻ってきた夫の顔を見た時点から、深雪の悩みは始まった。

十年前の約束を果たすべく、八月十七日に中学時代の美術クラブの仲間たちが集まることはすでに決定済みであった。

十七日の午後に信州海ノ口の青柳邸に集合、例のタイムカプセルを掘り出す。そのあとは、参加者の一人、蓮見皓一郎の義父が近くに所有している別荘に場を移して旧交を温めようという塩梅《あんばい》になっている。そして、そういった計画が電話で通知されてきた段階で、深雪は当然のように「刑事の夫を連れていく」宣言をしたのだった。

ところが、その約束の日を前にしてこの事態だ。「よりによってこんな時に。みんなにはもう云っちゃったのに」と、要はそういうわけである。

いくら何でも、手術の傷もちゃんと塞《ふさ》がらないうちに叶を引っ張っていくわけにはいかない。仕方がない、諦めようと思っていたところへ——。

二日前のことだった。京都に住む響から見舞いの電話が入った。深雪が事情を説明すると、彼は事もなげに一言、

「話は簡単じゃないか」

響は京都の某有名国立大学の文学部哲学科に籍を置く。入学までに二年の浪人、入学してからは休学と留年を何度か繰り返し、目下二十七歳にして大学六回生という身分である。

「どういうこと？　ヒビクさん」

深雪が訊くと、響は澄ました声で答えた。

「ちょうど暇にしてたんだ。要するに、僕が叶になりすまして信州へ行けばいいわけだろう」

「えーっ」

「だいたいね、深雪ちゃん、双子っていうのはこういう時、入れ替わるものだと決まっている。——ＯＫ。明日の夜にはそっちへ向かうからさ、とりあえずカナウの了解

を取っといておくれ」

とまあ、こういった次第《しだい》なのであった。

「それじゃあな、カナウ」

と云って響はサングラスを少し持ち上げ、片目を瞑《つぶ》ってみせた。

「ちょっとの間、名前を借りるぜ」

ベッドの弟は心許なげな面持ちで、

「あんまり変なことはしないでくれよ」

「分かってるって。去年の*ことを思えばまだしも気は楽だろ」

響は悪戯《いたずら》っぽく微笑む。叶はまた「うう」と呻かざるをえなかった。

「そんな情けない顔するなよ。傷に悪い」

「大丈夫だよ、カナウ君。あたしがちゃんと指導するから」

あっけらかんとした調子で深雪が云った。

「蓮見君ちの別荘に二泊して、明後日《あさって》には帰ってくる予定だからね。心配しないで、ゆっくり身体《からだ》を治すこと」

「ああ、うん」

「大丈夫。寝ぼけてヒビクさんに抱きつくようなことはきっとないと思うし」

「――う、うん」

ますます心許なげな面持ちで、それでも頷くしかない叶である。

＊……拙著『殺人方程式――切断された死体の問題――』（一九八九年初刊）参照。

2

午前十時過ぎ。叶の愛車パジェロ・ディーゼルターボに乗って、明日香井響と深雪の偽《にせ》夫妻は一路信州へと向かった。

昨夜は横浜に住む友人の家に泊まってずいぶん夜更《よふ》かしをしたとかで、響はひどく眠そうだった。そんなわけだから、運転は深雪が受け持った。

叶が通勤に車を使うことはめったにない。普段はもっぱら深雪が買い物の足に利用しているので、図体の大きなこの四輪駆動車の運転も手慣れたものである。

八王子《はちおうじ》インターチェンジから中央高速《ちゅうおうこうそく》に入る。

天気は快晴。空は翳《かげ》りなく青く、流れる雲のかけら一つない。上り車線は相当な混雑ぶりだが、下りはまずまず空《す》いていて高速道路本来の機能を維持していた。

助手席の響は高速に入った頃からシートを深く倒し、サングラスをかけたまま眠っている。その様子にちらちらと目を配りつつ、本当に変な双子もいたものだなと、今さらのように深雪は思う。

顔はまさに瓜二《うりふた》つだ。同じ遺伝子を持っているのだから、生まれ持った才能や気質といったものも本来まったく同じはずである。なのに、この二人ときたら——。

容貌以外はまるで似たところがない、というのが二人を知る人間の一致した感想だろう。生真面目で堅実な努力家タイプの弟に対して、兄の方は相当以上に気ままな人生を送っているようである。

哲学者になるのだ、という半ば冗談とも取れる意思表明のとおり哲学科に入ったは良いが、学究にいそしんでいるふうでは全然ない。服飾流行から古典芸能、ゲーム理論から格闘技、ヘヴィーメタルから紅茶の「利き味」まで、その時々の気分が赴《おもむ》くまま、とにかくいろいろな物事に凝る。あまつさえ、かつて「本格推理小説における探偵論理の実践的利用可能性」なる問題を考察したことがあるとのたまい、実際の事件捜査にまで首を突っ込む始末。

気に添わないことは絶対にしない、けれどもいったん面白いと思ったら歯止めが効かない。無類の自信家で、時に傲慢《ごうまん》とすら見える。

同じ顔はしていても、この人の奥さんになるのはちょっと遠慮したいな、とひそかに思う深雪であったりもする。

「やあ、おはよう」

車が甲府《こうふ》を抜けた頃、響が目を覚ました。シートを起こし、欠伸《あくび》混じりに伸びをしながら、ハンドルを握った深雪の顔を覗き込む。

「疲れた？　運転、替わろうか」

「平気。でも、高速を降りたら、どこかで少し休もうね。おなかも減ったし」

時刻はもうすぐ正午である。

「了解」

頷いて、響は煙草《たばこ》をくわえた。そのままもう一度大きく伸びをしてから、「さて」と語調を改める。

「それじゃあ深雪ちゃん、今日集まるメンツについて、ざっと教えてくれないかな」

「だからね、中学の時の……」

「美術クラブの仲間だったよね。一昨日《おととい》電話で聞いた分は憶えてる。十年前に集まったメンバーは深雪ちゃんを入れて五人」

「そう。あとは青柳画伯と幹世兄さんと……」

「青柳画伯っていうのが美術クラブの先生？」

「うん。青柳洋介《ようすけ》画伯」

「今でも中学の教諭を？」

「もう辞めちゃったんだって」

「お年寄りなのかい」

「まだ四十代じゃないかなあ。何でもね、三年ほど前に交通事故で片足をなくして、学校は辞めたらしいの」

「じゃ、今は？」

「実家に帰って、絵を描いて過ごしてるんだって。この方がずっと気楽でいいって、電話で喋った時は笑ってたわ」

「はあん」

煙を吐き出しながら、響はオールバックの髪を撫でつける。慣れない髪型にしているのが、どうもやはり落ち着かない様子だった。

「『幹世兄さん』っていうのは誰なのかな」

「ああ……。あのね、昔あたしの家庭教師をしてくれてたの。五十嵐《いがらし》幹世さん。中学二年から高校三年まで、ずっと見てもらってたんだ。凄く頭が良くって頼りになって、その上美形でね」

「へへえ」

「ママの従兄《いとこ》の子供だって。だからあたし、幹世兄さんって呼んでたの」

「又従兄《またいとこ》ってわけか」

「そうね」

深雪は懐かしそうに目を輝かせる。

「T＊＊大学の大学院まで行って、化学の研究してたんだって。アメリカに留学もしてたのよ。パパもね、幹世兄さんのことはとても信頼してたの。だからあの時――十年前に青柳画伯んちへ遊びにいった時にも、お目付役として一緒に行ってくれって」

「お目付役？」

「まだ高校に上がったばかりだったから。男の子も混じって旅行に行くっていうんで、パパ、心配したみたい」

「なるほどね」

「四年くらい前に研究室は辞めちゃったんだって。故郷《くに》の甲府に帰って、今は塾の講師をやってるらしいんだけど。十年前、タイムカプセルを埋めた時の立会人みたいなこととしてもらったから、今回も声かけてみたの。そしたら、来てくれるって」

「ふうん」

「楽しみだなあ。もう何年も会ってないから」

「結婚式には呼ばなかったの？」

「うん。ちょうどその頃、あっちの家族で不幸があったらしくって。だから、カナウ君とは一度も会ったことないから、大丈夫。ヒビクさんの正体、ばれないと思うよ」

「まあ、ばれたらばれた時だが」

肩をすくめる響に、深雪は慌てて釘《くぎ》を刺《さ》す。

「だめよ、絶対に。ばれたらあたし、立場ないもんね」

「女の意地ってやつ？」

「そんなんじゃないけどさ」

「分かった分かった。最善を尽くしましょう」

苦笑いしながら響はサングラスを外し、親指で目尻をこすった。右が二重《ふたえ》、左が一重《ひとえ》の、片二重《かたぶたえ》の瞼をしている。叶の方はこれとは逆の片二重で、この点が唯一、彼ら双子の兄弟の顔を見分ける印かもしれない。

「で、あとの四人は？」

「蓮見君と後藤君と杉江さん、それから夕海ちゃんね」

「それぞれどういう?」

「ええと、蓮見君は秀才タイプの人、大学は建築学科を出て、建物の設計とかやってるって。もう結婚してて、何でもその相手が凄いお金持ちのお嬢さんだとかで」

「今夜はその彼の別荘に泊まるんだっけ」

「そう。奥さんのお父さんの持ち物らしいんだけどね、蓮見君の設計で最近改築したんだって」

「若き建築家か」

呟いて、響は新しい煙草をくわえる。

「どんな家なのかちょっと楽しみだな」

「後藤君は何か映像関係の仕事をしてるみたい。わりとカッコいい男の子だったんだけど、今はどうなのかなあ」

「杉江さんっていうのは、女性?」

「うん。学年一の美人だった女の子で、スチュワーデスになりたいって云ってたっけなあ。まだ独身みたいだけど、だめよヒビクさん、ちょっかいかけたりしたら。今回はあくまでもあたしの旦那《だんな》さんなんだからね」

響は不本意そうに眉《まゆ》をひそめ、

「そんなに僕、女癖が悪いように見える？」

「うーん。見ようによっては」

「意味深《いみしん》な云い方だねえ」

「えっと、それから最後は夕海ちゃんね。美島夕海ちゃん。ヒビクさんも知ってるよね、あの事件のこと」

「ああ。カナウにむかし聞かされたよ、大まかなところは。紗月っていったっけ、殺された彼女のお姉さん」

黙って頷く深雪の表情が、いくらか硬くなる。思わずやはり、あの夜の殺人現場の光景が心に蘇《よみがえ》ってしまうのだ。

「そう云えば、こないだ何かの雑誌で見かけたな」

と、そんなことを響が云いだした。深雪はきょとんと彼の方に目をやり、

「雑誌？　何を」

「彼女の名前と写真さ」

「彼女って、紗月さん？」

「違う。妹の夕海の方」

深雪は少々驚いて、「夕海ちゃんの？」と聞き直した。

「何の雑誌だったかは忘れたけど。要は、かつて世間の注目を浴びながら若くして非業《ごう》の死を遂《と》げた美島紗月、その妹夕海は今……とか何とかさ、そういった記事だったと思う」

「それ、いつ頃のこと？」

「一、二ヵ月前だったかな」

「どんなふうに書いてあったの」

「姉の志を継いで、小説を書いたりイラストを描いたりしてるんだってさ。これからの活躍が期待されるって、そんな紹介だったよ」

「へえぇ」

あの夕海が？　と深雪はさらに驚いてしまう。

地味な、どちらかと云えば冴《さ》えない感じの少女だった。姉紗月のことを自分とは違う「特別な人」なのだと云って寂しげに表情を翳らせていた、あの夕海が……？　事件のあとの長期入院、昨年春の退院から現在に至るまでに、いったい彼女にどのような変化があったのだろう。

須玉《すだま》インターで高速を降り、車は国道141号線を北上する。道路はやや混みはじめたが、渋滞でいらいらするほどでもなかった。

「一休みしよっか」

前方左手に見えてきたログ・ハウス風の建物を指さして、深雪が云った。

「あそこの喫茶店でいいよね。おなか減ったでしょ、ヒビクさんも」

響の返事を待たず、深雪はウィンカーを出す。

3

駐車場に一台分だけ残っていた空きスペースにパジェロを置くと、二人は〈坂の家〉という名のその喫茶店に入った。店はほぼ満席状態で、客のほとんどは行楽にやって来た若者たちのようである。

「あれえ？」

空席はないかと店内を見まわしてみて、深雪は思わず声を上げた。

窓際の四人がけの席に独り坐った男がいる。ネイヴィーブルーのブルゾンを着た、小柄な男。テーブルに片肘《かたひじ》を突き、窓の外をぼんやりと眺めている。

「幹世兄さん……」

傍らで響が「ほう」と声を洩らす。深雪はとことことそのテーブルに駆け寄っていった。

「お久しぶりぃ、幹世兄さん」

「深雪ちゃん？」

五十嵐幹世は振り向き、生白い顔に柔らかな笑みを広げた。茶色がかった巻き毛を、切れの長い涼やかな目をした、文句なしの美男子である。年は今年三十三のはずだが、知らなければまだ二十代に見えるだろう。

「やあ深雪ちゃん、すっかり大きくなって……ってのも変か。さすがに女らしくなったねえ、とでも云うのがいいのかな」

ざらざらしたところのない、少年のような声だった。深雪は屈託《くったく》なくけらりと笑って、

「幹世兄さんに云われたらおしまいよ。それにしても、こんなところで会うなんてほんと、すっごい偶然ねえ」

「まったく……いや、そんなに云うほど低い遭遇確率でもなかったんじゃないかな。同じ集合時間で同じ目的地へ同じ方向から向かっているわけだから」

「もう。相変わらず理屈っぽい」

「そちらは、旦那さん？」

「あ……はい」

深雪はちょっと緊張してしまい、それに合わせて口調も改めた。

「紹介します。あたしの夫の明日香井叶君です」

「はじめまして。五十嵐幹世です」

椅子から立ち上がって、彼は響に握手の手を差し出した。深雪と同じか、むしろいくぶん低いくらいの上背だが、ほっそりとした体型のおかげであまり小男といった感じはしない。

「明日香井です。よろしく」

戸惑うふうもなく、響は差し出された手を握り返した。

「こちらこそよろしく」

五十嵐は値踏みするように響の顔を見据え、

「警視庁にお勤めだとか。一課の刑事さんなんでしたね」

「ええ。まだまだ新米ですが」

「僕はむかし深雪ちゃんの家庭教師を……」

「聞いてます。結婚式には来ていただけず、残念でした」

「大変でしょう。この子の旦那っていうのも」

「いやあ、それほどでも。『殉職も覚悟の上だからね』なんて嬉しそうに云われる時は、さすがにちょっと考えてしまいますが」

そんな台詞《せりふ》をさらりと口にして、響は頭を掻きながら苦笑いする。このあたり、すっかり弟の気分になりきっているようである。

五十嵐と向かい合った席に並んで腰を下ろすと、二人はそれぞれ軽い食事を注文した。深雪はシーフードスパゲッティとアイスティー、響は山菜ピラフとホットコーヒー。

「スパゲッティはあんまり感心しないな」

と、五十嵐が云った。

「おいしくないの？　ここのお店」

「いや。味の問題じゃなくて、安全性の問題」

よく意味が呑み込めず、深雪は小首を傾《かし》げる。隣の響が口を挟んだ。

「放射能を気にしておられるわけですか、五十嵐さんは。ヨーロッパ産の小麦粉は危ない、と」

「気にするに越したことはないでしょう」

「そんなふうに云いだすと、気にしなくちゃならないことだらけじゃありませんか」

「そうですね。だから北欧産の魚介類は食べないようにしているし、雨に濡れるのも良くないだろうから、三年前まではバイクに乗っていたのを車に替えたんですよ」

ソ連のチェルノブイリ原子力発電所で事故が起こったのが、一九八六年四月。以来、ヨーロッパを中心に深刻な放射能汚染の被害が出ている事実は周知のとおりだが、それから三年経《た》って騒ぎも一段落し、汚染農作物などに対する恐怖も忘れられようとしていた時期であった。

「昔っから心配性なの、幹世兄さんは」

少々鼻白んだように眉をひそめる響を見て、深雪が云った。

「あんまり深く考えない方がいいようなことまであれこれ考えちゃうんだから。でも、そこがいいところでもあるのよね」

「繊細な神経の持ち主、と云ってほしいなあ」

「あたし、がさつな男の人が一番嫌いなの。だから幹世兄さんは好きよ」

「どうもどうも」

五十嵐は楽しげに頰を緩める。それからふっと真顔になって、響の方に目を移した。

「けどね、やっぱり人間、健康が最も大事だとつくづく思うんですよ」

「研究室をお辞めになったというのは、何かその辺が関係あったわけですか」

「おや、鋭いですね」

「何だかしみじみとおっしゃるものだから」

「そうですか。いや、確かに。ちょっと健康上の問題があって、続けられなくなったんです」

「病気したの？　幹世兄さん」

「ちょっとね。ま、さほど深刻なものでもなかったんだけど」

「知らなかったぁ」

「それでまあ、東京よりも田舎で暮らした方がいいだろうと」

「甲府に帰っちゃったわけ？」

「そういうことだね」

やがて料理が運ばれてきたが、放射能が危険だなどと脅かされたものだから、深雪は少し口をつけただけでフォークを置いてしまった。彼女は彼女で、これでも人並み以上には「繊細な神経の持ち主」のつもりなのだ。その様子を見た響が、「こっちを食べるかい」と云って自分が頼んだピラフと皿を交換してくれた。そして、あっと云う間にスパゲッティの方をたいらげてしまう。

コーヒーをブラックで一口啜《すす》ると、響はシャツの胸ポケットを探り、そこで五十嵐の顔を窺《うかが》った。

「煙草《たばこ》を吸われるのも嫌なくちですか」

「一説によると、喫煙者の肺癌《はいがん》罹患率《りかんりつ》は非喫煙者の三十倍。最近とみに副流煙の害が取沙汰《とりざた》されてもいます」

そう云いながら、五十嵐はブルゾンのポケットに右手を突っ込んだ。憮然《ぶぜん》と唇を突き出す響に向かって、決まり悪げに薄く笑い、

「まったく、住みにくい世の中になってきましたよねえ」

そうしてポケットから引っ張り出された彼の手には、マイルドセブンの箱と銀色のガスライターがあった。「おやおや」と響が微笑む。五十嵐は軽く肩をすくめて、

「これだけはっきり身体に悪いと分かっている嗜好品《しこうひん》も珍しい。そいつをあえて吸いつづける自虐《じぎゃく》的な行為。それはそれでまったく無意味なことでもないと、とりあえず自分の中で納得している。ここが肝心なところですね」

「要はやめられないってことでしょう」

「そう云ってしまっちゃあ身《み》も蓋《ふた》もありません」

「面白い人ですね」

「つまらない人間ですよ」

男たちは顔を見合わせ、くすくすと笑う。それを横目で見ながら、深雪は何となくほっとした気持ちでピラフを頬張った。

○主要登場人物に関するデータ②

氏　　　名	明日香井響（あすかい　きょう）
性　　　別	男
血　液　型	O
生 年 月 日	1961年12月23日
身　　　長	165cm
体　　　重	50kg
出　身　地	北海道
現　住　所	京都府京都市
職業その他	K＊＊大学文学部哲学科に在籍 明日香井叶の双子の兄

氏　　　名	五十嵐幹世（いがらし　みきよ）
性　　　別	男
血　液　型	A
生 年 月 日	1956年10月18日
身　　　長	153cm
体　　　重	44kg
出　身　地	山梨県
現　住　所	山梨県甲府市
職業その他	学習塾講師　明日香井深雪の又従兄

Ⅳ　旧友たちと再会する

1

長野県南佐久《みなみさく》郡南牧《みなみまき》村大字《おおあざ》海ノ口。

これが、深雪たちが向かっている土地の正式名称である。

「こんな山の中なのに、どうして海ノ口なんていうんだろう」

助手席でロードマップを広げながら、響が独り言のように呟いた。

「海尻《うみじり》っていう地名もあるな。この辺が昔、海だったなんてことはないだろうし」

「ヒビクさんでも知らないことがあるのね」

「買いかぶられてるねえ」

「だって、やたらと雑学の知識があるでしょ」

「深雪ちゃんは知ってるのかい」

「えへへ」と小さく笑って、深雪は運転席側の窓を開けた。吹き込んでくる風は涼しい。このあたりまで来ると、もうエアコンの必要もないようだ。

「大昔にね、八ヶ岳が蒸気爆発して崩れたの。その時に岩が千曲川《ちくまがわ》を堰止《せきと》めちゃって、おっきな湖ができたんだって。その湖の入口あたりが海ノ口、出口のあたりが海尻」

「ふうん」

「十年前に来た時、青柳画伯が教えてくれたんだ。海ノ口には古くから温泉があるの。時間があったら入りにいこっと。カナウ君も一緒だったら良かったのになあ……」

車は国道をさらに北上する。後ろには五十嵐が運転する白いシビックがついて来ていた。

山梨と長野の県境あたりから、おもむろに風景が変化する。山間《やまあい》の森から、広々とした高原へと。

左手に八ヶ岳の雄大な峰々が連なる。主峰赤岳《あかだけ》から扇状に広がった広大な野辺山《のべやま》高原。その緑のただ中を突っ切るようにして、道はまっすぐに延びる。

右手にやがて、巨大な象牙色《ぞうげ》の建造物が見えてくる。野辺山宇宙電波観測所の電波望遠鏡だ。

「凄いね、あれ。カナウ君が見たら中に入りたがるだろうなあ」

「昔の特撮《とくさつ》映画にでも出てきそうだな。対宇宙怪獣用最新兵器」

「ビビビビ、ってあの真ん中から光線が出るのね」

「そうそう」

アンテナの直径が四十五メートルという、日本でも最大級の大きさを持つ電波望遠鏡だが、実物を見るのは深雪も初めてだった。十年前にこの地を訪れた時には、まだ建設工事が始まったばかりだったのである。

そこからさらに三十分ほど。野辺山と海ノ口の中間あたりで、車は国道から離れて西へと進む。牧場と野菜畑が一面に広がる中をひとしきり走った後、彼らは青柳洋介の家に到着した。

美しい白樺《しらかば》の林をすぐ背後に置いて、その家はあった。白壁に瓦葺《かわらぶ》きの質素な日本建築。何百坪もありそうな敷地の一画に、鮮やかな森の緑に溶け込むような風情で建っていた。

午後二時半。

門の横手にはすでに、来客のものと思われる車が一台駐《と》められていた。品川《しながわ》ナンバーの黒いソアラ。その他にもう一台、250ccのオフロードバイクがある。こちらのナンバーは練馬《ねりま》だった。

駐車スペースは十二分にあった。適当なところにパジェロを駐めると、五十嵐がシビックから降りてくるのを待って、三人で門をくぐった。

玄関へ続く小道を歩くうち、どこかから犬の鳴き声が聞こえた。この家で飼っているのだろうか。それとも野犬がいるのか。

庭は、とりたてて手入れもしていないように見えた。草木は雑然と生い茂り、小道に敷かれた砂利も荒れている。十年前に来た時はこんなじゃなかったのにな、と深雪は思った。

「何だか人が住んでる感じがしないね」

サングラスを持ち上げて周囲を見渡しながら、響が云った。

「青柳氏は、ここに一人で？」

「前に来た時にはお父さんとお母さんがいらしたんだけど。だいぶお年みたいだったから、ひょっとしたらもう亡くなったりしたのかなあ」

深雪が答えると、五十嵐がそのあとを継いで、

「お兄さんが近くに住んでるって云ってたよね。農園の経営はすっかりそっちに任せてるとか」

「青柳氏自身は、独身？」

「昔はそうだったわ。いつだったかの電話でも、奥さんを貰《もら》ったなんて話は全然出なかったし、今もたぶん」

深雪のその推測は正しかった。

青柳洋介は南牧村の農家の次男として生まれた男で、四十九歳にして現在独身、かつて結婚した経歴もない。高校時代より絵を志して、東京の某美大に進学、卒業後は中学の美術教諭となる。三年半前に事故で左足を失ったことをきっかけに退職、生家に帰って半ば隠居生活を決め込んだ。父親はその直後に、母親は昨年の初めに、それぞれ病気でこの世を去っている。

玄関の戸を開けて「ごめんくださーい」と深雪が大声を投げ込んだのに応えて、家の奥から青柳洋介が現われた。

十年ぶりに会うかつての教師を見て、深雪はまず、ずいぶん痩《や》せたなと思った。叶や響と同じくらいの中背。茶色いベレー帽を頭に載せ、パイプをくわえている。いかにも芸術家然としたこのいでたちは見事に昔のままだが、耳を隠すくらいに伸ばした髪にはかなり白いものが目立った。

「お久しぶりです、画伯」

「相変わらず元気のいい声だね」

と云って、青柳は穏やかに微笑んだ。それから興味深げな眼差しを響の方に向け、

「そちらの派手な方が噂の刑事さん？」

「明日香井です。はじめまして」

まるで気後《きおく》れするふうもなく、響は会釈《えしやく》する。

「ようこそいらっしゃいました。——そちらは五十嵐さんでしたね」

「深雪ちゃんに誘われてのこのこと来てしまいました。今回は彼女のお目付役じゃあないわけですが。お邪魔いたします」

「賑《にぎ》やかなのは歓迎ですよ」

青柳は右手に持った焦茶色の杖《つえ》で、こんと足許《あしもと》の床を打った。事故で失った左足には義足を付けているようである。

「こっちに引っ込んで、普段は本当に誰とも会わない生活をしているもので。それはそれで気楽でいいんだが、たまにこうして昔の教え子なんかが来てくれるのも、やはり嬉《うれ》しいものです。——さ、まあどうぞお上がりください」

2

青柳邸の奥座敷にはすでに三人の男女がいた。蓮見皓一郎と後藤慎司、そして杉江あずさ。美島夕海の姿は見えない。

「よっ、深雪ちゃんの登場だ」

甲高《かんだか》い声で囃《はや》すように云って新たな来客たちを迎えたのは、後藤慎司だった。ひょろりとした背の高い男で、かすかに青い色の入った縁なし眼鏡をかけている。ブルージーンに派手な緑色のTシャツ、赤いウィンドブレイカーという、三人の中では最もラフなスタイルである。

「さてさて、横に控えるは念願叶《かな》って結婚した刑事殿でしょうか」

「さようでございますわ」

わざとおどけた調子で答え、深雪は皆に響を紹介した。

「あたしの旦那様です。警視庁捜査第一課の刑事さん、明日香井叶君」

そこでの響の対応も、なかなか堂に入ったものであった。サングラスに指を当てながら一同の顔を順に見まわし、

「今日は彼女に頼み込まれて同行したわけなんですが、ひょっとしたら今夜にでも緊急の事件が発生して呼び戻されるかもしれない。その際は勝手に失礼しますけど、どうか皆さん、無礼な奴《やつ》だと思わないでください。いかんせん仕事が仕事だもので」

「幹世兄さんのことは、みんな憶えてるよね」

と、続けて深雪は、響の斜め後ろに立った五十嵐を指し示す。

「十年前に立会人をやってくれた五十嵐幹世さん。今日はあの時の約束を守るために駆けつけてくれました」

「こんにちは」

杉江あずさが、華やかな笑顔を五十嵐に向けた。

「よく憶えてます。深雪さんの家庭教師をしておられたんでしたよね。全然変わっていらっしゃらないみたい」

「そうでもないんですよ」

五十嵐が応えた。

「十年ともなると、さすがにいろんな変化があるものです」

「杉江さんこそ、まるで変わってない感じねえ」

と、深雪が云った。あずさは「そうかしら」と小さく首を傾げてみせる。

すらりと均整の取れた身体に、青いスカートと涼しげな水色のブラウス、その上に羽織った生成《きな》りのサマーカーディガン。髪は昔と同じショートで、適度な化粧を顔にのせている。同性の深雪の目にも、そんな彼女の容貌は「昔と変わらない美少女」として映った。

「ね、美人でしょ」とでも云うように、深雪は響に目配せする。響はかすかに肩をすくめ、軽く両腕を広げてみせた。

蓮見皓一郎は、ここに集まった者たちの中では最も体型の変化が著しい人間だった。十年前には人並みの体格だったのが、今はすっかり立派な肥満体になってしまっている。昔と同じような華奢な銀縁眼鏡《ぎんぶちめがね》をかけているが、その顔は昔の倍ほどにも丸々と膨らんだように見える。

「今夜はみんな、うちの別荘に泊まってくれるんですよね」

はちきれそうな上着のボタンをぷちぷちと外しながら、蓮見は云った。

「家内もそのつもりで準備してますから。画伯もぜひ来てくださいね」

「喜んで。——君が設計した家なんだって？」

「まあ、一応」

蓮見は低い落ち着いた声で答えた。

「今年の春に工事が終わったばかりなんです。まだまだ完成とは云えないんですけど」

「この近くだとか」

「ええ。車で行けば十五分ほどですから」

「夕海ちゃんがまだなんですね」

深雪が云うと、青柳が応えて、

「彼女はちょっと遅くなるそうだよ。さっき電話があってね、何かトラブルがあって列車が遅れているらしい」

「ふーん。そうなんだ」

「深雪ちゃんたちは車で？」

と、後藤が訊いた。深雪は「うん」と頷き、

「みんなも車だよね。ソアラとバイクが駐めてあったけど」

「ソアラは蓮見の。バイクは俺のね」

そう応えて、後藤は傍らに置いてあった赤いヘルメットをぽんぽんと叩《たた》く。

「杉江さんは、じゃあ？」

「わたしは昨日《きのう》こっちへ」

あずさが答えた。

「ゆうべは清里《きよさと》のホテルに泊まってたの」

「彼氏と？」

「だったら良かったんだけど」

後藤の突っ込みを軽く受け流して、あずさは嫣然《えんぜん》と微笑む。

「会社の女友だちと三人で。残念ながらわたし今、空き家なの」

にやにやと口許を緩める後藤。「それじゃ俺が」とでもすぐさま云いだしそうな気配だったが、そうしなかったのはまわりの者たちの耳を気にしてのことだろうか。

「しかし清里ってのはなあ。凄いもんな、あそこの駅前通り」

「メルヘン趣味が過ぎるって？」

「ああ。何か勘違いしてるんじゃないかって思わなかった？」

「『恥ずかし通り』とか呼ぶ地元の人もいるんだってね。でも、いいんじゃないかな。あれはあれで楽しいし」

「そうかねえ」

青柳が出してくれた茶菓子をつまみながら、深雪は中学時代のことを思い出す。

あの頃の後藤は、今ここにいる彼よりももっと口下手でおとなしい男だったような気がする。秀才の誉《ほま》れ高かった蓮見の方がむしろ、あずさのことをしきりに意識しているふうだったが。あずさはというと、二まわりも年上の「画伯」こと青柳教諭に熱っぽい憧《あこが》れの目を向けていた……。

「もう三時か」

自分の腕時計をちらりと見て、蓮見が呟《つぶや》いた。

「約束の時間は、確か四時でしたよね」

集まった同窓生たちは顔を見合わせ、頷《うなず》き合う。

蓮見が云った。「約束の時間」とはつまり、十年前の八月十七日に彼らが例のタイムカプセルを埋めた時刻を意味していた。土をかけて地面をならしおえたのが午後四時。その時刻を彼らはそこでちゃんと確認し、十年後の同じ日の同じ時刻にこれを掘り出そうという約束を交わしたのだった。

「それにしてもまあ、本当に十年なんてあっと云う間だよなあ」

そう云って、後藤が大袈裟な溜息をつく。「ほんとにね」と相槌《あいづち》を打ってから深雪は、縁側の安楽椅子《あんらくいす》に腰かけた青柳を見やった。

「ねえ画伯、ちゃんとあの絵は残しておいてくれてます？」

「ああ、それなんだがね」

パイプを唇から離して、青柳は深雪の方を振り向いた。

「云っておかないといけないな」

「何かあったんですか。まさか売っちゃったとか」

「いや、そうじゃない。そうじゃないが、実はね、あの絵はだめになってしまって」

「えー？」

「何で？」

深雪とあずさが、ほとんど同時に声を上げた。

「どういうことですか、画伯」

「あとで現場をご覧に入れよう」

「現場って……何か事件でも？」

深雪の言葉を聞いて、一同の視線が響の顔に集まる。云うまでもなくこれは、「事件→警察→刑事」という連想ゆえの反応だった。

「確かにちょっとした事件ではあったんだが」

青柳はパイプをくわえ直し、マッチを擦《す》って火を入れた。それからすっと庭の方へ目を流しながら、

「まあ、実際に見れば分かってくれるだろう」

青柳がむかし描いたその絵は、彼が子供の頃よく夢に見た〝街〟の絵だった。そこを実際に訪れたことがあるのかどうか、それが本当に存在するのかどうか、青柳自身にも分からないという、そんな街。不思議な紫色の空の下、煉瓦《れんが》造りの古い家々が建ち並び、石畳の道をコートの襟《えり》を立てた人々が行き交う——そんな風景を、彼は自らの記憶から探り出してキャンバスに写してみたのだという。

「あたしあの絵、大好きだったのになあ」

深雪は小さく息を落とした。

「あの絵が貰えるかもしれないと思ってこの十年間、頑張ってきたのに……っていうのは大袈裟だけど。でも残念。がっかり」

「そういうふうに嘆いてもらえると、あの作品も本望だろう」

青柳はまんざらでもなさそうに目を細めた。

「その代わりと云うのも何だけれども、せっかくこうして久しぶりに集まってくれたんだ、みんなには私からのお土産《みやげ》があるんだよ。あとで受け取ってくれるかな」

「えっ。何なんですか」

「それもまあ、見てのお楽しみとしておこう」

「気になるぅ」

「さてと、ちょっと外に出ようか」

云って、青柳は杖を取った。ゆっくりと椅子から立ち上がり、庭の方をちらと見る。

「タケマルの運動の時間だ。君たちも少しつきあってくれないかな。そのうちに美島さんも着くだろう」

3

一行は玄関から外へ出た。杖を片手に先を進む青柳に従って、家の南側へと回り込む。

「あれえ。どうしたの、後藤君」

すぐ前を行く後藤慎司の歩き方が変なことに気づいて、深雪が訊《き》いた。

「怪我でもしたの？」

右の足を引きずっている。一歩進むごとに左の肩がひょこひょこと下がる。ひどく歩きづらそうに見えた。

「ああ、ちょっとね」

後藤は決まり悪げに唇を尖らせ、ジーンズの太腿《ふともも》のあたりを軽く叩いた。

「バイクで転んじまってさ」

「へえ？　いつ？」

「今日。早くにこっちに着いたもんだからさ、海ノ口の城跡ってのを見にいったんだ。そこで」

「お城、あるの。この辺に？」

「国道から東の方へ外れたとこ。武田《たけだ》信玄《しんげん》が初めての合戦《かっせん》に使ったっていう伝説の城らしい。残ってるのはほんとに、その名残りみたいなものだけだったけど」

「ふーん」

深雪はまじまじと相手の顔を見直して、

「そんなのに興味あるんだ。見かけによらないわねえ」

「どういう意味だい。これでもあの時代の歴史にはうるさいんだぜ、俺。――ま、それはともかく。せっかくだからいっぺん見てみようと思ってバイクで行ったら、途中からでこぼこの細い山道でさ。オフロードは任せとけって感じで調子に乗って登ってったはいいが、帰りの下りで見事にこけちまったさ。ああもう、情けない」

「大丈夫？　ずいぶん引きずってるけど」

「足首を捻挫《ねんざ》したみたいなんだ。まあ、バイクは壊れなかったからラッキーだったけどね。さっき画伯が湿布してくれて、だいぶ楽になった」

「ご愁傷《しゅうしょう》さま」

天気は相変わらずの晴れ模様だが、標高千メートルを超える高地である。陽射しは強くても、緩やかに吹きすぎる風はすこぶる涼しい。それに、何よりも湿気の少ないのが、じめじめした気候が大嫌いな深雪にはありがたかった。

「みんな、こっちだよ」

青柳に促され、先ほどの座敷の縁側の前を通り過ぎる。そうしてさらに庭の奥へと進んだところで、青い屋根の小屋が見えてきた。

「タケマル、来い」

青柳の呼びかけに応えて、小屋からはいくぶん離れたところに立つ庭木の陰から、一匹の茶色い犬が姿を現わす。「タケマル」とは、青柳が飼っている犬の名前なのだ。

「あ……だめ、わたし」

深雪の背後で、うろたえた声が呟き落とされた。杉江あずさである。

「どうしたの」

「だめなのわたし、犬……」

見ると、あずさは美しい顔をこわばらせ、いやいやをするように細かくかぶりを振っている。ひどく怯《おび》えている様子だった。

「杉江さん、犬は好きだったんじゃなかったっけ」

と、深雪は首を傾《かし》げた。何とも答えず、あずさはかぶりを振りつづける。そしてゆっくりと、その場から逃げるようにあとじさっていくのだった。

タケマルは青柳の許へ駆け寄り、一所懸命に尻尾を振っていた。見た感じは柴犬《しばいぬ》っぽいが、それにしてはいやに図体が大きい。シェパード並みの体格をしている。木につながれていた鎖が首輪から外されると、嬉しそうに主人のまわりをくるくると走りはじめる。

「大丈夫だよ。おとなしい奴だから」

こちらを振り返って、青柳が云った。

「去年母親が死んだあとに貰ってきてね。純血の柴犬だという話だったんだが、このとおり、見る見るうちに成長してしまった。どうやら何かでかい奴の血が混じっていたようで……」

なるほど、これはよくある切ない話だが。

その間にあずさは、とうとう縁側の方まで引き返していってしまった。よほど犬が苦手らしい。昔は確かとても犬好きだったと思うのだけれど、はて、この十年の間に何かそれが百八十度変わってしまうような出来事でもあったのだろうか。

一方、嬉々《きき》として青柳たちの方へ近寄っていくのは響である。彼の無類の犬好きは深雪もよく知るところで、珍しいことにこの点では弟の叶と趣味が一致していた。兄弟の札幌の実家には、「パゴス」だの「ドドンゴ」だのといった変てこな名前が付けられた犬が何匹もいる。

タケマルは、今度は響のまわりをくるくると駆けまわる。初対面の人間だというのに、まるで警戒する素振りがない。

「よしよし。よろしくな」

子供を相手にするように話しかける響。

「よぉし。お坐りだ。お坐り、できるか？　タケマル。お坐り」

「それじゃあだめですよ、明日香井さん」

と、青柳が云った。

「違う言葉で教え込んであってね」

「『坐れ』ですか。それとも“Sit”？」

「『バカめ』と云ってごらんなさい」

「は？」

「バカめ、ですよ。バカめ」

すると、青柳のその声を聞き取ったのだろうか、タケマルはぴたりと足を止め、その場に「お坐り」した。

「何ですか、それ」

呆気《あっけ》に取られたふうに響が尋ねると、青柳は薄く伸ばした口髭《くちひげ》を撫でながら、

「最初はまともに『お坐り』で教えようとしたんだけれど、なかなか云うことを聞かないんで、腹が立って『バカめ』と云ったんですよ。そしたら、どうもそれがぴんと来てしまったらしくて」

「ははあ」

「始まりがそんな具合だったものだから、他の躾《しつけ》も普通とは違う言葉で教えることにしたのです。すると面白いように憶えてくれましてね。なかなか楽しい犬になってしまった」

「『お手』は、何と？」

青柳は杖を突いたまま上体を曲げ、

「なかよし」

と云いながらタケマルに左手を差し出した。すかさずタケマルは前脚をその手に重ねる。

「ごめん」

続けて青柳がそう発声すると、タケマルはぺたりと地面に腹をつけた。「伏せ」の命令らしい。

「こうさん」

これは「降参」。ごろりと仰向けになっておなかを見せる。腹の部分は、そこだけ毛が白かった。ついでにタケマルが、人称代名詞で云えば「彼」であることも見て取れた。

最初の「バカめ」以外は一応、意味を合わせて声符《せいふ》を選んでいるようである。抑揚《よくよう》にちょっとした特徴があるのは、この地方の訛《なま》りだろうか。

再び「バカめ」と命令してお坐りをさせると、青柳はズボンのポケットに左手を突っ込み、おもむろに一枚のビスケットを取り出した。途端、タケマルがそわそわしはじめる。だいたいにおいて犬は食べ物に目がないのである。

「がまん」

と云って、青柳はビスケットを足許に置く。「我慢」とはつまり、「お預け」のことなのだろう。タケマルはそわそわしつつも、お坐りの姿勢を崩さない。五秒十秒と経っても、ひたすら「我慢」を続ける。

「よし、タケマル。いい子だぞ」

一分も過ぎようかという頃になって、やっと青柳が禁を解いた。

「ゆるす」

オン、と一声鳴いて、タケマルはビスケットを食べはじめる。

「辛抱強い犬だなあ」

と、響が感心したふうに云った。

「私がこの場を離れても、『ゆるす』と云われるまでは食べませんよ。律儀《りちぎ》というか健気《けなげ》というか」

「うちの実家にも何匹かいるんですけどね、連中はみんな意地汚いんだよな。お預けは、せいぜい五秒が限界です」

嘆かわしげに響が云うのを聞いて、青柳は愉快そうに笑う。それからまた上体を折ってタケマルの頭を撫でてやり、ぽんと軽く背中を叩いた。

「一周まわってこい。全速力」

応えて、タケマルは猛然と走りだす。あれあれと見送るうちに、建物の向こうへと姿を消してしまった。

「なかなか利口ですね」

「誰にでもなついてしまうのが最大の欠点かな。同じような調子で命令したら、あなたや深雪さんたちの云うことにも従いますよ」

「犬は語勢で聞き分けるといいますからね」

「どんな人間を見てもめったに吠《ほ》えないし、番犬には絶対に使えませんな。まあ、こんな辺鄙《へんぴ》なところだから番犬の必要もないが。——ああ、深雪さん。だめだよ、触っちゃ」

深雪がちょこちょこと犬小屋に近づいていくのを見て、青柳が注意した。

「その屋根、今朝ペンキを塗ったばかりなんだ。汚れるよ」

「ペンキ塗りたて？」

足を止めて、深雪は青柳の方を振り返った。

「画伯が自分で塗ったの？」

「その小屋は、物置にあった古いやつを出してきてずっと使っていたんだが、あんまりみっともないから、君たちが来る前にと思い立ってね」

確かに、犬小屋からはつんと鼻を突く揮発臭が漂ってくる。それで、タケマルは小屋から離れたところにつながれていたというわけか。

「杉江さん、もしかして猫も苦手ですか」

という蓮見皓一郎の声が、そこで聞こえてきた。見ると、タケマルがいなくなったからだろう、あずさがそろそろとこちらに向かってきている。

「ううん。猫は平気」

あずさが蓮見の問いかけに答えた。

「どうして……」

「うちで飼ってるものだから。別荘にも連れてきてるんです」

「猫は大丈夫よ。犬はね、ちょっとわけがあって」

わけ？　やはり、彼女が犬を恐れるようになったのには特別な事情があるのか。

考えつつ、深雪は腰のくびれに両手を当てて天を振り仰いだ。青空を、真っ白な雲のかけらが凄い勢いで流れていくのが見えた。上空は相当に風の動きが速いようだ。

「ひゃっ」と、悲鳴のような声が響いたのはその時であった。

敷地内をぐるりと一周してきたのだろう、走り去ったのとは反対の方向から駆けてきたタケマルが、前脚を上げて五十嵐幹世に飛びかかっている。五十嵐は、先ほどまでタケマルがつながれていた木の陰に立っていた。

不意を突かれて五十嵐は大きくバランスを崩し、そのまま押されるようにして犬小屋の方へ数歩よろめいた。挙句、どてんと横様に身を崩してしまう。タケマルはくんくんと甘えた声を出しながら、倒れた五十嵐の顔に鼻を近づける。

「こらこら、タケマル」

青柳が慌てて叱りつけた。

「やめろ。やめなさい」

「大丈夫？　幹世兄さん」

「申し訳ない、五十嵐さん。じゃれついたつもりなんですよ。——こら、タケマル。反省だ、反省」

タケマルは五十嵐のそばから離れ、「伏せ」から「降参」のポーズへと移行した。悪いことをしたという自覚は、しかしあまりなさそうである。

「幹世兄さん」

深雪が駆け寄り、倒れたままでいる五十嵐の腕を取った。

「……う、うう」

起き上がろうとして、五十嵐は急に、ひっくと喉《のど》を詰まらせた。しゃっくり？　と一瞬深雪は思ったが、どうもそうではないらしい。尻を突いたまま両手を胸に当て、ひっ、ひっ、と苦しそうに喘《あえ》ぐ。うまく呼吸ができないような感じである。

「大丈夫？」

顔色が悪かった。目には涙が溜まっている。

「どうしたの。具合でも悪いの？」

ひっ、ひいっ、と喘ぎつづけつつも、五十嵐は深雪の手を振り払い、自力で立ち上がった。よろよろと足をもつれさせながら、「お坐り」の姿勢に戻ったタケマルのそばから逃げ出すようにして、縁側の方へと向かう。

「大丈夫ですか、五十嵐さん」

心配そうに青柳が声をかける。深雪は五十嵐のあとを追いながら、

「ね、ね、幹世兄さん。どうしちゃったの」

「……ああ、いや、心配要らない」

と、ようやくまともに言葉を返したものの、彼の顔色は依然として良くなかった。喉を鳴らす代わりに今度は、ごほごほと何度も咳払《せきばら》いをする。それが治まると、大きく肩で息をしながら、額に掌を押しつけて頭を振った。

「参ったな。油断してるとすぐこれだ」

深雪がそろりと訊くと、五十嵐は溜息混じりに、

「ちょっとした発作」

と答えた。

「病気?」

「もう大丈夫だと思うから」

二人のやりとりを傍らで聞いていた後藤が、「ははん」と口を挟んだ。

「五十嵐さん、あれですか。犬アレルギー」

「アレルギー?」

深雪はきょとんとして、

「タケマルに飛びつかれて、だから?」

「いやね、うちの弟が犬の毛にひどく弱くて、しょっちゅうそうやって苦しんでるもんだから、さ」

と、後藤。

「昔からそうだったの? 幹世兄さん」

「年を取ってから急に出る例が、最近多いらしいんだよね」

と、これも後藤。

「それは悪かったですね」

青柳が申し訳なさそうに詫《わ》びた。タケマルはすでに彼の手によって、元どおり鎖につながれていた。五十嵐はかえって恐縮したふうに首を振って、

「いえ、そんな……」

「先生？」

と、そこへ声が飛んできた。誰だろうか、深雪の知らない女の声である。

「先生？　青柳先生……おやまあ。すっかり賑やかですねえ」

五十がらみの小太りの女性が、縁側から顔を出している。青柳が「やあ、どうも」と手を挙げて応えると、女はおっとりとした口調で、

「お買い物、いつものとおりに。タケマル用のお肉もたくさん仕入れてきましたから。夕飯、何か作っていきましょうか」

「いや、今日はけっこう。日曜日にまた、よろしくお願いします」

「そうですか。じゃあ……」

「どうもご苦労さま」

女の名は市川登喜子《いちかわときこ》といって、青柳が雇っている通いのお手伝いだった。日曜日と木曜日の週二回だけ、買い物や掃除などをしにきてくれるよう頼んであるのだとい

う。

「さて――」

腕時計をちらりと見て、青柳がみんなに向かって云った。

「それじゃあ次は、例の絵がどんな災厄《さいやく》をこうむったかを見てもらおうかな」

4

いったん玄関の方へ戻り、そこから家の北側へと向かった。日当たりの加減も手伝って、庭は南側よりもいっそう荒れたたたずまいである。蒼然《そうぜん》と生い茂る草木の中、かろうじて道の体《てい》をなしているような小道を辿《たど》るうち、やがて黄ばんだ壁が見えてきた。

広い庭の隅にひっそりと建つ、それは古びた土蔵であった。

さほど大きな建物ではない。屋根の高さは普通の平屋よりもいくぶん高い程度だろうか。土台部の石垣、汚れた漆喰《しっくい》の壁、上方に開いた小さな明り採りの窓……。

昔それを見た記憶が、深雪にはあった。十年前の今日、ここを訪れたあの日――あの時にも確かに、この土蔵はこの庭の隅に建っていた。

が――。

いま目の前に現われたそれの、この変わり果てたさまはどうだろう。

沈没した古い船、とでもいった印象を、深雪はとっさに抱いた。それも単に難破して沈んだのではなく、いきなり砲撃を受けて撃沈されてしまったような。

「三年前にこっちへ帰ってきた時、あの中をちょっと改造してね」

青柳が立ち止まって云った。

「アトリエに使うことにしたんだよ。母屋《おもや》の方だと一人で閉じこもれる部屋がなくて、気が散ったものだから。まあ、アトリエといっても半分は物置と兼用みたいなものだったんだが、居心地はなかなか良くってね、気に入っていた。ところが」

と、杖の先を上げて建物を示し、

「このとおり。無残なもんだろう」

撃沈された船――。

まさにそれは、そんな風情《ふぜい》であった。

屋根や壁の一部が崩れ、原形を失ってしまっている。黒く焼け焦げたり茶色く変色した箇所が、壁のそこかしこに見られる。骨組みが露出している部分もある。

「火事が？」

と訊いたのは、杉江あずさだった。青柳は大きく肩をすくめて、

「天災だよ」

と答えた。

「天災？」

「もう四ヵ月にもなるか。春の初めに、ひどい嵐が来てね。その時に雷が落ちて」

「ひゃあ」

後藤が裏返った声を出した。

「本当ですか」

「五十年近く生きてきて、あんなに物凄い雷鳴を聞いたのは初めてだったよ。タケマルもきっと、死ぬほどびっくりしたことだろう」

青柳は苦笑するが、眉間《みけん》には縦皺《たてじわ》が寄っている。

「慌てて飛び出してみたら、あの屋根が燃えていた。いやはや、大変だったよ。雨が降っていたのと、すぐに消防車が来てくれたんで助かったけれど、それでもこのとおりの有様。屋根の四分の一くらいが焼け落ちてしまっている」

建物の入口に向かって足を踏み出すと、青柳は一同を振り返り、

「ちょっと中を見てもらおうか」

と云った。

「大丈夫。いきなり倒壊してしまうようなことはないから」

入口は頑丈そうな木製の二枚扉だった。鍵《かぎ》が掛かっている様子はない。青柳が扉を手前に開くと、その向こうにはさらに一枚のドアがあった。こちらは金属製の片開き扉で、古びた建物の外観にはまったくそぐわぬ感じである。

「改造した時にドアを替えたわけですか」

響が興味深げに尋ねた。青柳はノブに手を伸ばしながら、

「内側は昔ながらの引き戸だったんですが、かなりガタが来ていて使い勝手が悪かったもので」

外側の二枚扉と内側のドアとでは、倍近くも大きさが違う。当然内側のドアのまわりには、余った空間を埋める〝壁〟も造られている。

「それと、虫が多くて」

ドアを押し開きながら、青柳は付け加えた。

「戸の隙間《すきま》から何だかんだと入ってくる。物置に使っている分にはさして問題もなかったが、アトリエにするとなると……」

「なるほど」

「きちんと隙間のないドアにしたくって、これをあつらえたわけです。中にはエアコンも付けた。もっとも今や、何の意味もありませんが」

一行は建物の中に足を踏み入れた。

落雷の際に線が切れたままなのだろう、電灯は点《つ》かないが、屋根に開いた大きな穴から外の光が射し込んでくる。すぐに目が慣れ、内部の様子が見て取れた。

外から見た感じよりもかなり広い。床はコンクリート張りだった。古い簞笥《たんす》や長持ち、机、椅子といった、もともとここに置いてあったとおぼしき家具があちこちに残っているが、四ヵ月間の雨ざらしでどれもひどい汚れようである。バケツや箒《ほうき》、脚立《きゃたつ》といった道具も見られる。焼け落ちた木材や瓦礫《がれき》は、奥の一角に集めてあった。

荒れ果てた光景を見まわしながら中央まで足を進めたところで、

「例の絵もここに置いてあったんだよ」

皆を振り返り、青柳が云った。

「ちょうどそこ——屋根が落ちたあたりだったかな」

「燃えちゃったんですか」

深雪が訊くと、青柳は顔をしかめて頷いた。

「半分ほど燃え残ってはいたけれども」

「捨てちゃったんですかぁ」

「焼け焦げだらけで、その上、消防車の放水を喰《く》らってね、あまりにもひどい有様だったから」

はあー……と、思わず溜息が洩れる。

深雪以外の者たちの反応も、程度の差はあれ、同じようなものだった。中で一人、さして残念そうな素振りも見せないのは響である。

「その後、アトリエは母屋の方に移されたわけですか」

響が青柳に訊いた。どこまでそうと意識しているのだろうか、この時の彼の口調は、まるで警察官の職務質問そのものだった。

「そうですよ」

「今でも、よく絵を？」

「他にすることもありませんからね」

「この建物はいずれ取り壊してしまうんですか」

「まあ、いずれは。当面は面倒なので、このまま放っておくつもりだけれど」

響がさらに何か尋ねようとした時、「あれ？」という蓮見皓一郎の声がした。入口の方からである。

ている。

「どうして……そんな」

開いたドアのすぐ内側に、蓮見は立っていた。外を見て、ずんぐりとした首を傾げている。

「そんな……」

何があったのだろうか。独り呟く彼の声は、驚きに震えていた。

「……美島さん？」

美島？　夕海が来たのか。

深雪は小走りに入口へ向かった。同じ場所に佇《たたず》んだままでいる蓮見の太った身体の横から、外を覗き見る。そこで——。

「えっ？」

深雪もまた、今さっきの蓮見と同じような色の声を上げてしまった。

「そんな……」

庭の小道を歩いてくる、二人の女の姿があった。片方は見知らぬ顔だ。辛子《からし》色のスーツを着た、すらりと背の高い女性。

誰だろう、とは思った。が、それよりも問題はもう一人の方だった。

黒い長袖のシャツに黒いワイドパンツ、黒いパンプス。頭には、つばの広い黒い帽子を斜めにかぶっている。あの女は……。

「夕海、ちゃん？」

深雪は自問するように呟いた。

「夕海ちゃんなの？」

蓮見の横をすり抜けて、深雪は外に出た。あとの六人もそれに続いて建物から出てくる。そして、ほとんどの者が一様に、黒ずくめの彼女の姿を見て、驚きあるいは戸惑いの表情をあらわにした。

この時も、唯一例外だったのは響である。もっとも先ほどとは違って、みんながどうしてそのような反応を示すのかよく呑《の》み込めない、といった様子だった。

「皆さん、こんにちは」

同窓生たちの顔をつっと見渡し、黒衣の女が静かに口を開いた。

「お久しぶりです、青柳先生」

確かにそれは、美島夕海の声だった。しかし、喋《しゃべ》るその調子は明らかに、深雪の知る昔の彼女とは違っていた。

「時間に遅れてごめんなさい。こちらは私のお友だちで、千種君恵《ちぐさきみえ》さん。フリーの編集者をしていらっしゃる方です」

毅《き》然《ぜん》とした、それでいて妙に色気を漂わせた口振りだった。自信なげにとつとつと言葉をつなげていた昔の彼女とは、まるで違う。

「千種です。はじめまして」

紹介された女が、軽く会釈した。

縁なしの小さな眼鏡をかけたその顔は、少し化粧が厚すぎることに目を瞑れば、なかなか知的な雰囲気を備えている。美人と云ってもいい。年齢は見た感じ、三十代前半といったところか。

「今日は美島先生に、一緒に来ないかと誘われたものですから……」

(美島先生?)

深雪は首を傾げる前に、ちらりと後ろを振り返って響の顔を見た。

そう云えばこちらへ来るまでの車中、彼が云っていた。夕海が姉紗月の志を継いで、小説を書いたりイラストを描いたりしているらしいということを。だから編集者が一緒なのか。だから「先生」なのだろうか。

「いやあ、驚いたね、美島さん」

と云って二人の方へ進み出たのは、青柳だった。

「誰かと思ったよ。見違えてしまうほど、その、まるで……」

青柳はそこで言葉を切ったが、その続きを、深雪は心の中で呟いていた。

（お姉さんに——紗月さんにそっくり）

いま目の前にいるこの女性が美島夕海であるのは、間違いのないことだ。しかし、喋り方や物腰も含めて、それは深雪が知っているかつての夕海とはまったく別人のようであった。

度の強そうな黒縁の眼鏡もかけてはいない。野暮ったい雰囲気は微塵《みじん》もなく、ずんぐりとした体型にも見えない。以前よりも痩せて、すっきりとした顔の輪郭。巧みな化粧の効果もあってだろうか、目鼻立ちまでが、前とはまるで変わってしまったように見える。さらに加えて——。

腰よりも長く伸ばした、見事な黒髪。

（……まるで）

深雪は軽い目眩《めまい》を覚えた。

（まるで、紗月さんだ）

六年半前に殺された彼女の姉、美島紗月がそのまま、妹の夕海に乗り移って蘇ってきたかのような錯覚にすら、深雪は捉われたのだった。

5

夕海たちはお手伝いの市川登喜子に会い、みんなが庭に出ていることを聞いたらしい。荷物は玄関に置いてきたという。

時刻はもう午後四時を回ろうとしていた。

青柳の指示で、土蔵の中に転がっていたシャベルを一本持ち出すと、夕海と千種君恵を加えた九人は目的の場所へと向かった。蔵の裏手に立った大きな樫《かし》の木が、その目印である。

この木の根元と蔵の壁とを最短距離で結んだ直線の、ちょうど中点に相当する位置。そこに十年前、彼らはタイムカプセルを埋めたのだった。

地面はすっかり雑草に覆われている。蓮見がまずシャベルを持ち、当たりをつけた地点を掘りはじめた。だが、肥満した身体はやはり力仕事には不向きらしく、少し掘っただけで息が上がってしまう。後藤があとを引き受けようとしたが、足首の負傷のせいで動きがぎこちない。そこで五十嵐が、自分がやろうと申し出た。

「ねえねえ」

深雪は響のそばに歩み寄った。彼は土蔵の壁を背に立ち、涼しい顔で〝発掘作業〟を眺めている。

「幹世兄さんが疲れたら、交替してあげてね」

響は黙って肩をすくめる。穴掘りに使うような筋肉は残念ながら付いていないもので、とでも云いたげである。

「あのね、ヒビクさん」

深雪は彼の耳許に顔を寄せ、

「夕海ちゃんのことなんだけど」

小声で云って、ちらと目を流す。夕海は樫の木の下に、千種君恵と並んで立っていた。

「なかなか妖艶《ようえん》な美人だね」

響はサングラスのフレームに指をかけた。

「写真よりも本物の方がずっと美人だ」

「それ。訊きたいのはそれ」

「と云うと？」

「雑誌の記事で見たって云ってたでしょ。その記事の写真も、あんな感じだったの？」

「そうさ」

「あんなふうに髪が長くて？」

響は躊躇《ちゅうちょ》なく「うん」と頷く。「本物の方がずっと美人」と云ったのは、単に写真写りの良《よ》し悪《あ》しを問題にしてのことらしい。

「千種っていうあの女のコメントも載ってたな。フリーの編集者だと云ってたが、実質的には彼女のマネージャーみたいなことをやってるみたいだ」

「ふうん。そうなんだ」

「何でわざわざそんなことを訊くわけ？」

と、今度は響の方が質問してきた。

「さっき彼女が現われた時には、何だかみんなしてずいぶんびっくりしていたようだけど。どうしてなのかな」

「それはね……」

さらに声をひそめて、深雪は簡単に説明して聞かせた。今ここにいる夕海が、むかし最後に会った時と比べていかに変わってしまったのか。そして、その変わり方の内容がどういうものであるのかを。

「なるほどね。ふん」

響は腕組みをし、鼻を鳴らした。

「みんなが驚くのも無理はないわけだ。深雪ちゃんみたいに、死んだ美島紗月の容貌を知っている人間にとってはなおさら、ってことか。この中じゃあ、誰と誰が紗月の顔を知ってるんだろう」

「さあ」

そうこうするうちに、五十嵐のシャベルが地中の目的物を掘り当てた。蜜柑箱《みかんばこ》よりもひとまわり小さいくらいの木箱である。

『一九七九年八月十七日、私たちの夢見る未来をここに――』

箱の蓋《ふた》には、油性のインクでそう記されている。これは確か、あずさが書いた字だ。この箱の中に、「十年後の夢」を記した紙片を封じ込めた五本の瓶が納められているのだった。

「替わりますよ、五十嵐さん」

と云って、蓮見が再びシャベルを握った。穴が掘り広げられ、やがて箱が地中から取り出される。蓋はしっかりと釘で留められていた。

「家の中へ運ぼうか」

杖を握った右手の甲をぼりぼりと掻きながら、青柳が云った。

「ここは蚊が多い。釘抜きも必要だろう」

6

木箱を運ぶ役目は響が引き受けた。知らん顔でさっさと引き返そうとしたのを、深雪が呼び止めて押しつけたのだ。

玄関の土間に箱を下ろすと、響は怨《うら》めしげに義妹をねめつけながら、手と服の汚れを払った。

「変死体を運ぶのに比べたら楽なもんでしょ」

茶目っけたっぷりに深雪が云う。もちろんこれは、まわりの者たちに聞こえるような声で、である。響は鼻筋に皺を寄せて、

「僕は頭脳派だもんでね、その手の仕事は免除してもらってるんだ。知らなかった？」

青柳が家に上がり、釘抜きを取ってきた。それを受け取り、次なる作業は後藤が受け持った。慣れた手つきで、蓋に打ちつけられた錆《さ》びた釘を抜きはじめる。

（そう云えば彼、こういうの得意だったっけ）

中学時代に一度、後藤と同じクラスになったことが深雪にはあった。その年の文化祭で模擬店を開いた際、看板作りやら何やらの大工仕事で彼が活躍していたのが思い出される。

すべての釘が引き抜かれ、蓋が開かれた。丸めた新聞紙を詰め物にして隙間を埋めた中に、五本の瓶が並んでいる。

十年前にこの蓋を閉めた時のまま、であった。使われた瓶は、あの時この家にあったウィスキーやインスタントコーヒーの空き瓶。それぞれの瓶の表には、各人の名前を記したラベルが貼《は》られている。

「おっ。これが俺のだ」

後藤が真っ先に手を伸ばし、角張ったウィスキーボトルを取り上げた。透明な瓶の中に、小さく折りたたまれた白い紙片の入っているのが見えた。

自分の瓶を左手に握ったまま、後藤は残りの四本を順に取り出し、ラベルの名前を確かめてその主《ぬし》に手渡していった。

「ほい、これはあずさちゃんね。こいつは蓮見か。そんでもってこれは……」

自分の名が記された瓶を受け取ると、深雪はそれを眼前に持ち上げ、濃い緑色のガラスを光で透かして見た。間違いなく、中には紙片が入っている。

すぐに瓶の蓋を開けようとする者は、しかし誰一人としていなかった。

どうしてだろう、と深雪は思う。

中身の文書がどういうものなのか、もちろん自分には分かっている。そこに書かれた「夢」と現在の自分との関係も、すでに承知している。なのにどうして、ここでそれを取り出すことをためらってしまうのだろうか。

十年後、この中の誰が一番自らの「夢」に近づいているか。それを競《きそ》おうと誰かが云いだし、皆が賛成した。場を盛り上げるためにそして、青柳が例の絵を「賞品」に提供しようと申し出たわけだったが、その絵も今やこの世には存在しない。

本当にあれは、ただのお遊びだったのだ。誰も、必要以上に真剣な受け止め方はしていなかったはずだと思う。十年という長い時間を経て再び同じメンバーがここに集まる、その口実のような「約束」だったのだと云ってしまってもいい。

なのに、どうして？　どうして今、この「カプセル」を前にして、こんなに胸がどきどきするのだろうか。

深雪自身に関して云えば、〝結果〟はすでに明白なのである。叶に告白したとおり、あの時、彼女は「警視庁のカッコいい刑事さんと結婚する」ことを自らの夢としてこの紙片に書きつけた。それはほぼ完全に彼女の現在と合致しているわけで、ならば何もこんなに緊張する必要はないではないか。

「みんな、まあお上がりなさい。ここでというのも何だろう」

と、青柳が云った。

靴を脱いで家に上がる際、深雪は、響が土間に置かれた木箱の中に手を突っ込むのを目撃した。何をするのだろうと思って注目していると、彼はくしゃくしゃになった古新聞を一枚取り出し、さらに小さく丸めて上着のポケットにしまってしまった。

あたしが気にしているのは、他ならぬあたし自身なんだ。

瓶を片手に奥座敷への廊下を歩くうち、深雪はそんな結論――と云うほどたいそうなものでもないが――を下した。

高校一年の夏に抱《いだ》いていた夢がいま叶っているかどうか、それが問題の中心にあるのではない。十年という長い時間の向こうにいる自分自身と正面から向き合うこと、そのこと自体に心が構えてしまっているのではないか。

過去から現在へ、という方向ではなくて、その逆なのだ。現在から過去へ――十年の時を隔てたあの頃の自分自身に今、自分はどのような想いを抱くのか、抱けるのか。それが、少なくとも自分にとっては問題なのだと、そんなふうに思える。

「とりあえずあの時の〝立会人〟として、僕が司会進行の役を務めることにしましょうか」

座敷に皆が落ち着いたところで、五十嵐幹世がそう云いだした。安楽椅子に坐ってパイプをくわえた青柳が、「いいでしょう」とでも云うように大きく頷く。五十嵐は多少芝居がかった調子で続けた。

「皆さん、自分の瓶の中から紙片を取り出してください。そして、そうだな、一人ずつ順番に、自分の文章を読み上げていただけますか。いいですね」

文句をつける者はいなかった。

「そんじゃま、俺からやりますか」

ことさらのように道化た口振りで云うと、後藤慎司が瓶の蓋を開いて逆様に振った。出てきた紙片を開き、わざとらしい咳払いを一つしてから、そこに記された文章を音読する。

「『僕は映画を創《つく》る人になりたい』——こんなふうに書いてたんだな。ふうん。『監督になれれば申し分ないけど、美術監督とかそういったのでもいいかな。とにかく、すつごく面白い映画を創りたいと思うのです』——ってか」

読み終わると、後藤は紙をくしゃりと丸めて机の上の灰皿に捨てた。

「んで？　この夢が叶ったかどうか、現在の自分の状況を報告しなきゃならないわけ？」

五十嵐はちょっと困った顔をして、

「まあ、そういうことになるんでしょうね」

と答えた。後藤は青い色眼鏡をひょいと押し上げて、こほんとまた咳払いをした。

「とりあえず努力はしてるんっすよ、俺だってさ。大学出て、何とか真《ま》っ当《とう》な映像プロダクションに入ったまでは良かったんだけど、そこがすぐに潰《つぶ》れちゃってさ。コネを頼って行き当たった先が、アダルトビデオの制作事務所だったんだなあ。で、今はその手のビデオの助監督をやっております。助監督といっても、要は雑用係として酷使されてるわけだけどね」

それだけ一気に云ってしまうと、後藤は別に悪びれる様子もなく場を見まわした。

「女性の方々、もしもビデオ出演に興味があるようでしたらご連絡ください」

ぷっ、と思わず噴き出してしまったのは、深雪だけだった。あずさは露骨に顔を曇らせてそっぽを向き、夕海はと云うとまったく表情を変えずに視線を宙の一点に据えたままである。夕海の横に坐った千種君恵の反応は、あずさと夕海の中間といった感じだった。

「次は僕かな」

後藤の隣に坐っていた蓮見皓一郎が口を開いた。すでに瓶から取り出してあった紙片を開き、目を落とす。

「読みます。『建築家になるのが僕の夢だ。ガウディーみたいな、他の人が建てないような不思議な建物をあちこちに建ててみたい』」

ほうーっ、と場がざわめいた。

その夢を実現させるべく、彼は大学で建築学を専攻し、一級建築士の資格を取得した。今は東京のある建築設計事務所に勤めているらしい。結婚相手の家の財産という後押しがあってのことはいえ、そこでとにもかくにも、若くして自らの設計による建物を一つ造ってしまったわけだから、これは大したものだと云える。

「蓮見君が設計した別荘って、じゃあ、やっぱりガウディーみたいな不思議な建物なの？」

深雪が質問すると、蓮見はいくぶん照れ臭そうに眼鏡の奥の小さな目をしばたたかせた。

「ガウディーみたいっていうことはないけれど、でもまあ、ちょっとばかり変わった建物であることは確かですよ」

「名前は付けてあったりするのかしら」

「と云いますと？」

「何とか館とか、何とか亭とか、ほら、よくあるじゃない」

「それはね、一応『鳴風荘《めいふうそう》』っていうのがあって」

「めいふうそう？」

「鳴る風と書いて鳴風《めいふう》、です。これはでも、元からあそこの別荘に付けられていた名称で、最初に別荘を建てた人が、そう命名したんだとか」

「じゃあ、『新・鳴風荘』ってわけね」

「ええ、まあ」

いずれにせよ、このあとその別荘を訪れるのがなかなか楽しみになってきた。いったいどんな意匠の建物なのだろうか。

「それじゃあ次は、杉江さん、お願いします」

と、五十嵐が先を促した。

あずさは黙って頷いたが、その表情は冴《さ》えない。瓶から取り出した紙片を右手に握り込み、口を閉ざしたままでいる。

やがて長い溜息をついたかと思うと、意を決したように紙片を開き、

「『わたしの夢は』——」

感情を抑えた声で読みはじめた。

「『国際線のスチュワーデスになることです。父がパイロットなので、できれば一緒の飛行機に乗って世界中をまわりたいと思います』」

現在、彼女は東京で証券会社に勤めているのだという。高校は、深雪や夕海が進んだ私立よりもワンランク上の進学校へ行き、そこからストレートで国立の外国語大学に入った。少なくともその時点までは、スチュワーデスになるという目的に変更はなかったのだろうと想像できるわけだが……。

「スチュワーデスはね、諦めたの」

ぽつりとそう云い落としたあずさの表情には、暗い翳《かげ》りがあった。「諦めた」ことを単に寂しく思ったり悔しく思ったりしているふうではない。もっと方向性の違う、そう、何かに怯《おび》えているかのような翳り——。深雪にはそのように見えた。

だとしたら、いったい彼女は何に怯えているのだろうか。

「次は深雪ちゃんだけど」

あまり間をおくことなく、五十嵐が云った。あずさに対する気遣《きづか》いが、そのタイミングと声の調子に読み取れた。

「どうする？　君も一応、ここで読み上げておくかい」

「どういう意味？　それって」

「だってさ、十年前にカプセルを埋めた時から、深雪ちゃんは自分が何て書いたのかをみんなに云いふらしてたじゃない。でもって、今日はちゃんと刑事の旦那さんを連れてきたわけだし、今さらもういいかな、と」

なるほど。云われてみれば確かにそうである。

深雪は、自分の瓶から取り出した紙片にそっと視線を落とした。

> 警視庁のカッコいい刑事さんの奥さんになること。これがあたしの、子供の頃からの夢です。十年後にはきっとそういう人と巡り会っていたいな。

充分に承知していた内容だけれど、改まってこうして文章で読んでみると、さすがの深雪も頰が赤らんでしまう。並んだ文字の筆跡は、今とほとんど変わるところがないように見えた。

これが過去の——十年前の自分自身なのか。そんな感慨が多少湧《わ》かないでもないが、それよりもむしろ「なーんだ」という気持ちの方が強く首をもたげてくる。さっきまであんなふうにどきどきしていたのが、何だか馬鹿馬鹿しくすらも思えてきて、深雪は誰にも聞こえないように小さく吐息をついた。

「じゃ、あたしはパスね」

紙片をたたみながら、深雪は云った。

「幹世兄さんの云ったとおりだもんね。——いいよね、みんな」

異議を唱える者はいない。

「じゃあ最後は」

と、五十嵐は夕海の方へ目を向けた。先ほどまでとはまた異質な緊張が、場に走った。全員の注目が彼女の動きに集まる。

「美島さん、いいですか」

五十嵐の声に、夕海はそれまで心ここにあらずといった感じで宙に向けていた眼差しを手許《てもと》に下ろした。まだ瓶から取り出しただけで折りたたまれたままの紙片が、テーブルの上にはあった。

一同が見守る中、夕海はゆっくりと紙片を開いた。黙ってそこに記された文章を見つめながら、シガレットケースから煙草を取り出す。くすんだ紫色のルージュで彩られた唇に煙草をくわえる。

続いて彼女が取った行動に、誰しもが驚いた。煙草に火を点けたあと、ライターの炎をゆっくりと紙片に近づけていったのだ。

「あっ」という声が、幾人かの口から洩れた。紙片は見る見る炎に包まれ、灰皿に投げ捨てられた。

「別にどうでもいいことでしょう」

夕海が静かに口を開いた。

「十年前の自分には私、興味がないので」

それだけで言葉は切れ、くつくつという低い笑い声に変わった。場が、微妙なざわめきに揺れる。それを意識してかせずか、火の点いた煙草を指の間に挟んだまま、夕海はなおもしばらく独り笑いつづけた。

そんな彼女の姿に、驚きを通り越して強い違和感や不気味さ、そして疑問を感じたのは、もちろん深雪だけではなかっただろう。

○主要登場人物に関するデータ③

氏　　名	青柳洋介（あおやぎ　ようすけ）
性　　別	男
血 液 型	A
生年月日	1940年4月24日
身　　長	166cm
体　　重	47kg
出 身 地	長野県
現 住 所	長野県南佐久郡南牧村
職業その他	元中学校教諭

氏　　名	後藤慎司（ごとう　しんじ）
性　　別	男
血 液 型	B
生年月日	1963年5月9日
身　　長	178cm
体　　重	60kg
出 身 地	埼玉県
現 住 所	東京都練馬区
職業その他	ビデオ制作事務所に勤務

氏　　　名	杉江あずさ（すぎえ　あずさ）
性　　　別	女
血　液　型	A
生 年 月 日	1963年9月20日
身　　　長	161cm
体　　　重	48kg
出　身　地	神奈川県
現　住　所	東京都豊島《としま》区
職業その他	証券会社に勤務

V　鳴風荘に到着する

1

午後五時半、一行は青柳邸をあとにした。向かう先は、蓮見皓一郎が設計したという「鳴風荘」である。

深雪たちのパジェロと五十嵐のシビック、蓮見のソアラの他に、青柳が車庫から自分の車を出してきた。シルバーメタリックのボルボ。青柳には左足のハンディキャップがあるから、当然オートマティック仕様だろう。

あずさはソアラに、夕海と千種はボルボに分乗した。後藤はどうしたらいいか迷っていたようだが、結局、負傷した足を休めるためバイクは青柳邸に置いておいて、深雪たちの車に乗った。

ソアラを先頭にして、四台の車は林間の細い道を抜けて目的地へと向かう。

「ねえ、カナウ君」

ハンドルを握った深雪が、助手席の響に話しかけた。ここで「カナウ」という名前で呼んだのは、云《い》うまでもなく、後部座席にいる後藤の耳を意識してのことである。

「どう思う？　夕海ちゃんのこと」

「さて。難しい質問だね」

響は軽く鼻を鳴らして、

「それに答えるよりもまず、こっちから訊《き》きたいことの方がたくさんある」

「って？」

「たとえば、死んだ美島紗月というのはどんな女だったのか。彼女と夕海との姉妹関係の実態は？　さらには、そう、六年半前に起こった紗月殺しの詳しい状況についても」

深雪はちらりとバックミラーに目を上げ、後藤の様子を窺《うかが》う。深雪と叶とのそもそもの出会いが「六年半前の事件」にあったということを彼は知らないはずだから、今の響の言葉に問題はないだろう。

「紗月さんはね、怖い人だったよ」

と、その後藤が口を開いた。

「知ってるの、後藤君」

「そりゃあまあ、有名人でもあったしねえ」

「会ったこと、あったの？」

「ああ、まあね」

「ほんとに？　いつ？　どこで？」

思わず勢い込んで深雪が質問を重ねるのに、後藤はちょっと戸惑い顔で、

「やだなあ、深雪ちゃん。尋問は旦那《だんな》さんの仕事でしょうが」

と茶化《ちゃか》した。

「じゃあ、僕が訊かせてもらいましょうか」

響が取り澄ました声で云った。

「美島紗月さんとは、いつどういう機会があってお会いになったのですか」

「参ったなあ。ま、別に隠すことでもないしいいけどさ」

後藤は苦笑して煙草をくわえた。

「あれはね、大学一年の夏だった。その年の暮れだったよね、彼女が殺されたのは」

「そう」

一九八二年十二月三十日——と、深雪は忘れもしないその日付を思い浮かべる。

「大学の先輩がさ、たまたま彼女と知り合いだったんだよ。俺が行った大学、M＊＊美大だったから。彼女もあそこの出身だったろ。んで、その先輩っつうのがつまり、彼女とけっこう親密なおつきあいをしていた男だったわけで」

「恋人ってこと？」

「その一人ってとこじゃないかな。聞くところによると、ずいぶん大勢の男といろいろあったそうだから」

紗月の男性関係が派手だったらしいことは、深雪もむかし夕海の口から聞かされた憶《おぼ》えがある。

「その先輩の紹介で会ったわけ？」

「そういうこと。他にも何人かと一緒に六本木《ろっぽんぎ》へ飲みにいってさ。先輩はまあ、有名人のオンナがいるってえのをみんなに見せびらかしたかったんだろうけど」

「ふうん。でもそれで、どうして紗月さんのことを『怖い人』だなんて？」

「そりゃあ——」

少し口ごもってから、後藤は答えた。

「あんなにいろんなことをズバズバ当てられちゃあね、怖くもなろうってもんさ」

「当てられた?」

　深雪はミラーに向かって小首を傾げ、

「それって、例の〝未来を見る力〟で？」

「なんだろうね。その時が俺とは初対面だったたってのにさ、現在から未来まで、それこそ何でもお見通しって感じで」

「たとえば？」

「映画の仕事に憧《あこが》れてるんだろうってところから、将来はいったんその手の会社に入るが、あまり長続きはしないだろう、とか」

「すらすらとそんなふうに云うわけ？」

「見えちまうらしいんだな。意識して見ようとしなくても、自然に見えてしまう……と、これは先輩から聞いた話ね」

後藤は後部座席の窓を細く開き、「はあ」という掠《かす》れ声とともに煙草の煙を吐き出した。

「今でもよく憶えてるけどね、あの夜は満月でさ、店から出て道を歩きはじめたと思ったら急に、だった。俺の方を振り向いていきなり、『後藤さん、あなたは……』って調子で。長い髪が月の光を受けながら揺れて、まるで——何て云うのかな、まるで生きているみたいだったなあ。あの見事な髪が彼女の〝力〟の源なんじゃないかって、そんなふうにも思えた」

「………」

「その時はもちろん、彼女の〝力〟を手放しで信じる気になんぞなれなかったさ。疑ってもみた。俺が映画監督志望だなんてのは、事前にどこからでも仕入れることができた情報だろうしねえ。けれどもその後、未来に関して云われたことが次々と現実に起こってみると……」

「入った会社が潰《つぶ》れちゃったこと？」

「それもあるし、他にもね、たとえば今年中に家族の誰かが不幸に遭うだろうとか、そういう〝予言〟もあったんだ。実際、その年の秋、それまで元気だった親父《おやじ》が心臓麻痺《まひ》でぽっくり死んじまってさ。ありゃあ参ったよなあ」

「へえぇ」

　そういう経験があったのなら、後藤の口から「怖い人」という言葉が出たのも無理はないかもしれない。そしてそのことは、おのずと深雪に、六年半前のあの事件についてすでに明らかとなっているいくつかの事実——あの犯人は何故《なぜ》紗月を殺したのか、何故彼女の頭髪を切って持ち去ったのか——を思い起こさせるのだった。

「『わたしはお姉さんのようになりたい』って書いてあったな」

不意に響が、低く呟《つぶや》いた。「えっ」と深雪が目をやると、彼はシートに後頭部をつけて額に手を当てながら、

「さっきのタイムカプセルさ」

と云った。

「読み上げずに燃やしちゃっただろ。あの紙に書いてあった」

「夕海ちゃんの?」

「うん」

「見たの? ヒビク……じゃない、カナウ君」

「隣に坐ってたからね。ああいう覗《のぞ》き見をする時に、この手のサングラスは便利だな。視線が他人には分からない」

「ちゃっかりしてるんだ」

「職業病と云ってほしいね」

響はにたりと笑った。すっかり「刑事さん」になりきっている。

「全部読んだの?」

「『わたしはお姉さんのようになりたい。無理だとは分かっているけど。お姉さんは

特別な人だから。でもやっぱり……』――確か、そんな感じだったと思う」

「特別な人、か」

「あの紙を燃やしてしまったのは、今となってはもう、こんなふうに考えていた昔の自分自身を思い出したくないからってことなのかな」

「驚いたよなあ、夕海ちゃんには」

と、後ろの後藤が口を挟んだ。

「まるっきり昔と違うんだもんな」

「そう思った？　後藤君も」

「そりゃあそうさ。あんなに冴えない感じだったのが、それこそまるで……」

「まるで？」

「あの女が――紗月さんが乗り移ったみたいだ、ってさ。マジな話、俺は一瞬、死んだはずの彼女が現われたのかと思った」

実際に紗月と会ったことのある後藤がそう云うのだから、これは確かだろう。深雪は生前の彼女の顔を、結局のところ雑誌に載った写真でしか見ていないのである。

六年半前の事件のあと、夕海は精神に異常を来《きた》して長期の入院を強《し》いられた。それほどに紗月の死は彼女にとってショックだったわけである。深手を負った彼女の心はそこで、自分自身が死んだ姉のようになるという方法で安定を取り戻そうとした？　たとえばそういう説明が成り立つだろうか。だとすれば、あの事件は結果として、十年前の夕海の「夢」の実現に一役買うことになったわけだと、そんなふうにも云えるのか……。

ひとしきり無責任な想像を巡らせたあと、

「そうそう、カナウ君」

深雪はまた響に話しかけた。

「さっき、掘り出した箱の中に詰めてあった新聞紙を取り出してたでしょ。あれ、何だったの」

「ああ」

響はやや勿体《もったい》をつけるような感じで、

「たまたまね、ちょっと面白い記事が載った新聞だと気づいたもんだから」

と答えた。

「記事？　どんな」

「知りたい？」

やはり勿体をつけている。深雪が「教えてよ」とせっつくと、響は膨《ふく》らんだ上着のポケットを撫でながら云った。

「中塚哲哉」

「ええっ？」

深雪は慌《あわ》てて記憶を探る。その名前をもちろん、彼女は知っていた。

「それって確か……」

「おや、着いたみたいだね」

深雪の言葉を遮《さえぎ》って、響が云った。

前を行く蓮見のソアラが、右のウィンカーを出して減速する。進行方向右手に、背の高いコンクリートの四角柱が二本、連なる白樺《しらかば》の木々を分断するようにして、にょっきりと立っているのが見えた。

「あれが門なんじゃないかな。ふん。なるほど、あれだけ見ても、あんまり普通の別荘って感じじゃあないね」

午後五時五十分、鳴風荘に到着。夏の日は長く、外はまだ昼間の明るさである。

2

「変なの」

その建物を正面から見上げて、深雪は思わずそう呟いた。

「ほんとに変わってるんだ。でも、確かにガウディーとは全然違うわねえ」

「なかなか凄いセンスだ」

と、響。褒《ほ》めているのか貶《けな》しているのか、どちらともつかぬ調子である。

「特にあのキリンの絵が凄いな。まだ描きかけみたいだけど」

広大な敷地だった。周囲は美しい白樺の森、左手には間近に八ヶ岳の峰々が迫る。降り注ぐ蟬時雨《せみしぐれ》と野鳥の鳴き声。庭のそこかしこには色鮮やかに咲いた高原の花々。あり余るほどの自然に取り囲まれながら、それらとはまるで異質な趣《おもむき》の建物が、そこには建っていた。

巨大なコンクリートの箱を、まるでおもちゃのブロックのように積み重ね、組み合わせたような感じ——とでも云うのが最も要領を得た説明だろうか。木材はいっさい使われていないようだ。全館コンクリートで造られた、素材的には単純な、しかし構造的にはかなり複雑そうな建物である。

　ざっと見たところ、建物はおおよそ三つの棟《むね》に分かれている。

　一つ目は一番手前の一階建てで、この中央に玄関がある。その右側奥に二つ目の棟があって、これは二階建てのようだった。もっとも、土地全体が奥に向かって上りの傾斜を持っているらしく、そのため二つ目の棟は一つ目よりもそもいくらか高い位置にある。そのさらに奥に三つ目の棟が見えるのだが、この建物はもっと高い。おそらく四階建てだろう。

　これだけでも、こういった高原の森に建てられた別荘としては充分に変わっていると云える。ところがさらに——。

　建物の壁面に描かれた、さまざまな絵。

　原色をふんだんに使った、ポップアート調の絵である。見ようによっては、子供が乱暴に落書きしたようにも見える。描かれているのは、どうやらすべて動物のようだった。

　巨大な緑色のトカゲ、極彩色《ごくさいしき》の羽根を広げた蝶《ちょう》、フクロウにアザラシにペリカン……。実に賑やかだが、その分異様でもある。響が云ったキリンの絵は一番奥の四階建てに描かれているが、確かにまだ制作の途中らしく、頭と胴体の一部分しかできていない。

よくもまあ、こんな建物を造るのを、所有者である蓮見の義父が許したものだな、というのが深雪の正直な感想だった。

もしもこれが深雪の父、政治の持ち物だったとしたらどうだろう。深雪の結婚相手が仮に建築家で、古くからある別荘をこのような奇天烈《きてれつ》な家に建て替えてしまったとしたら――。

きっと怒るだろうな、と思う。そのあたり、父はしごく保守的な美的感覚の持ち主だから。

「ご覧のとおり、壁画が全部できあがるまでにはまだだいぶ時間がかかりそうなんですが」

蓮見の声が聞こえた。話している相手は青柳であった。

「とりあえず建物自体は完成してます。物はあまり揃《そろ》ってませんけど」

「あの絵は誰が?」

青柳が訊いた。パイプを唇の端にくわえ、杖を持ったまま腕組みして建物を見上げている。

「はあ。実は彼女が」

はにかんだ声で答えて、蓮見は右手を前方へ差し上げた。そうして指さしたのは、キリンの絵が描かれた一番奥の棟である。

改めて見てみると、その三階部分の外壁には絵を描くための足場らしきものが組まれていて、そこに誰かが立っていた。こちらを向いて、手を振っている。黄色い服を着た女性だった。同じ色が後ろの壁に塗られているので、保護色になって気づかなかったのだ。

「家内の涼子《りょうこ》です」

「ほう。奥さんが」

「ああいう絵を描くのが仕事というか、趣味というか……。義父は末娘の彼女にはとことん甘くて、好きにしろと。つまりですね、まあ云ってしまえば、この別荘を自由に建て直して、そこに彼女が自由に壁画を描いてもいいと、それが義父から僕らへの結婚祝いだったわけで」

「何とも贅沢《ぜいたく》な話だねえ」

青柳は半ば呆《あき》れ顔だが、愉快そうな口振りでもある。蓮見の妻涼子は、その間に三階の窓の中へと姿を消していた。

「さあ皆さん、どうぞこっちへ」

蓮見に導かれ、一行はそれぞれの荷物を手に玄関へと向かう。

3

蓮見の説明によれば、三つの棟はさしあたり、手前から順に〈A館〉〈B館〉〈C館〉と名付けてあるという。ちなみに方角は、A館の方が南、C館の方が北、である。(「鳴風荘全体図」P.178参照)

A館の玄関ホールで九人を迎えたのは、真っ白な毛並みの大きな猫だった。丸々と太っていて、それこそ純血の柴犬くらいは大きさがありそうだ。それがホールの床にうずくまっていて、深雪たちが入っていくと、「うにゃあ」という間延びした鳴き声を投げてよこした。

「ポテといいます。涼子が昔から飼っている猫なんです。画伯のところの犬とおんなじで、まったく人見知りしない奴で」

蓮見が云う。深雪の後ろで、五十嵐がごほごほと咳込んだ。

「あ、五十嵐さん、ひょっとして猫の毛もだめなんですか」

心配そうに蓮見が訊くと、五十嵐は口許《くちもと》に手を当てたまま、

「いえ、大丈夫ですよ」

と首を振った。蓮見はほっとした顔で、

「どうぞ、靴のままでいいですから」

玄関ホールから右手へ進むと、そこは二十畳以上は優にありそうな広間になっていた。さっきの蓮見の言葉どおり、なるほど調度品の類《たぐい》はまだあまり揃っていないようである。

まもなく蓮見涼子が、Ｂ館への廊下に続いているものらしい奥のドアから姿を現わした。黄色い服は作業用のツナギで、あちこち塗料で汚れている。

「いらっしゃい」

元気の良い声で彼女は云った。

「はじめまして。こんな格好で失礼します」

「涼子です」

見たところ、蓮見よりもいくつか年上のふうだった。スリムな身体《からだ》つきに、ちりちりのソバージュヘア。化粧っけのない顔にはそばかすが目立つけれど、それがまるで気にならないような愛らしさを備えている。外の壁に描かれた絵の大胆な筆致にも似て、一種独特のエネルギーが全身から発散されているようにも感じられる。

(カッコいい人なんだ)

初対面のその場ですっかり彼女のことを気に入ってしまった深雪は、ころころに肥満した蓮見の方を見ながら、何で彼女は彼を選んだんだろう、と思った。失礼といえば失礼な、しかしおそらく誰もが抱いたであろう疑問だったが、これは後に、「わたし、太った人が好きなの」という涼子の一言であっさり氷解することとなる。

蓮見が皆にソファを勧め、涼子が飲み物の用意をしに厨房《ちゅうぼう》へ向かった時点で、深雪はいま一つの疑問を抱いた。涼子が右足を引きずっていることに気づいたのである。怪我《けが》でもしているのだろうか。そんな状態で、あんな高いところに出て壁画を描いていたのか。危険じゃないんだろうか。

その疑問も後に、涼子自らの説明によって氷解することとなる。

「子供の頃、屋根に登って遊んでて落っこちちゃって、以来このとおりで……」

そう云って、彼女は屈託《くつたく》のかけらもなく笑っていた。

「昔からやんちゃな子だったんです。ほんと、男の子と一緒になって駆けまわって。陸上の選手に憧れてたんだけど、さすがにそれは諦《あきら》めなきゃならなかったのよね。あれはちょっと辛かったたな」

涼子が淹《い》れてくれた紅茶を味わいながら、一行はしばらく広間でくつろいだ。その間に蓮見が、涼子にみんなを紹介していく。

涼子は誰に対しても等分に陽気な笑顔を振りまいて歓迎の意を示したが、ただ一人、夕海が紹介された時にはその態度に若干の変化が現われたのを、深雪は見逃さなかった。

あからさまな驚きこそ見せなかったが、「あら？」とでもいうような瞬間のこわばりが、表情に浮かんで消えたのである。

どうしてだろうか。別に深い意味があってのことではないのかもしれない。たとえば、そう、蓮見があらかじめ中学の卒業アルバムか何かを妻に見せ、今日ここに集まるのはこの連中だと教えていたとしよう。だったら……。

それとも——と、深雪は想像を逞《たくま》しくする。

(ひょっとして、この人も昔、紗月さんと何か関わりがあったとか？)

「ねえ蓮見君。この別荘、何で鳴風荘っていう名前なの」

気をそらそうとして繰り出した深雪の質問に、

「風が吹いてくるんだって、八ヶ岳の方から」

と、あずさが答えた。

「何で杉江さんが知ってるの」

「さっき車の中で同じことを訊いたのよ」

「北側が谷になってて、そこを風が吹き下りてくるんですよ」

蓮見が説明した。

「その時にね、凄い音がするんです。ぎょおおおおおっ、って。それでこの名前が付けられたんじゃないかなと」

「もともとは奥さんのお父さんが建てた別荘なのよね」

深雪が云うと、涼子が訂正した。

「いえ。父じゃなくて、祖父が」

「いかにも山荘って感じの、なかなか趣のある洋館だったんですよ」

「へえ。それを孫夫婦がこんなにしちゃった？」

「ちょっと深雪さん、どういう意味ですか」

蓮見は複雑な微苦笑を丸い顔に浮かべて、

「そんなに趣味が悪いと？」

「趣味が悪いなんて云ってないってば」

深雪は慌てて首を振った。

「想像してた雰囲気と違ったんで、だいぶびっくりしたけど。でもね、涼子さんの壁画、何だか突き抜けた感じで好きだなあ、あたし」

云われて、涼子は「ありがとう」と嬉しそうに微笑《ほほえ》む。深雪は調子に乗って、

「カナウ君はね、あのキリンがすっごく気に入ったんだって」

と付け加えた。

「それにしても、おっきな家よねえ。全部でどのくらい部屋があるのかしら」

「たくさん」

蓮見が答えた。

「自由にしていいとは云われたものの、基本的には義父の持ち物ですから。一族が毎年一回はこの別荘に集まるんですね。だから、その時のために部屋数を多く取っておかないといけなくて」

「ふうん。お金持ちなのねえ」

そんなふうに云っているが、考えてみれば深雪の実家も相当以上の「お金持ち」なのである。M市の家は「豪邸」の名に恥じぬものだし、あちこちに立派な別荘を持ってもいる。

「C館が全部、お客さん用の部屋になってるんですよ。今夜はみんな、そっちで休んでもらえます。ベッドだけはもう用意してあるんで」

ちらりと涼子に目配せし、それから壁に掛けられた時計を見上げながら、蓮見は云った。

「今のうちにベッドルームの割り振りをしておきましょうか」

4

来客八人のうち、青柳洋介は泊まらずに帰るから部屋は必要ないという。「ゆっくりしていってくださいよ」と蓮見が云ったのだけれど、

「タケマルの世話もあるしね」

と、青柳は首を振った。

「近いことでもあるし、適当な頃合に失礼するよ」

こうして、残りの七人にC館の部屋が割り振られることになったわけである。深雪と響は「夫婦」で一室、あとは一人一室ずつで、ちょうどC館にある客室がすべて埋まる勘定だった。蓮見夫妻の寝室はB館の二階にあるらしい。

「一応セミダブルのベッドが置いてあるんだけど、ちょっと狭いかもしれないわ。大丈夫かしら」

涼子に云われて、深雪は戸惑いつつも頷《うなず》いてみせるしかなかった。するとしかし、涼子はその表情を読み取ってだろうか、

「もしも一緒のベッドが嫌なんだったら……」

「ううん、そんなことない。ないですぅ」

不審を抱かれてはなるまいとそう応えながら、このことを叶が知ったらやっぱり嫌がるだろうな、と思う。といって、ここで別々の部屋にしてくれと云うのも妙な誤解を招くだろうし。

響の方をそれとなく窺《うかが》った。彼は我れ関せずといったふうに、中庭に面した広い窓の前に立って外を眺めていた。

A館、B館、C館に三方を囲まれた中庭は、南から北に向かってやはり勾配《こうばい》を持っており、芝を敷かれた緩やかな斜面を石段が這い上っていた。ここから見た感じ、C館の一階部——キリンの脚が描かれている——は、A館の屋根と同じくらいの高さにある。

中庭部分と、建物がないその西側との間にはちょっとした段差がある。この段差は北へ行くにつれて大きくなっていき、C館が建つ場所では建物一階分ほどの崖が形成されているようだった。

「それでは皆様、お部屋へご案内いたしましょう」

部屋割りが決まると、蓮見がホテルのボーイよろしく芝居がかった台詞《せりふ》を述べ、一行を奥のドアへと導いた。A館とB館とを結ぶ廊下への扉である。

B館を通り抜け、C館へと進む。各館をつないだ廊下は、ところどころ緩い上りのスロープになっていた。この点を含め、一階の床面にほとんど段差というものが見られないのは、車椅子の人間が訪れても不便がないようにという配慮があってのことだろうか。それとも単に設計者の趣味の問題か。

C館は一階が広いリビングで、二階、三階、四階に計六つの客室があるのだという。

深雪と響の偽《にせ》夫妻に与えられたのは、二階の一室だった。西側の奥に当たる部屋である。

二階にはあと二つの部屋があり、五十嵐と後藤に割り当てられた。三階には二部屋、これをあずさと千種が、そして四階に一つだけある部屋を夕海が使用することとなる。(「鳴風荘C館部屋割り図」P.179参照)

荷物を部屋に置いて一息つくと、深雪は響を誘って二人して外へ出た。一階リビングのテラスから中庭へ、というルートである。

石段をA館の手前まで降り、そこから庭の西側へと回り込んでみた。

「あれがさっきの部屋ね」

崖の上に建ったC館を見上げて、深雪がその二階の窓を指さした。

一階から三階までは同じような感じで小さな嵌《は》め殺《ごろ》し窓が並んでいるが、最上階にだけはヴェランダが設けられている。こうして崖下から仰ぎ見ると、さして横幅のない四階建ての影は、まるで四角い塔のようにも見える。

「こっちの壁にも、いずれ絵を描くのかなあ」

二メートル余りの高さがある崖のすぐ下には、楕円形《だえんけい》の小さな池が造られていた。透明な水の底、敷き詰められた石畳がくっきりと見通せるが、泳ぐ魚の影はない。

中央には、円《まる》い噴水の島があった。水は出ていない。池の中には飛び石が置かれており、これを伝って噴水まで渡れるようになっている。

こういうものが目の前に現われると、黙って見ているだけでは済まないのが深雪の性格であった。よしとばかりに足を踏み出す。飛び石の間隔は狭く、大股で歩く感じで楽に渡ることができた。

「おいおい。危ないぞ、深雪ちゃん」

響が注意するのに「平気だよ」と声を返したすぐあとには、もう噴水の島まで行き着いていた。飛び石はさらに先——崖の真下まで点々と続いている。

「ヒビクさんもおいでよ」

岸辺を振り返って、深雪は声を投げた。

「涼しくって気持ちいいよ」

「遠慮しときます」

「運動神経、自信ないの？」

「僕は頭脳派だって云ったろう」

響はしかつめらしく腕組みをして、崖の上の建物を見上げる。つられて深雪も、再びそちらへと目を上げた。

四階のヴェランダにその時、人影が見えた。黒ずくめの衣装に長い髪……夕海だ。下に二人がいることに気づいているのかいないのか、彼女は黒いフェンスに胸を寄せ、じっと遠くの空を見ている。

これが昔の夕海だったなら、深雪はすぐに「夕海ちゃーん」と声をかけて手を振っただろう。だが今の彼女には、うかつにそういったまねができないような雰囲気があった。つまりは「近寄りがたい」感じなのである。

崖の真下まで行ってみようかと思っていたのをやめて、深雪は響が立つ岸辺へと戻った。そこでまた四階のヴェランダを見上げる。夕海の姿はもう消えていた。

「ねーえ、ヒビクさん」

深雪は響のそばに近寄っていき、少し声のトーンを落として云った。

「ちょっと相談があるんだけど」

「何だい」

「今晩はね、どこか別のところで寝てくれないかなあ。一階のソファででも」

「へえ？」

「だってさ、ベッドは一つしかないっていうし」

「双子の弟の嫁さんに手を出す趣味はないけど」

「あたしの方が寝ぼけて抱きついたら困るでしょ」

「それはないって、今朝カナウに云ったんじゃなかったっけ」

「云ったけど、実はあんまり自信ないの」

「その時は逃げる」

「でも……」

「信用ないんだな」

「そういうわけじゃないけどさ」

「しかし、夜になっていきなり寝室から締め出されましたじゃあ、みんなに変に思われるだろう」

「だからぁ、そこをうまい具合に、ね。たとえば、広間で飲んでて酔いつぶれちゃうとか」

「はあん。なるほど」

頷きながらも、響は不本意そうな顔である。何か云い返したげにサングラスを持ち上げたが、そこで背後から「やあ、お二人さん」と第三者の声が飛んできた。

「あ、幹世兄さん」

今の響とのやりとりを聞かれただろうか、と一瞬慌てたが、ゆっくりとこちらへ歩いてくる五十嵐の顔に訝《いぶか》しげな表情はない。ほっとして、深雪は元家庭教師の又従兄に微笑みを投げかけた。

「七時半頃からぼちぼち食事にしようって、涼子さんが云ってたよ。青柳先生はその時に、みんなにお土産を渡すってさ」

そう告げる五十嵐の顔色は、あまり良くないように見えた。深雪は青柳邸の庭での出来事を思い出す。本人は大丈夫だと云っていたが、やはり犬だけではなく猫の毛垢《けあか》も苦手なのだろうか。

「お土産って何なのかなあ」

「さあ。蓮見君に云って、車から荷物を下ろすのを手伝わせていたみたいだけど。駐車場から玄関までかなり距離があるからね。——ふうん。ここから見ると、崖の上の塔って感じなんだな」

池のはたへ足を進め、五十嵐はC館を見上げる。

「でしょ」

と深雪が相槌を打つと、彼は柔らかそうな巻き毛に指を絡《から》めながら、

「それにしても趣味の悪い家だね」

と吐き落とした。

「そう思うの？　幹世兄さんは」

「特に壁画がね。涼子さんには申し訳ないけど、モダンアートだのポップカルチャーだのっていうノリは、あまり好きじゃないんだ」

「ふーん。そうだったんだ。逆かと思ってたんだけどな、あたし」

「さて。ここ数年で趣味が変わったのかもしれないね。——明日香井さんは？　どう思いますか」

普段の響ならばここで、自分の建築観や芸術観についてひとくさり分かったような

分からないような講釈を垂れるところだろうが、この時は違った。

「どうでもいい問題ですね」

そっけなくそう答えて、煙草をくわえる。

「何せ刑事だもんで」

ひょっとすると、期せずして寝室から締め出される羽目になったので拗《す》ねているのかもしれない。

「ああそうだ、カナウ君」

五十嵐が鼻白んだように肩をすくめるのを見て、深雪は話題を変えた。

「さっき聞きそびれちゃったこと、教えてよ」

「うん?」

「ほら。例の新聞記事の件」

「ああ、あれね」

「あの名前——中塚哲哉っていうの、確か……」

「中塚?」

五十嵐が驚いたふうに口を挟んだ。

「深雪ちゃん、それは」

「中塚哲哉って、あの事件——紗月さんが殺されたあの事件の、犯人の名前でしょ」

「そう。人並みの記憶力はあるみたいだね」

皮肉っぽく笑って、響は上着のポケットから問題の古新聞を取り出した。

「一九七九年二月十日——十年前の朝刊。地方版の『この人』という囲み記事だ。見出しは『二十二歳の学生社長に聞く。コンピュータゲームの未来とは？』」

「ああ……」

五十嵐が溜息のような声を洩《も》らした。深雪はきょとんとするばかりである。

「中塚哲哉という男が何とかっていうコンピュータソフト会社の社長だったたってことは、六年半前の事件当時の新聞にも出ていたような気がするね。こいつは、そのさらに四年前の記事だ。当時まだ大学生だった中塚が、前年の秋に会社を設立して注目を浴びるまでのいきさつを取材している。地方版で取り上げられているのは、中塚がこの土地の出身だったからみたいだね。中学へ上がるまでは信州南牧村で育った、とある」

「へー」

「深雪ちゃんたちがあのタイムカプセルを埋めたのが、今から十年前。この新聞はその半年ほど前のものなわけだが」

「どうしてそんな古い新聞が？」

深雪は訊いた。

「半年も前の新聞なんて、普通残しておかないんじゃないかしら」

「読んでみたら分かるよ」

と答えて、響は新聞を深雪に手渡した。

「青柳洋介氏のコメントが載ってるんだな」

「画伯の？　どういう関係なの」

「中学時代の恩師、同郷南牧村出身の青柳洋介教諭によれば——ってね。中学時分の中塚君はとてもおとなしい少年で、それでいて思い込んだらあとには引かない性格で……と、ありがちなコメントをしているけど。これを書いた記者もおおかた同郷人なんだろうなあ。それでだね、想像するに、青柳氏のご両親が息子の名の載ったこの記事を見つけて、取っておいたんじゃないか。そいつがたまたま十年前、単なる古新聞としてあの木箱の詰め物に使われてしまった」

「ナルホド」

それで一応の筋は通る。

「じゃあこの中塚っていう人、あたしたちと同じ中学だったわけか」

「そういうことになるね」

深雪は受け取った新聞に目を落とす。

記事には、中塚哲哉の顔写真も添えられていた。人相はだいぶ変わって見えるが、意識して見ると確かに、紗月殺しの犯人とされたあの男と同一人物のようである。

傍らから深雪の手許を覗き込んだ五十嵐が、「ああ」とまた声を洩らした。

「どうしたの、幹世兄さん」

「いや……」

いくらか口ごもったあと、五十嵐は大きく肩で息をつき、

「いきなり中塚の名前が出てきたもんだから」

と答えた。深雪はびっくりして、

「と云うと、まさか知り合いだったとか」

五十嵐は静かに頷いた。

「大学時代のね、友だちだったんだ、あいつは」

「えーっ」

青柳ばかりか、五十嵐までが中塚哲哉と知り合いだった？　すると、彼もまた殺された美島紗月と浅からぬ因縁を持つ人間だったということになる。だが、それ以上に

気に懸《か》かるのは……。

「じゃ、もしかして幹世兄さん」

五十嵐は首を振って、深雪の言葉の先を遮《さえぎ》った。

「あいつが人殺しだなんてね、いまだに僕は信じられないでいるんだよ」

「でも、あたし……」

「深雪ちゃんたちが事件の直後にあいつを目撃したんだってことは知ってる。新聞でも読んだし」

「あの人と知り合いだったなんて、あの頃は一言も……」

「早く忘れてしまいたかったから。だから、なるべくあの事件の話は避けてたのさ」

五十嵐は苦しげな面差しで、ゆるゆると頭を振りつづけていた。

「あいつは自殺した。死んでしまった者はどうやったって帰らないからね」

「それはそうだけど……」

太陽が山陰に隠れ、あたりが急に薄暗くなってきていた。三人は揃って中庭に引き返し、そこから石段を昇ってC館へ向かった。

歩きながら、深雪は頭の中でしきりに過去と現在の往復を続けていた。

十年前の夏。六年半前の冬。それらと現在《いま》との間を埋める時間《とき》の、さまざまな断面。変化したもの、していないもの……いや、変化していないものなんて一つとしてないのだ。変わらないものなどない。それがつまりは「時間が経つ」ということの意味なのだろうから。それとも……。

想いは、何故かしらどんどんと観念的な方向へと傾いていった。「柄にもなく」と誰かに云われそうである。事実、そのせいで足許がすっかりお留守になってしまっていた。

「きゃっ」と短い叫び声を上げて、深雪は大きく身体のバランスを崩した。石段を踏み外してしまったのである。

前を行く響と五十嵐が、驚いて振り向いた。深雪は前のめりに倒れ、そのままずるずると何段分かの石段を滑り落ちた。自分でも呆れるくらいに見事な転びっぷりだった。

「深雪ちゃん」

「大丈夫か」

全然大丈夫じゃない、というのが本人の実感であった。手を突きそびれて、したたかに胸を打ち、満足に息ができない。当然のこと、響たちに返す声も出なかった。

「大丈夫かい」

駆け降りてきた五十嵐が、腕を取って助け起こそうとする。反対側から響が、「深雪ちゃん？」と声をかけながら肩に手を置いた。

「――ごめんなさい」

やっとの思いで口を開いた。あちこちが痛い。思わず歯を喰いしばる。

「ぼうっとしてて、あたし……」

「立てる？」

「う、うん。――あ、痛っ」

立ち上がろうとしたところで、痛みが左の膝《ひざ》から向《む》こう臑《ずね》にかけての部分に集中した。見ると、破れたパンストがひどく血で濡れている。

「ああ、早く手当てをしないと」

五十嵐の慌てた声。

「破傷風菌《はしようふうきん》でもいたら大変だ」

真面目にそう案じているようだ。相変わらずの心配性、と深雪は思ったが、痛くてそれを口に出す元気もない。

「歩けるかい」

訊かれて、「大丈夫」と答える元気もなかった。

「僕がおぶっていきます」

と、響が云った。さすがの「頭脳派」も、この場面での肉体労働を惜しむ素振りはない。

「五十嵐さんは、蓮見君か涼子さんに知らせてください。救急箱をお願いします」

響の背に揺られて館内へ向かう途中、深雪は足の痛みを紛《まぎ》らわせようと天を仰ぎ見た。暮れなずむ空の端から中央に向かって、妙に黒くて厚い雲が粘度の高い液体のように流れ込んでくる動きが、その時見えた。

5

C館のリビングに運び込まれると、深雪はソファに寝かされ、五十嵐に呼ばれて駆けつけた涼子の手によって介抱された。

左足の怪我《けが》はけっこうひどくて、なかなか血が止まってくれなかった。他にもあちこち痛むところがあったが、幸いどれも軽い打撲か掠り傷程度のようである。

「どうかしましたか」

消毒液をつけられた時に上げた悲鳴を聞きつけたのだろう、千種君恵が上の階から降りてきた。

「ご覧のとおり」

と、響が答える。

「庭の石段で転んじゃいまして」

「まあ」

「骨に異常がなけりゃいいんですが」

云って、響は心配そうに深雪の顔を覗き込む。

「どんな感じ？　深雪ちゃん」

深雪はくすんと鼻を鳴らし、

「痛いよぉ」

と切実に訴えた。

「ちょっと私に診《み》せていただけますか」

そう云って、千種がソファに歩み寄ってきた。

「むかし看護婦をしていたことがありますので」

「そうなんですか」

少々驚いたふうに、響は千種の顔を見やった。

「外科病院に勤めておりました。短い期間でしたけど」

「それが今はフリーの編集者を？」

「ええ」

千種は小さく頷き、

「まあ、いろいろありまして」

と付け加える。

そう云われてみるとおかしなもので、眼鏡をかけた知的なその容貌が、多少のことでは動じない冷徹な婦長、といったふうにも見えてくる。

「骨は大丈夫みたいですね」

やがて千種は、深雪の左足から目を上げて見解を述べた。もう一度傷口を消毒したあと、涼子から包帯を受け取って丁寧に巻きはじめる。その頃にはやっと出血も治まっていた。


千種の手当てを黙って受けながら、深雪は義姉の相澤あやめのことを思い出していた。「元看護婦」というところからの連想である。

カナウ君はどうしてるだろう。ちゃんとあやめ義姉《ねえ》さんの云うことを聞いて、おとなしく養生してるだろうか。そんな心配が不意に首をもたげてくる。

あとで家に電話を入れてみようか。いや、けれどもそれを他のみんなに聞かれてしまったりしたらまずいし……。

「さ、これでいいでしょう」

手当てを終えて、千種が云った。

「念のため、明日にでもどこか病院へ行っておいた方がいいと思いますけど。今晩はあまり無理して歩きまわらないように」

「はい」

巻かれた包帯の上から膝をさすりながら、深雪はしおらしく頭を垂れるしかない。

「おやぁ。深雪ちゃんも足の不自由な人になっちゃったの」

と、これはそのあとにやって来て深雪の有様を見るや否や、後藤が叩いた軽口である。

「俺に涼子さんに画伯……一つの家に四人も足を引きずってる人間がいますってか。何だか洒落《しやれ》になんないねえ」

まったくもって洒落にならない。

あんなに見事に転んで、こんな痛い思いをするのはいつ以来だろう。大学、高校、中学と時代を遡《さかのぼ》って、小学生の頃の、男勝《おとこまさ》りなおてんば娘であった自分に突き当たる。

やれやれ、という気分で思わず溜息をついてしまう深雪であった。

○主要登場人物に関するデータ④

氏名	蓮見皓一郎（はすみ　こういちろう）
性別	男
血液型	O
生年月日	1963年4月21日
身長	170㎝
体重	97kg
出身地	東京都
現住所	東京都品川区
職業その他	建築設計事務所に勤務

氏名	蓮見涼子（はすみ　りょうこ） 旧姓・梶井
性別	女
血液型	O
生年月日	1959年12月2日
身長	160㎝
体重	47kg
出身地	東京都
現住所	東京都品川区
職業その他	蓮見皓一郎の妻

氏　　名	美島夕海（みしま　ゆうみ）
性　　別	女
血 液 型	AB
生年月日	1963年7月9日
身　　長	158cm
体　　重	46kg
出 身 地	東京都
現 住 所	東京都世田谷区
職業その他	美島紗月の妹

氏　　名	千種君恵（ちぐさ　きみえ）
性　　別	女
血 液 型	AB
生年月日	1957年3月6日
身　　長	163cm
体　　重	53kg
出 身 地	静岡県
現 住 所	東京都世田谷区
職業その他	フリーの編集者

○鳴風荘全体図

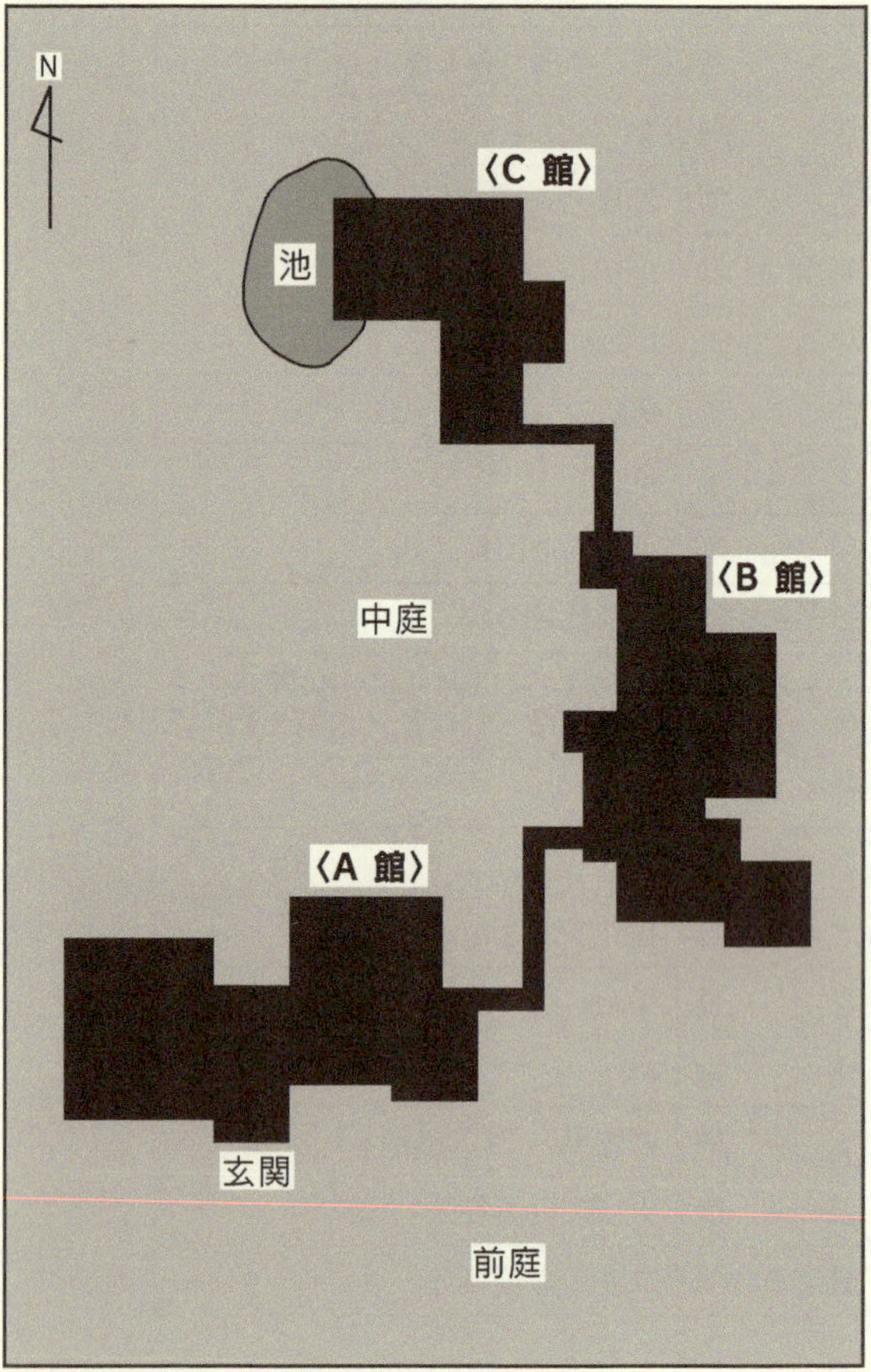

○鳴風荘C館部屋割り図

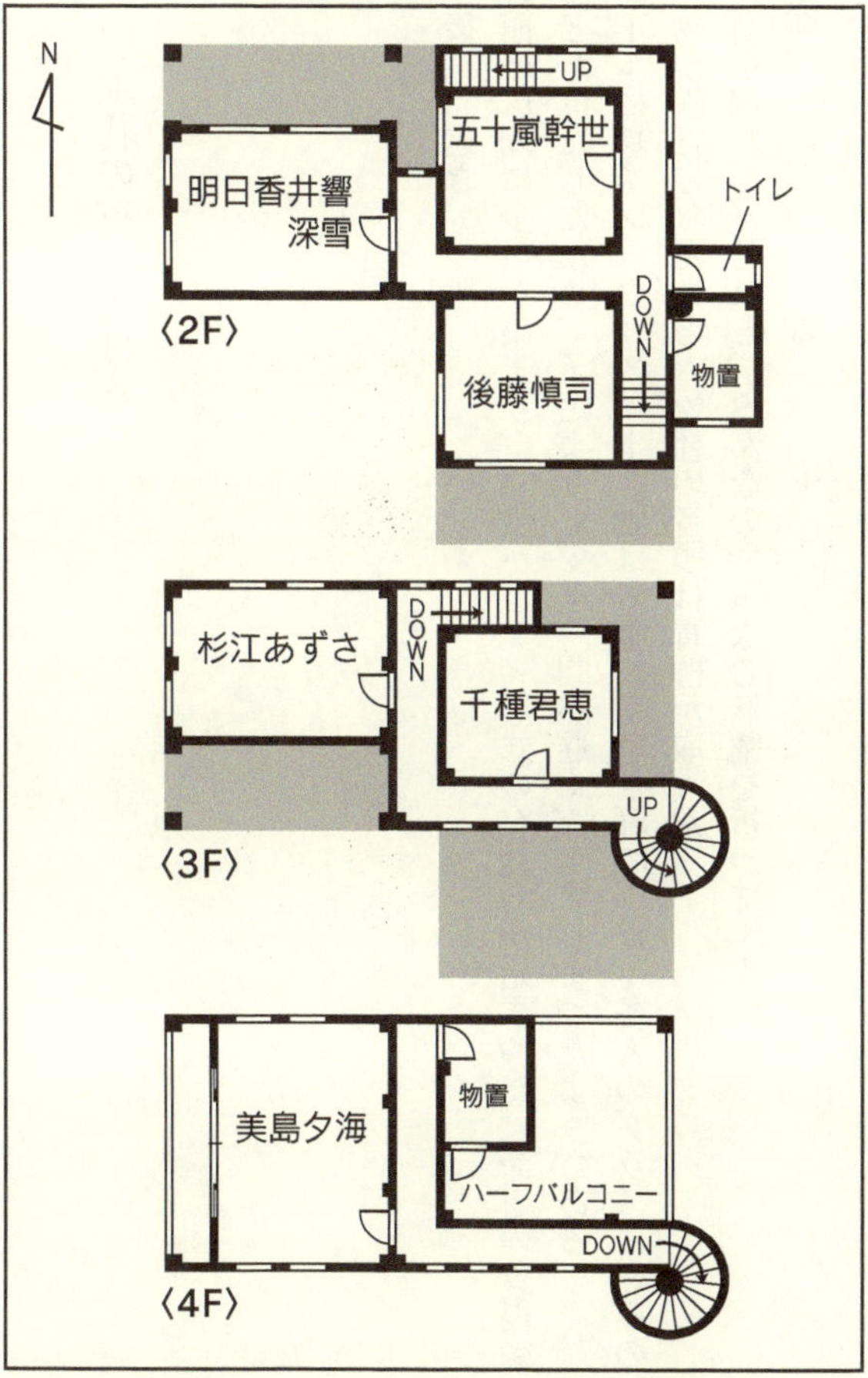
N
UP
五十嵐幹世
明日香井響
深雪
トイレ
DOWN
後藤慎司
物置
〈2F〉
杉江あずさ
DOWN
千種君恵
UP
〈3F〉
美島夕海
物置
ハーフバルコニー
DOWN
〈4F〉

Ⅵ　鳴風荘の夜は更《ふ》ける

1

午後八時過ぎ。

Ａ館の広間に全員が集まり、立食パーティ形式の夕食会が始まった。深雪の負傷騒ぎでどたばたしたため、予定よりも少々時間が遅くなってしまったようである。

ビールにワイン、ウィスキーと酒は豊富に用意されていた。各人のグラスに好みの飲み物が満たされたあと、乾杯の音頭《おんど》は青柳が取った。

「再会を祝して。それと、みんなのさらなる活躍を祈って――」

乾杯、と声が合わさる。

「さて」

一息でグラスのビールを飲み干してしまうと、青柳が続けて云《い》った。

「昼間の約束だ。例の絵がなくなってしまった代わりに、みんなに私からささやかなお土産《みやげ》があるんだけれども、受け取ってもらえるかな」

一同の注目が、中庭に面した広い窓を背にして立った青柳と、その傍らに置かれていた段ボールの箱に集まった。夕刻に蓮見が車から下ろすのを手伝わされていた荷物というのが、きっとあの箱なのだろう。

「そんなに勿体《もったい》ぶるほどの代物《しろもの》でもないいんだが」

と云いながら、青柳は箱の蓋を開ける。中から引っ張り出されたものは白い額縁であった。大きさはさほどもない。八つ切りの画用紙がちょうど収まるくらいのサイズだろうか。

「これは、ふん、蓮見君か」

そう云って、青柳は額の表を皆に示した。

一枚の水彩画が額の中に入っている。そしてそれは、青柳の言葉どおり、蓮見皓一郎の肖像画なのだった。ただし、そこに描かれた蓮見と現在の彼との間にはかなりのギャップがある。身体は現在よりも遥かに痩《や》せている。同じような銀縁眼鏡をかけてはいても、顔つきはまだあどけなさを残した少年のそれである。

「うわっ」

真っ先に声を上げたのは当の蓮見だった。

「画伯。これは恥ずかしいですよ」

「似てるぅ」

と、手を叩いたのは深雪。

「昔の秀才少年そのまんま。凄いんだ。画伯が描いたの？」

「だから、私からのお土産だよ」

「いつのまに？」

「あの蔵が焼けたあと。まあ、暇は持て余しているからね、何となく思い立って描いてみたわけだ」

「あたしたちの絵も描いてくれたんですか」

「そうだよ」

青柳は段ボール箱に目をやり、

「面倒だから、みんなこの中から自分のを探して持っていってくれるかな」

元教え子たちに命じてから、「そうそう」と付け加えた。

「五十嵐さん。あなたの絵もあるから、良かったら受け取ってください」

「僕の？」

五十嵐がちょっと驚いた顔で首を傾《かし》げると、青柳ははにかんだような笑みを浮かべて彼を見据え、

「十年前に私の家へ遊びにきた時——あの時に、みんなで写真を撮ったでしょう。あれが手許に残っていてね。あの写真を元に絵を描いたんですよ。せっかくだからと思ってね、あなたの絵も」

「はあ。それはどうも」

自分の絵を箱の中から探し出してくると、深雪は椅子の上にそれを立てかけ、少し距離をおいてしみじみと眺めた。

「ふうん。これが十年前の深雪ちゃんか」

傍らに立った響が云った。何やら感慨深げな口振りである。

「今とほとんど変わらないねえ」

思わず「ありがとう」と応えてしまってから、待てよ、と考え直す。「今も変わらず若いね」というつもりで云った台詞ならば嬉しいけれど、「まるで成長していないね」という意味だとしたら、それは少々悲しむべき話だろうから。

十年前の自分は、本当に屈託《くったく》のかけらもない能天気《のうてんき》な笑顔を見せている。何もかも

が楽しくて仕方のなかった時期だったんだな、と思う。十年経った現在も、基本的な能天気さには変わりがないけれど、こんなふうに笑うことはあまりなくなったのではないだろうか。

何となくしんみりとした気分になってきたところへ、突然――。

ガラスの割れる派手な音が響いた。

「何だ？」

「おいおい」

「どうしたってんだよ」

錯綜《さくそう》して飛び交う声。びっくりして振り向き、何事が起こったのかを見て取って、深雪も思わず大声を上げた。

「夕海ちゃん！」

絵が収められていた段ボール箱のそばに、美島夕海が立っている。そして彼女の足許に、壊れた額縁が落ちていた。白い木枠は形が崩れ、割れたガラスが床に飛び散っている。

見た感じ、過って落としてしまったというふうではない。夕海が自分で床に叩きつけた？――そうなのだろうか。

「お気に召さなかったかな」

青柳が夕海に向かって云った。穏やかな物云いだが、声はわずかに震えている。

夕海はじっと足許に視線を落としている。割れた額縁の中の、十年前の自分の肖像を見つめているのだった。

「こんなの、私じゃない」

青柳の声に応えるわけでもなく、独り言のようにそう吐き落とした。大きな当惑、それに加えて激しい怒りのような響きをそこに感じ取ったのは、深雪だけではあるまい。

「私じゃない。私じゃ……」

呟《つぶや》きながら、夕海は何度も頭を振る。長い黒髪が、その動きに合わせて妖《あや》しく揺れる。

明らかに尋常ではないその様子に、深雪はふと、彼女はまだ治っていないのでは？という疑念をすら覚えた。事情を知る誰もが、きっと多かれ少なかれそう思ったことだろう。

長らく精神病院に入っていた彼女。そこでの病状の経過がどのようなものだったのか、詳しいところは知らないが、退院してからも、その後遺症のようなものが何か……？

「先生。美島先生」

千種君恵が、激しく頭を振りつづける夕海に歩み寄った。夕海は振り返りもしない。千種が肩に手を置いて、「先生」ともう一度強く呼ぶと、そこでやっと我れに返ったような反応を示した。

「……ああ」

千種の顔を見やり、それから足許に目を戻す。

「ああ……ごめんなさい」

そっけなくそう云うと、青柳に向かって改めて詫《わ》びるでもなく、壊れた額を拾おうともせず、ゆっくりと部屋の隅に退いた。

夕海が椅子に腰を下ろすのを見届けると、千種は床に屈み、散らばったガラスの破片を拾い集めはじめた。涼子が厨房へ向かい、濡らした布巾《ふきん》とポリ袋を持ってくる。深雪もじっとしているわけにはいかず、その場へ駆け寄って作業を手伝おうとしたのだが、包帯を巻いた左足が不自由で思うように動けない。痛いよりもむしろ、もどかしい感じの方が強かった。

無残に壊れた白い額縁。その中に収められていた絵を見て、深雪はどうにも言葉に云い表わしがたい心地になった。

十年前の夕海が、そこにいた。

地味なトレーナーにジャンパースカート、ショートボブの髪に野暮ったい黒縁眼鏡。自信のなさそうな笑みをかすかにたたえた、深雪のよく知っている美島夕海が、確かにそこに。

2

蓮見と涼子が共同で作ったという料理は、どれもなかなかの美味であった。最初のトラブルを除けば、おおむね和《なご》やかに時間は過ぎた。夕海の気分もそのうちに落ち着いたと見え、しばらくは遠巻きに様子を窺っていた旧友たちも、やがてぽつぽつと彼女の許へ足を運んで言葉を交わすようになった。誰もが彼女に対して強い違和感を抱きつづけていたことには、むろん変わりはないのだろうけれど。

時としてはらはらさせられる点はあったものの、「夫」としての、そして「カッコいい刑事さん」としての響のふるまいは、まずまず及第点というところだった。夜になってからはサングラスを外していたが、素顔をさらすこと自体には何の問題もない。実際に叶の顔を見たことのある者は、夕海を除いて一人もいないはずなのである。夕海にしても、瓜二《うりふた》つの彼ら兄弟を見分けられるはずがない。

アルコールが入るにつれて響はだんだん饒舌《じょうぜつ》になり、同様に酔ってますます口の軽くなった後藤や、酔っても普段とあまり変わらない五十嵐らを相手に談笑していた。そのうち後藤のリクエストに応えて、これまでに遭遇した凶悪犯罪のエピソードなどを話しはじめる。それらはむろん彼が叶から聞いた話であったわけだが、中には彼自身が実際に関わった事件も含まれていた。一年前のちょうど今時分に起こった、例の〈御玉神照命会《みたまがみしょうめいかい》〉事件*である。

なついてきた猫のポテを膝の上にのせて、深雪は多少やきもきしながらそれに耳を傾けていた。

「ひやひや。こうして聞いてみると、刑事さんっつうのはやっぱ大変な商売っすねえ」

月並みな感想を大袈裟《おおげさ》な口調で述べると、後藤は「まあまあ」と云いながら響のグラスにビールを注ぎ足した。

「命の危険を感じたこと、あります?」

「そりゃあもう、しょっちゅう」

と、響は調子に乗って大きく頷く。後藤は深雪の方を見やり、

「心配だねえ、若奥さん」

「いいの、あたし」

ポテの背中を撫でながら、深雪はいつもの調子で応える。

「殉職の覚悟はできてるから」

「ひゃあ。冗談になんないよ、そりゃあ」

「刑事さんはキビシイお仕事なの。分かってて一緒になったんだから、あたしはいいの」

「あんなこと云ってますけど」

と、後藤は響に向き直る。響はまた大きく頷いて、

「生命保険の額面、凄いですから」

――勝手なことを云っている。どこまで本気で受け取ったものか、後藤は「へええ」と身をのけぞらせた。

「賭《か》け麻雀《マージャン》なんていうのは、ひょっとして御法度《ごはっと》なんっすか」

後藤が尋ねると、響は澄ました顔で、

「麻雀は賭けなきゃつまらないでしょう」

「そうですよねえ。——強いんですか」

「学生時代は週に二、三回徹夜したものです」

「今度やりましょう。いや、何なら明日にでもどうですか。蓮見の奴、麻雀牌《パイ》は持ってるかな。——五十嵐さんは？」

卓上で牌を掻き混ぜる仕草をしながら、後藤が訊く。五十嵐は首を振って、

「だめなんですよ、麻雀は。将棋《しょうぎ》と囲碁《いご》なら得意なんだけど」

「そいつは残念」

後藤は煙草をくわえ、ライターで火を点《つ》けようとする。が、ガスがなくなってしまったのか、何度やっても点火しない。見かねた五十嵐が、自分のライターを差し出した。

「そう云えば明日香井さん」

五十嵐が云った。

「確か天体観測が趣味だったんじゃあ？　いつだったか深雪ちゃんから聞いた憶えが」

深雪はどきっとしたが、響は難なく自然な応答をした。

「星を見るのはずっと好きで。パジェロに乗ってるのも、望遠鏡を持って山に行くた

めで」

「なるほど」

「そうそう。今日は皆既月蝕《かいきげつしよく》だったんですよね。残念ながら日本では見られなかったんですけど」

「月蝕か……」

六年半前の紗月殺しの夜を知っている深雪にしてみれば、「月蝕」というその言葉はやはり、たまらなく忌《い》まわしいものに聞こえた。響や五十嵐はそのことを承知しているのだろうか。響は叶から聞いているかもしれない。五十嵐にはいつか自分が話したかもしれない。

「『ラーフ』っていう言葉はご存じですか」

響が云い、五十嵐は「さあ」と首を傾げた。響はちらと窓の方へ目を流し、

「古代インドじゃあ、月蝕や日蝕はラーフによって起こるのだと信じられていたんですね。そういう魔物がいて、月や太陽を飲み込むのだと」

「ふうん」

「これが語源となって、障害とか障壁とかいった意味の『ラーフラ』という言葉が出てくる。釈迦《しやか》は出家前、妻に子供ができたという知らせを聞いて『ラーフラ』と呟い

た。自分の道を妨げるものだ、という憤《いきどお》りを込めて。それで、その子供にはラーフラという名前が付けられたんだ、なんて話もあります。これはまあ、俗説でしょうけど」

「詳しいんですね」

「最近ちょっと、その辺のことに凝ってまして」

「その辺って？」

「古代インドの原始仏教です。これほどに奥の深い分野はなかなかない。せっかくだから、サンスクリット語もかじってみようかなどと」

さすがにこれはまずいんじゃないか、と深雪は思った。いくら何でも、警視庁の若手刑事が「原始仏教に凝っている」というのは……。

案の定、五十嵐は、そして後藤も、どことなく戸惑いの表情である。それに気づいてか、響はふっと口を噤《つぐ》んで煙草をくわえる。何とかフォローする手立てはないものかと深雪が考えあぐねていると、その時——。

「……あっ」

何やら異様な響きをもって聞こえてきた、短く鋭い声。

(夕海ちゃん？)

深雪にはすぐに、その声の主が分かった。

(また何か……?)

＊……拙著(前掲書)参照。

3

美島夕海はワイングラスを片手に、先ほどまで坐っていた椅子から腰を上げていた。傍らには千種君恵が、そして夕海と向かい合って杉江あずさが立っている。

「あなた——杉江さん」

夕海はグラスをテーブルに置き、その手でぴたりとあずさの喉許《のどもと》を指し示した。

「見える……見えるわ」

そうして彼女は、そんな言葉を口走りはじめるのだった。何かに憑《つ》かれたような眼差しで。譫言《うわごと》のような、けれども研《と》ぎ澄《す》まされた声で。

「見える。感じる。ああ、あなたの後ろに、そんなにいっぱい……」

何だろう。いったい彼女は何を云っているのだろうか。

た。

「どうしたの」

深雪はポテを抱いたまま立ち上がり、無邪気を装って彼女たちのところへ足を向けた。

「ね、何がどうしたの」

「知らないわ」

あずさが振り向いて答えた。

「わけが分からない」

小さくかぶりを振りながら、薄気味悪そうに夕海の方を窺う。

「急に彼女が……」

「杉江さん」という夕海の声が、あずさの言葉を遮った。

「何をしたの、あなた。何でそんな」

あずさを指さした手が、かすかに震えている。

「そんなにいっぱい、死んだ人たち。ああ……」

「何が『見える』っていうの」

深雪が単刀直入《たんとうちょくにゅう》に訊いた。

「ね、夕海ちゃん。いったい何が」

「……たくさんの、死体」

空中に散らばっている言葉を拾い集めるような調子で、夕海はそう答えた。

「死体。死んだ人たち。……ひどい状態だわ。ばらばらになって、あちこちに散らばってる」

深雪は呆気に取られるばかりである。

ちらりとあずさの反応を見て、深雪は「おや」と思った。蒼《あお》ざめ、冷たくこわばった顔。「わけが分からない」という感じではなくなっている。これはどうしたことだろう。

「ひどい。あたりは死体だらけよ。ちぎれた手、ちぎれた足、ちぎれた……」

なおも続く夕海の言葉を、

「やめて！」

今度はあずさの、甲高《かんだか》い声が遮った。広間にいる者全員の目が、その声でいっせいにこちらに集まった。

「やめてよ」

あずさは両手で耳を塞ぐ。ぶるぶると強く首を振りながら、

「思い出したくない。思い出させないで」

「杉江さん」

突然のあずさの取り乱しぶりに、深雪はただもう驚くしかない。

「どうしたの、ねえ」

「嫌。嫌よ、わたし」

あずさは怯《おび》えた声で「嫌よ」と繰り返す。耳を塞いだままあとじさっていき、そのまま壁際まで行って床に身を崩してしまった。

「おい。大丈夫かい、あずさちゃん」

向こうのテーブルから後藤が駆け寄る。もつれるその足取りで、彼の酔い加減が分かった。

「どういうことなの、夕海ちゃん」

深雪は夕海に目を戻した。

「何がどうなってるの」

ポテが深雪の腕から飛び下り、何を考えたものか、夕海の足許に擦り寄っていった。彼女はそれをまったく無視して、

「感じたことを云っただけ」

冷然とそう答えた。

「先生にはいろいろなものが見えるのです」

と、横から千種が口を添えた。淡々とした口調だった。

「皆さんの過去、現在、そして未来」

「…………」

「この髪に、感じるの」

と、夕海が云った。長く伸ばした漆黒《しっこく》の髪を撫で下ろしながら、

「この髪が、そういう力を持っているのよ。だから……」

確信に満ちた口振りだった。

言葉に詰まる深雪を見据えて、それから夕海はゆっくりとまた手を挙げ、人差指を伸ばす。

「ほら、深雪さん。あなたの後ろにも、見える。感じるわ」

「ええっ」

「あなたよ。あなたの……それは、未来かしら」

さっきと同じ、憑かれたような眼差しで。研ぎ澄まされた声で。

「あまり遠くはない将来の……悲しんでいる。いろんな人。あなたもよ。……ああ、そうね。あなた自身じゃなくって、あなたの大事な人が……」

「あたしの大事な人？」

とっさに浮かんだのは、叶の顔であった。たまらなく不吉な意味を夕海の言葉の中に読み取って、深雪は思わず声高になった。

「どういうこと？　ね、夕海ちゃん。はっきり云ってよ」

何か云おうと口を開きかけて、そこで夕海はふっと息を落とした。力尽きたような感じでがっくりと元の椅子に腰を下ろし、目を伏せる。何秒か待ってみても、深雪の問いに対する答が返されることはなかった。

「お訊きしていいですか」

響の声がした。いつのまにか、彼は深雪の傍らにやって来ていた。

「美島さん。あなたにとって、紗月さんという人はどういう存在だったのですか」

敢然とした声音《こわね》で、響は夕海に向かってそんな質問を繰り出した。

「……紗月？」

くすんだ紫色の唇が、震えるように動いた。

「あなたのお姉さんです、六年半前に亡くなった」

響は続けた。

「あなたは彼女のことをどのように思っていましたか。愛していたのですか。それとも……」

「お姉さん？　……ああ、お姉さん」

夕海が呟くのを聞いて、深雪ははっとした。

これは、あたしが知っている「夕海ちゃん」じゃないか。自信のなさそうな、物怖《ものお》じしたような、この声の調子。さっきまでとは別人のような、これは確かに……。

「今のあなたは昔のお姉さんにそっくりだと、みんなそう云っています。髪型から化粧の仕方、喋り方から素振りまで、何から何まで。もちろんあなたはそれを自覚しておられるわけでしょう」

「……ああ」

「紗月さんが持っていたという〝不思議な力〟については、僕も聞いています。あなたがいま『見える』『感じる』というのは、それと同じ能力なわけですか」

投げかけられる率直な質問に、夕海の狼狽《ろうばい》の度は強まった。響の視線から目をそらし、頰に片手を当てて首を傾げる。こういった仕草もまた、深雪が知っている昔の夕海そのままであった。

「どうしてなんですか」

響はなおも詰め寄る。

「この何年かの間に、あなたの中で何があったのですか」

「おやめください」

と、響を制したのは千種だった。夕海をかばうように、彼女と響の間に割って入り、

「ご遠慮ください、明日香井さん」

厳しい声で云う。

「先生は疲れておいでです。ずいぶんとパワーをお使いになりましたから。体力も精神力も消耗されるのです。ですからもう」

「パワー、ですか」

響はひるむ様子もなく、相手の顔を見つめた。

「千種さん。じゃあ、あなたにお訊きします。あなたはその超越的なパワーの存在を、どの程度信じておられるのです」

「どの程度、と?」

千種は細い眉《まゆ》をひそめた。

「私は、すべて……」

「本当に?」

「いったい何をおっしゃりたいのですか」

「ところであなたは、死んだ美島紗月さんとはつきあいがあったのですか」

やや唐突な響の質問に、千種は一瞬うろたえを見せた。だが、すぐにキッと響をねめつけ、

「どうでもいいことでしょう、それは」

「おやおや」

響は肩をすくめ、「では、美島さん」と再び夕海に声をかける。

「おやめください」

千種が両手を広げて制止する。するとそこで、

「いいのよ、千種さん」

夕海の声が響いた。伏せていた目を上げ、千種の肩越しに響を、そして深雪を冷然と見据える。そこにはまた、深雪がかつて知っていたのとは違う彼女の表情があった。

「私は姉の分身です。同じ父母から、同じ血を受け継いで生まれた。だから当然、私には姉と同じ才能と能力があるのです」

冷ややかに話すその口振りの裏に、内心の激情を必死で隠している。そんな印象

を、この時深雪は受けた。

「姉は素晴らしい人だったけれど、同時にひどく残酷な人でもあった」

「残酷？」

響が興味深げに訊いた。

「どういう意味ですか」

「それは――、幼い頃にあの人は、私の心に呪《のろ》いをかけたのです」

夕海の声が、そこで不意に高ぶりを帯びた。

「呪い。そう、呪いだわ。あの人は、私があの人と対等の存在になることが許せなかった。いえ、対等どころか、本当は私の方があの人よりもずっと強い力を持っていたのよ。だからそれを――それを封じ込める呪いをかけたの。それで私はずっと……」

まくしたてるように言葉を連ねる。ついさっきまでの冷然とした表情が見る見る崩れ、何やら凄みのある、さながら美しい鬼女とでもいうような形相《ぎょうそう》に変わっていく。

深雪は息を呑《の》んだ。多重人格者の変貌を目の当《ま》たりにする思いであった。

「あの人がいなくなって、私にはそのことが分かった。私の心を縛るものがなくなって、やっと私は本来の私になることができた……」

その場の誰もが――千種もである――、声を失ってそんな夕海を見守っていた。

やがて夕海は大きく肩で息をつくと、まっすぐに宙を見つめて椅子から腰を上げた。テーブルに置いてあった黒いポーチを取り上げ、そのまま足早にB館への廊下に向かう。千種が慌てた様子でそのあとを追った。

「危ねえなあ」

二人が姿を消すと、後藤がことさらのようにおどけた口調で云った。

「ありゃあ、死んだ紗月さんよりもずっと危ねえよ。大丈夫なのかねえ」

それに応えるように、建物の外から異様な音が聞こえてきた。「ぎょおおおおおっ」という、夕方に蓮見が説明に使った擬音《ぎおん》が、思ったよりもずっと正確なものであったことを深雪は知った。谷を吹き下りてくる、この別荘の名の由来となった風の鳴き声である。

4

右から順に、後藤慎司、蓮見皓一郎、杉江あずさ、美島夕海、深雪、そして五十嵐幹世。

青柳から皆に渡された六枚の肖像画が、広間の壁に一列に並べて立てかけられている。夕海の絵は壊れた額縁から取り出して置いてある。並べたのは涼子だった。青柳に聞いて、絵の元になった写真どおりの順番に配置した模様である。

午後十時前。夕海と千種が出ていってしばらくした頃のことだった。

「こうして見ると、何だか妙な感じだな」

並べられた絵を腕組みをして眺めながら、響が小声で呟いた。

「妙って？」

深雪が同じような小声で尋ねると、彼は「いや」とわずかに首を振ってから、

「気のせいかもしれないけどね、五十嵐さんを含めた男の子三人と、深雪ちゃんたち女の子三人、比べてみて何か感じないかい」

「男の子と女の子？」

「何となく筆のニュアンスが違うような、ね。男の子たちの絵の方に、妙に力が入っているみたいに見えるんだが」

「――そう？」

「気のせいかな、やっぱり」

響は広間を見まわす。窓辺で独りパイプの煙をくゆらせている青柳の姿に視線を留め、

「しかしひょっとしたら、あの先生、独身なのはそのせいなのかもしれないな」

「って？」

訊いてからすぐに、深雪は響の云わんとするところを察した。

「ゲイに偏見持ってるの？　ヒビクさん」

さらに声を小さくしてそう問いかけると、響は「どうだろう」と肩をすくめた。

「そういうつもりはないんだけどね。でもまあ、異性愛がノーマルだという規範はきっと根深く内面化されてるんだろうな」

「自分の相手は女じゃないとだめ？」

「そりゃあもちろん、断固として」

きっぱりと答える響の顔を横目で睨《にら》みつけて、深雪は「ふーん。そっか」と笑った。

「じゃあ、今夜はやっぱり部屋に入れてあげないからね」

「うう……」

返答に詰まる響の表情が、何だかおかしい。

「それにしても、さっきはびっくりしたわ」

と、深雪は話題を変えた。

「急にあんなつっかかり方をするんだもん」

「美島夕海のこと？」

「そうよ」

「少々気になることがあるもんでね」

Ｂ館へ続く廊下の方を見やりながら、響は煙草をくわえる。

「さっきの突っ込みで、いくらか輪郭が見えてきたというところかな」

「輪郭。何の？」

「六年半前の……いや、まだ口にするべきことじゃないか。ただ、とりあえずは紗月と夕海、この姉妹の心理的な関係については、その形を想像することが容易になったみたいだね。確信とまではいかないけれど、まあかなりの程度は……」

ぼそぼそと云いながら、響はぐるりとまた広間を見まわす。そしておもむろに、隅のテーブルに向かって独り頬杖《ほおづえ》を突いている杉江あずさの方へと足を向けるのだった。

「杉江さん。ちょっといいですか」

響が声をかけると、あずさはびくりと視線を上げた。冴えない表情である。顔色も、目に見えて良くない。

「何か飲みますか」

緩く首を横に振ってから、あずさは「あ、やっぱり」と答え直した。

「ワインがまだあれば、少し」

深雪が涼子に云って、新しいグラスにワインを注いで持ってきてもらった。あずさはそれを一気に半分近く喉に流し込むと、大きな溜息をついてまた頬杖を突いた。

「お訊きしたいんですけどね、杉江さん」

やんわりと響が云った。

「さっき美島さんがあなたに向かって口走った、あれはどういうことなんですか。ずいぶんショックを受けたようですが」

半ばその質問を予期していたに違いない、あずさはさほど表情を変えることもなく、ただ小さくかぶりを振った。

「思い出したくない、と？」

「…………」

「無理にとは云いません。他人に話したくないのであれば……」

「――いえ」

頬杖を外しながら、あずさが口を開いた。ちらりと響を、そしてその横に立った深

雪の顔を見やり、

「別にいいんです、話しちゃっても」

「聞かせてもらえますか」

静かに頷いて、あずさはワインの残りに少しだけ口をつけた。

「事故が、あったんです」

あずさはとつとつと語った。

「もう五年も前になるかしら。大学二年の時にわたし、東南アジアへ旅行に行ったの。そこで偶然、ひどい事故の現場に出遭ってしまったんです」

「どんな事故の？」

「旅客機の、墜落事故」

苦しげな声で返された言葉に、響は鋭く眉をひそめて「ははあ」と呟いた。あずさは続けて、

「車で移動していた時のことだった。その日に起こった墜落事故の現場に、たまたま行き当たってしまって。まだ捜索が始まったばかりで、ひょっとしたらわたしたちが最初の発見者だったのかも……」

いつだったか深雪は、叶が持っている法医学の本で航空機事故の死体の写真を見た

ことがある。実際の事故現場がどのような惨状なのか、あの写真からだけでも、さぞや凄まじいものだろうなと想像がつく。

「……ショックだったわ。だってね、本当にもう、これが人間のものなのかって疑いたくなるような死体が、あたりにいっぱい転がってたのよ。手足がばらばらにちぎれてたり、首が吹き飛んでいたり」

その光景が、先ほど夕海には「見えた」というわけなのか。それであずさは、こんなにも精神的な打撃を受けたというわけなのか。

「なるほどね」

響が云った。

「スチュワーデスを諦めたっていうのは、そんな経験をしてしまったために？」

「――ええ」

あずさは眉根を寄せて頷いた。

「あんなのを見ちゃったら、怖くてとても飛行機になんか乗る気には」

「でしょうね」

「ね、杉江さん。じゃあひょっとして」

ふと思いついて、深雪が口を挟んだ。

「犬が苦手になったっていうのも、それと関係があったりする?」

「ああ」

あずさは呻《うめ》くように声を落とした。深雪の勘は的中したようである。

「あの時、そう、犬がいたの。事故の現場に野犬が何匹かいて、ばらばらになった死体を食べてた……」

その様子を頭に思い浮かべて、深雪は胸が悪くなった。昔あんなに犬が好きだった彼女が一転して犬嫌いになったのも、無理からぬことと頷ける。

「わたし、怖いわ」

蒼《あお》ざめた顔を伏せ、あずさは吐き出した。

「わたし怖い……あの人」

「あの人って、夕海ちゃんのこと?」

「そうよ」

「そりゃあ、いきなりあんなふうに云われたら」

「今の話、彼女が知ってたはずがないもの。なのにあんな……」

「そういう〝力〟が備わったらしいですからね」

と云う響は、それまでの酔いがすっかり醒《さ》めたような、どこまでも冷ややかな顔つきである。

「死んだお姉さんにそっくり」

「紗月さんと面識があったんですか」

響が訊くのに、

「ずっと昔、一度」

と、あずさは答えた。

「まだ中学生の時でした。夕海ちゃんの家に遊びにいったことがあって、そこで」

「その時は、何か？」

「別に。——でも、何だか普通じゃない雰囲気だなって。確かにきれいな人だったけど、わたしは何となく怖いような感じがして」

「ふうん」

「何年か前に彼女が——紗月さんが殺された事件、知ってますよね」

「ええ。そりゃあもちろん」

「犯人は紗月さんの男友だちで、何でもあの人のことを怖がって殺してしまったとか？」

「まあ、そのように云えるかもしれませんね」

答えて、響は深雪の方を横目で見る。確認を求めているのだ。「怖がって殺した」というあずさの表現はちょっと大雑把《おおざっぱ》すぎるようにも思えたが、とりあえず深雪は頷きを返した。

中塚哲哉。

六年半前のあの夜、美島紗月を襲《おそ》ったあの男の顔を深雪は思い出す。マンション〈ヴィニータコータ〉のエレベーターの前ですれ違ったスタジャンの男の、あの顔。事件後の事情聴取の際、刑事たちに見せられた写真の、あの顔。今日、響が見つけた古新聞に載っていたあの顔……。

彼——中塚哲哉の自殺の後、捜査当局によって打ち出された事件の〝真相〟はこうである。

中塚哲哉は美島紗月と同い年で、古くからの彼女の男友だちであった。そもそもは中塚が大学時代にコンピュータソフト会社〈システムN〉を設立しようとした時、そのアドバイザーのような役割を果たしたのが紗月だったらしい。

つまりはそこで、「未来を見る」ことができるという彼女の〝力〟が発揮されたわけなのだ。会社は順調に船出し、学生社長の手になる新世代のビジネスの一形態として、社会的にも大いに注目を浴びることとなった。

公私にわたり、中塚の紗月への心酔ぶりは相当なものだったという。定期的に、あるいは何らかの決断を迫られるたびに、彼は紗月を訪れた。自分自身や会社運営の問題について、そうして彼女の助言を仰ぎつづけたのである。ところが——。

発足《ほっそく》して何年かの間は難なく進んでいた会社の経営が、あの事件が起こった年の初めあたりから、急に行き詰まりはじめたのだった。具体的にどのような不振だったのか、そこまでは深雪も知らない。ただ、それによって経営者である中塚の精神状態がすこぶる不安定なところまで追いつめられてしまうほどに深刻な事態であったことは確かで、その辺の事実関係は後に、会社関係者の証言や中塚自身が書いた日記などから確認されているという。

そんな中で、紗月に対する彼の感情は、それまでのポジティヴな傾倒から一転、ネガティヴな〝恐れ〟へと変わっていった。

彼女に「見える」未来が「良い」ものであるうちは、何の問題もなかった。ところが、会社の不振に時期を合わせるようにして、紗月の口からはことごとく「悪い」予言が発せられるようになったのだという。そして実際、彼女の予言はそれまでと同様に次々と的中し、一年足らずの間に中塚は、さまざまな局面でどんどんと窮地へ追い込まれていったのである。

中塚は紗月を恐れるようになった。彼女の持つ〝力〟への信頼が絶大なものであっただけに、それが〝恐れ〟に転化した時の落差は激しかった。

紗月のあの見事な黒髪は、それまでの中塚にとって、云ってみれば〝信仰〟の対象ですらあったのである。彼女の〝力〟の源はあの髪にこそある。そんなふうに彼は感じていたし、彼女自身も自らそのように語ったことがあるという。だからこそ、今度はその同じ黒髪が、彼にとっては大いなる恐怖の対象となりえたわけだ。

十二月三十日のあの夜、中塚は紗月の部屋を訪れた。そしてそこで、紗月は彼の決定的な「破滅」を予言したらしいのだが、その時点で彼の中で膨れ上がった恐怖は頂点に達し、彼を異常な犯行へと駆り立てたのだった。

この女のせいで。

そう、彼は考えたのだという。

この女の、この忌まわしい黒髪のせいで……。

そしてさらに、彼は考えた。

この髪さえなければ。

〝力〟の根源であるこの髪さえ、彼女から奪い取ってしまえば。それを自分の手許に置くことができれば。

そうすれば彼女は、この恐ろしい〝力〟を失ってしまうだろう。そうすれば自分は、彼女が予言する破滅的な未来から逃れられるかもしれない。――そうだ。きっと逃れられるに違いない……。

それがつまりは、中塚が紗月に襲いかかり、髪を切って持ち去った理由だったわけである。

凶器に使われた鋏《はさみ》は紗月の部屋に置いてあったもので、犯行後、彼は切り取った髪と鋏を自分のショルダーバッグに入れて部屋から逃げ出した。そうしてエレベーターで一階まで降りたところで、紗月を訪ねてきた深雪たちとすれ違ったのだった。

逃亡後の中塚は、深雪たちが目撃したのと同じ青い袖のスタジャン姿で、同じバッグを抱えたまま、渋谷区の神宮前にあった〈システムN〉の事務所に顔を出している。そのあとはいったん独り暮らしをしていた久我山《くがやま》の自宅に帰ったのだが、じっとしていられず、都内のビジネスホテルに転がり込んで数日を過ごす。そこで新聞やテレビの事件報道を見るにつけ、捜査の手が早くも自分に及びつつあることを知った彼は、結局自ら死を選ぶこととなった。

井の頭公園で中塚の自殺死体が発見された後、警察は当然のことながら、中塚が滞在していたホテルを突き止め、その部屋を捜索している。そこで見つかった彼の日記の中に、犯行から自殺までの心理的な経緯を記した、ほぼ「遺書」と解釈しても良いような文章がしたためられていた。

自分は紗月を殺そうと思ったわけではない、ただ彼女の〝力〟を奪いたかっただけなのだ——と、その日記に彼は記している。自分は殺していない、彼女の首を絞めてなどいない、なのに……と、そんな記述もあったらしい。一方でしかし、現場から持ち去られた紗月の頭髪と凶器の鋏も同じホテルの部屋で発見され、これらが中塚の犯行を裏付ける決定的な物証となったのであった。

ざっと以上が、六年半前の美島紗月殺害事件に関して、すでにその〝真相〟として知れ渡っている事実の概略なのである。

5

あずさはその後も二、三杯のワインを立て続けに飲み、相当に酔っぱらってしまったようだった。話をしてもなかなか要領を得ない。なおも飲みつづけようとするのをまわりの者たちが心配して止め、涼子が肩を貸してC館のベッドルームへ連れていった。

それを機に、深雪もそろそろ部屋へ戻って休むことに決めた。足の怪我がやはり気になるのに加え、ここに来て続けざまに起こったいくつかのあまり愉快ではない出来事のため、気分はいつになく憂鬱《ゆううつ》であった。

響にその意向を告げたのが、午後十一時半頃のことである。すると響は、「ちょっと待って」と云って一緒に広間を出た。鞄に煙草の買い置きが入っているので、それを取りにいくからと云う。

「じゃあ僕は、適当に場所を見つけて寝るから」

新しいセブンスターを二箱、上着のポケットに突っ込むと、響はどことなく怨みがましい調子でそう云った。

「とりあえず今夜はゆっくり休んで、足の傷をお癒《いや》しくださいませ」

「ごめんね、ヒビクさん」

と、この時は深雪も、なるべくしおらしい声で応えた。

「東京に戻ったら、うんと美味《おい》しいものご馳走してあげるね」

「だめだよ、食べ物でなだめようと思っても。残念ながら僕、食生活にはきわめて無《む》頓着《とんちゃく》なたちで」

「分かんないわよ。ヒビクさんのことだから、いつ美食に凝りはじめてもおかしくないもん」

「そうかな」

「そうよ」

「ま、その時はその時ってことで」

「ほんとにごめんね。ええと、あの……」

「分かった分かった。そんなに気にしなくてもいいから」

響は軽く笑って、ポケットにしまってあったサングラスを引っ張り出し、ベッドサイドのテーブルに置いた。

「まだまだ起きてる連中もいるだろうしね、せっかくだからもうちょっといろいろと話をして、適当なところで酔いつぶれるさ」

「――うん」

「じゃ、おやすみ」

「おやすみなさい」

シャワーで汗を流してから眠りたかったが、怪我のためそれは諦めざるをえなかった。化粧を落としてパジャマに着替えたところで、テーブルのそばに落ちているライターに気づいた。

黒いジッポーのオイルライター。これは、響が愛用しているものだ。さっきポケットから落としていったのか。

届けてやろうかとも思ったけれど、やめにした。煙草の火ぐらい誰にでも借りられるだろうし、自分のライターがないことで少しなりとも吸う本数が減るのならば、わざと届けないのが愛というものだろう。

ライターを拾い、響がテーブルに置いていったサングラスの横に並べて置くと、深雪は大きな欠伸《あくび》を一つしてベッドに寝転がる。シーツも肌布団のカバーも、これは涼子の趣味なのだろうか、じっと見つめると目がくらくらしてきそうな、鮮やかな黄色であった。

インターローグ

「どうしようもなかった」

女は冷たく云った。一本に束ねて編まれた長い黒髪が、まるでそれ自体が生を持つものであるかのように妖しく揺れ動いた。

「私にはどうしようもなかったの。ただ……」

……この女のせいで。

その人物は唇を噛みしめた。

この女の……。

理性が吹き飛んだ。巨大な狂気に呑まれた。

激しい怒りに衝き動かされる自らを、もはや止めることができなかった。すいと背を向けて窓の方へ進む女めがけ、その人物は躍《おど》りかかっていった。

…………

…………

…………

…………

……俯《うつぶ》せに倒れ、動かなくなったままでいる女のそばに屈み込む。逡《しゅん》巡《じゅん》する間もなく、その人物は鋏を握り直した。

Ⅶ　またしても死体の髪が切られている

1

誰かの顔が見える。

額や頬、鼻筋に深い皺《しわ》をうねらせ、顔全体が激しく歪《ゆが》んでいる。振り乱された髪。白眼を剝《む》いた目。引きつった唇から洩れる呻き声……。

苦しんでいる。ひどく苦しんでいるんだ、あの人は。

他人事のようにそう思った直後に、

（あの人、って？）

深雪はふと疑問を感じる。

（あの人は……）

意識して見直してみると、それは彼女のよく知った人間の顔だった。とてもよく知っている、いつも自分の身辺にいる、あれは……。

（……カナウ君？）

そうだ、あれは叶ではないか。

どうしたの。どうしてそんなに苦しんでるの。あやめ義姉《ねえ》さんはどこ？　苦しいんだったら、早く義姉さんを……。

必死になって声をかけようとするが、思うように発声できない。そばへ駆け寄りたいけれど、どうしても身体《からだ》が動かない。

やきもきしながら見守るうち、叶の顔はますます激しい苦悶《くもん》に歪んでいく。それが叶であると見分けることも難しくなってくる。やがて、歪みが限界を超えてしまったかのようにどろりと頬と顎の輪郭が崩れ、髪がばらばらと抜け落ちはじめ……。

（カナウ君！）

深雪は叫ぶ。

（カナウ君っ！）

そこで、揺り起こされたのだった。うっすらと目を開くと、よく知った顔が間近にあった。

「ああ、カナウ君」

思わず相手に抱きついてしまってから、重大な誤解に気がついた。今、ここ、に叶がいるはずはない。そうだ、ここは……。

「あっ、ごめんなさいっ」

慌てて腕を離し、肌布団にくるまり込む。昨日の左足の怪我がずきんと痛んだ。

「早く起きて、深雪ちゃん」

という相手（カナウではなくて、そう、これはヒビクだ）の声が聞こえた。絡みついてくる眠気が一気に払われてしまうような、いつになく厳しい声音《こわね》であった。

深雪はそろりと布団から首を出した。

窓のブラインドの隙間《すきま》から、白い光がやんわりと射し込んでいる。もう朝であることは間違いないようだ。途切れのない細かな音が聞こえる。どうやら外では雨が降っているらしい、と気づいた。

「おはよう、ヒビクさん」

機嫌を窺うような調子で云いながら、響の顔を見上げた。さっきの声と同じく、そこにはいつになく厳しい表情があった。

「どうしたの、そんなに怖い顔して」

「とにかく起きるんだよ」

と、響は命じた。くしゃくしゃにセットが乱れた髪をしきりに撫でつけながら、鋭い眼差しで深雪を見据える。

「すぐに着替えて、下のリビングへ。いいね」

「ねえねえ、いったいどう……」

「厄介なことが起こったんだ」

吐き出すように云って、響はベッドサイドのテーブルに置いてあったサングラスとライターを取り上げた。

「四階の部屋でね、美島夕海が死んでる」

冗談を云っている口振りではなかった。深雪は「えーっ」と声を上げ、身を起こした。

「死んでるって、ヒビクさん、それ……」

「僕が見た限り、他殺だ。いや、ありゃあ誰が見たってそうか」

響は苦々しげに眉根を寄せた。

「髪が切られてるんだよ。六年半前に美島紗月が殺された時と同じように」

大急ぎで着替えを済ませ、鏡を覗く暇もなく部屋を飛び出した。起きたてでずいぶんみっともない顔をしているだろうとは思うが、そんなことを気にしている場合ではなさそうだった。

2

C館一階のリビングルームには、すでに五人の人間が集まっていた。蓮見皓一郎と涼子の夫妻、杉江あずさ、千種君恵、そして五十嵐幹世。響の姿はない。

「幹世兄さん！」

ブルゾンのポケットに両手を突っ込んで肩をすぼめているかつての家庭教師を見つけると、深雪は真っ先にそのそばへ駆け寄った。

「ね、ほんとなの？　夕海ちゃんが殺されたって」

五十嵐は蒼ざめた顔で深雪の視線を受け、掠れた声で「らしいね」と答えた。

「僕も今さっき、明日香井さんに起こされて知らされたんだけど」

「本当よ」

と云ったのは涼子だった。途方に暮れたような面差しで、かすかに首を左右に動か

しながら、

「わたしが——わたしと千種さんが、見つけたの。美島さん、確かに死んでたわ。頭から血が出てた。そしてね、髪の毛が……」

深雪は千種君恵の方へ目を移す。

昨日怪我の手当てをしてもらった時には「冷徹な婦長」と見えた彼女だったが、今はそのような風情など微塵《みじん》も窺えない。激しい怯《おび》えとうろたえが、化粧の落ちた顔に滲《にじ》んでいる。深雪の目線を避けるようにして、彼女はおろおろと面《おもて》を伏せた。

まもなく響が階段を降りてきた。サングラスをかけている。それに続いて後藤慎司が、パジャマ代わりに使っていたと思われるジャージーに長袖Tシャツといったいでたちで現われた。彼もまた、たったいま響に起こされてきた模様だが、相変わらずひょこひょこと右足を引きずっている。

「警察への連絡は？」

響が訊くと、蓮見が太った身体をぶるりと震わせながら答えた。

「僕が、さっき電話を」

響はちらりと腕時計を見る。深雪も時間が気になって、飾り棚の置時計に目をやった。午前九時を十分ほど過ぎている。

「青柳先生の姿は見当たりませんでしたか」

「ええ。車もなくなっているから、たぶん夜のうちに家へ戻ったんじゃあ」

「そう云えば帰るとおっしゃってましたっけ」

「あのぅ、明日香井さん」

涼子が夫の横から口を挟んだ。

「わたしたち、どうしたら……」

「とりあえず警察を待つしかないんでしょうね」

「いったい誰が、あんなことを」

「いきなりそんな核心的な問題を訊かれても、僕にはまだ何とも答えようがありませんよ」

響はことさらのように大きく肩をすくめてみせ、それから、顔を伏せたままでいる女性編集者の方を見やった。

「千種さん」

「――はい?」

「美島さんの家族の連絡先、ご存じですか」

「それは……」

少し口ごもってから、千種は答えた。

「お母様は何年か前に、ご病気で亡くなっておられまして」

「そうなんですか。お父さんは？」

「再婚されて、今は日本には……」

「海外に？」

「はい。お仕事の関係でずっと」

「じゃあ、彼女は東京では一人で生活を？」

千種は曖昧《あいまい》に首を振り、再び顔を伏せた。そしてぽつりと、

「私が、一緒に」

「と云いますと？」

「二人でマンションを借りておりました」

「ふうん」

響は興味深げに眉をひそめ、

「ルームメイトだったというわけですか」

「そういうことになります」

「いつからですか。昨年の春まで、彼女は病院に入っていたと聞いていますが」

「退院の直後から」

「あなたが同居を持ちかけた？」

「――はい」

そんな二人のやりとりの間、口を開く者は一人としていなかった。誰もが響の一言一言に、固唾《かたず》を呑んで耳を傾けているといった感じだったが、それも当然のことだと云える。

深雪以外のみんなにとって、彼は「警視庁捜査一課の明日香井刑事」なのである。正式な捜査陣が到着するまでは、とにもかくにも犯罪捜査のプロであるはずの彼に事を委《ゆだ》ねるしかない、という判断が共有されているわけなのだろう。

そういった状況を、響自身が果たしてどれくらいプレッシャーに感じているのか、深雪にはよく分からなかった。サングラスで目の表情が隠されているせいもあってか、一見まるで臆《おく》するところがない。それどころか「事件に巻き込まれた休暇中の刑事」としての役柄を、楽しんでいるようにすら見える。あまつさえ、ここで自分の本当の身分を明かしてしまうつもりなど毛頭ないようでもある。

(何でそんなに淡々としてられるの)

四階の部屋に倒れた夕海の姿を心に思い浮かべながら、深雪は何とも複雑な気持ちになるのだった。

（もっと動揺していて当然なのに……）

深雪が知る本物の明日香井刑事よりもよほど「刑事さん」らしい義兄のふるまいに、ある意味で感心する一方、この人はいったいどういう神経をしているのだろうと疑いたくもなってくる。

響は千種に対してさらに何か質問したそうな様子だったが、その場ではそこまでで打ち切った。ちらりとまた腕時計を見てから、降りしきる雨を窓越しに眺める。昨日の晴天とは打って変わって、ひどい荒れ模様であった。朝だというのに外はどんよりと薄暗い。

「さてと」

重苦しい気分を深呼吸で紛らわそうとしていた深雪の方を振り向き、響が云った。

「現場を見ておいてもらおうかな」

「えっ」

深雪はびくっとして、響の顔を見直した。

「あたしが？」

「そうだよ」

「どうして……」

「見ておいてほしいのさ」

響は淡々と答えた。

「さっき云ったろう。美島夕海は姉の紗月と同じように、髪を切り取られて死んでいるって。六年半前の事件の発見者としてね、深雪ちゃん、まだ誰の手にも触れられていない状態で、君にあの現場を見ておいてほしい」

「…………」

「死体を見るのが怖い？」

「そんな……そりゃあもちろん怖いけど、でも」

「捜査陣が来たら、おそらくみんなどこかの部屋にカンヅメだろう。そうなったら思うように動けないから。死体もたぶん、ゆっくり見る間もなく運び出されてしまうだろうし、どうする？」

「――分かったわ」

意を決し、深雪は頷《うなず》いた。

殺されたのは赤の他人ではない。中学と高校を同じ学校で過ごし、その後も例の事件を通じて決して小さくはない関わり合いを持った友人なのだ。彼女の最期《さいご》の姿を、あたしはこの目でちゃんと見ておかなければならない——と、そんな義務感めいた思いをふと強く抱いた。

「いま現場を見ておきたいという人、他におられますか」

響が一同に訊いた。

即座に手を挙げる者はいなかった。そっと顔を見合わせ、互いに首を横に振る蓮見夫妻。あずさはソファに坐り込み、呆然と床を見つめている。その横に後藤が腰を下ろし、肩に手をまわして何事か——まさかこの場で彼女を口説こうなどというつもりではあるまいが——囁《ささや》きかける。

「私も参ります」

じっと面を伏せていた千種が、そこで申し出た。

「あの方は私にとって、とても大事な存在だったのです。ですから……」

「幹世兄さんは？　ね、一緒に来て」

すがるように深雪が云った。彼女にしてみれば、ある意味で五十嵐は、他の誰よりも「頼りになるお兄さん」だったから。

「あ、いや」

五十嵐は細かくかぶりを振った。物怖じしたような弱々しい声で、

「それだけは、勘弁して。苦手なんだ、血とか死体とかっていうのは」

「繊細な神経の持ち主」と、昨日五十嵐は自らのことを評していたが、それはこういった血腥《ちなまぐさ》い事柄についても当てはまる性向であるらしい。男のくせに気が弱いんだ、となじるのは簡単だけれども、しかし考えてみれば、現職の刑事である叶にしたって、いまだにああなのだ。日頃、暴力だの殺人だのとはまるで無縁の生活を送っている元研究者の彼が尻込みするのは当然か、と思う。

結局五人の〝関係者〟をリビングに残し、響と深雪、千種の三人が階上へ向かうこととなった。

「それにしてもひどい雨だねえ」

二階から三階へ上がる途中、階段沿いの壁に並んだ嵌《は》め殺《ごろ》しのガラス窓から外を覗き見ながら、響が溜息混じりに云った。建物を打つ雨の勢いは相当なものである。

「『豪雨』という言葉を使ってみても大袈裟ではないだろう。

「その筋のミステリじゃあ、この雨のために道が崩れるかどうかして、警察がここに来られないって状況になるんだがな。はてさて……」

3

C館三階には、階段を昇ってすぐ右側に一つ目の部屋があり、廊下を直角に折れた左側に二つ目の部屋がある。一つ目は杉江あずさが、二つ目は千種君恵が使っているベッドルームである。

二つ目の部屋のドアの前を通り過ぎた廊下の突き当たりに、四階へ上がる階段は設けられている。右手に並んだガラス窓の外には、外壁の絵を描くために組まれた足場が見えた。窓はどれも施錠《せじょう》されている。

階段の昇り口手前に、大きな異状があった。響と千種はすでにそれを承知していた模様だが、深雪はその異状に目を留めるや、

「何？　あれ」

と声を上げた。

ライトグレイのカーペットが敷き詰められた廊下。その一部分がべったりと、どぎつい赤色に染まっている。（「現場見取り図」P.256参照）

「ペンキ……」

漂ってくる強い臭気に鼻を押さえながら、深雪は響に訊いた。

「ペンキがこぼれてるの？」

「そうなんだ」

答えて響は、あとをついて来る千種の方を振り返った。

「最初に見つけたのは千種さんだった。そこですぐに涼子さんに知らせた。それが一時間ほど前のことでしたっけ？」

千種は神妙に頷き、

「廊下に出てみるとあのとおりの有様でした。早く家の人に知らせた方がいいと思っていたところへ、ちょうど彼女がいらして」

「涼子さんは涼子さんで、ポテがペンキで汚れているのを見て、おやと思ったらしい」

「ポテ？　あの猫が？」

と、深雪が小首を傾げる。

「うん。ペンキは外の絵を描くのに使っているものでね、今はここの三階部分を描いているから、この廊下の端に置いてあったらしい。で、きっとポテが何か悪さをしたんだろうと思って見にきてみると、っていうわけさ」

「じゃあ、あのペンキはポテが容器を引っくり返して？」

深雪は前方に目をやる。

「それにしても、ひどいこぼれ方をしたものねえ」

すると、響は「いや」と首を振り、

「たぶんこれは地震のせいだろうと思うね。ポテはそのあとにここを通って、汚れたんだろうなと」

「地震？　何それ」

「夜中に地震があったろう。一時半を過ぎた頃だったかな。かなりひどく揺れたんだけど、まさか深雪ちゃん、気がつかなかったのかい」

と、響は訝《いぶか》しげに眉をひそめた。

「一時半……」

口の中で繰り返して、深雪ははっと頰に手を当てる。その時間に地震？　確かに、心当たりがなくもなかった。

「ああ、じゃあ、あの……」

「千種さんは？　気づきましたか」

「もちろん」

千種は迷いなく頷《うなず》いた。

「熟睡していたのですが、あれで目が覚めました。あと二、三秒もあの揺れが続いていたら、とてもじっとしていられなかっただろうと」

「それくらいの地震だったんだけどね」

と云って、響は深雪の顔色を窺う。

「僕はあの時まだ起きていて、蓮見さんと二人でB館の娯楽室にいたんだ。そこへいきなりぐらっと来て、思わず悲鳴を上げそうになった。騒ぎだす者がいてもおかしくないくらいだったんだが、誰も起きてはこなかったな。東京に住んでいる人間はみんな馴《な》れてるのかね」

「そ、そうね」

深雪はどぎまぎと相槌を打った。響は訝しげにまた眉をひそめる。もっと突っ込んだ質問をしたいのを、千種の目を気にして控えているといったふうであった。

「震源地はどこだったのかしら」

「静岡の方だってさ。テレビで速報を見た。ついに東海大地震かと思って一瞬慌てたんだけど、幸いそれほどのものじゃなかったみたいだよ」

「先生がどうしておられるかと、私は心配だったのです。地震はたいそうお嫌いでしたので」

　と、千種が云った。

「そんなに——心配になるほどに？」

「ええ。東京でも、ちょっとした地震があるたびに大騒ぎで、それはもう……」

「同居しておられるから、その辺のことはよくご存じなわけですね」

「——はい。ご様子を見にいこうかとも考えたのですが」

「そうはしなかった？」

「ドアを開いて、耳を澄ましてみました。ですが、上からは何も聞こえてこなかったので、きっと大丈夫だろうと」

「その時、廊下にペンキがこぼれていることには気づかなかったのですか」

「何だかひどくシンナー臭《くさ》いなとは思ったのですが、それ以上は……」

「なるほど。とするとやっぱり、ペンキがこぼれたのはあの地震の時だったと考えて間違いないか」

　サングラスのフレームに指を当てて独り頷き、響は前方に向き直る。彼について歩を進めながら、深雪は改めて、汚れた床の状態に注目した。

　こぼれた赤い塗料は、太い川となって廊下を分断している。その幅は一メートルから一メートル半といったところか。おそらく倒れた容器が地震の揺れでさらに転がったため、このような見事な広がり方をしてしまったのだろう。

赤い汚れを跨《また》ぐようにして、長椅子が一つ置かれていた。〝川〟に架かった〝橋〟、とでも喩《たと》えるのが適当だろうか。

「あの椅子は、誰が」

深雪が訊くと、

「涼子さんだよ」

と、響が答えた。

「なんですよね？　千種さん」

「はい。一緒に四階の様子を見にいこうということになって、私と二人で。二階の物置にしまってあったものを運んできたのです」

「どうしてそんな……」

深雪の質問を途中で遮って、響が云った。

「ペンキを跳び越える自信がなかったからさ。普通ならば楽に跳び越せる幅に見えるが、彼女は足にハンディがある。失敗して足が汚れるのは避けたい。だから〝橋〟を架けたわけだね」

「そっか」と呟いて、深雪は自分の左足に目を下ろす。たかだか一メートル余りの幅だけれど、今の自分にその距離を跳び越えることができるかどうか。痛いのを我慢すれば不可能じゃないとは思うが、絶対に大丈夫かと云われたなら自信はない。

響が先頭に立って、長椅子の〝橋〟を渡った。ペンキはまだまだ乾いてはいないようだった。ポテのものらしき足跡が、〝川〟の中にはぽつぽつと残っている。その他には何も不審な痕跡はなかった。

そこだけが円《まる》く外へ張り出す形で螺旋《らせん》状になった階段を昇り、三人は四階に到着する。

まっすぐに延びた廊下の突き当たりに、問題の部屋のドアが見えた。廊下の片側にはいくつか窓が並んでいるが、この階の窓はどれも、船室を思わせるような円い嵌め殺し窓である。

注意深く周囲に目を配りながら、響がドアに向かって足を進めた。ズボンのポケットからハンカチを引っ張り出して右手を包むと、その手をノブに伸ばす。

ドアの向こうに待ち受ける惨《むご》たらしい光景を思い描き、徐々に速くなってくる動悸を抑えながら、深雪は響のあとを追った。

「涼子さんと二人でこの部屋の前まで来たのです。ノックしてみたのですが、返事がなくて。何度か声をかけてみました。それでも返事がなかったので、不審に思って中へ。内鍵《うちかぎ》は掛かっておりませんでした。そうしたら、このとおり……」

苦しげな声で、千種君恵が話す。響と深雪に続いて部屋に入ったものの、ドアから一歩踏み込んだところで足を止めて顔を伏せていた。

「で、すぐに僕を起こしにきたわけですね」

「そうです」

「僕は娯楽室のソファで眠り込んでいたんだよ。それを叩《たた》き起こされてね、とにもかくにも、彼女たちの話が本当かどうかを確かめにきたってわけなんだが……」

前方を見つめたまま、響は深雪に説明する。彼の視線の先には確かに、俯《うつぶ》せに倒れた美島夕海の死体があった。

4

十畳余りの広さがある洋間。その中央よりもいくらか奥——ヴェランダに出るガラス戸に近いあたりである。

夕海の身体は全裸に近い状態であった。下着が一枚腰に残っているだけで、他にはまったく衣服をまとっていない。そして、死体の周辺にも使用の形跡があるベッドの上にも、どこにも彼女が着ていたと思われる服は見当たらなかった。

「性的な乱暴を受けた様子はないけれども」

ゆっくりと前へ進みながら、響が低く呟く。そっと床に片膝を突き、頭部から流れ出たどす黒い血に目を寄せる。

現実の死体を前にしても、やはりさして臆する気配がない。気丈と云うべきか、冷徹と云うべきか。いずれにせよ、同じ双子でも弟の叶とは大した違いである。

「美島さんは、寝る時には何を？」

入口付近に佇《たたず》んだ千種に向かって、響は尋ねる。彼女は蒼白な顔でゆるゆると首を振りながら、

「パジャマを着ておられましたが」

「今回の旅行にも、パジャマを持ってきていたのですか」

「そのはずです」

「紺色に白の水玉が入ったパジャマですね」

「――はい」

答えてから、千種は不思議そうに響を見やり、

「どうしてそれを」

「午前一時頃でしたか、実は彼女が、僕と蓮見さんのいた娯楽室に現われたんですよ。あの時はまだ涼子さんも起きていて、一緒だった」

「そうだったのですか」

「何か温かいものが飲みたいのだけれど、と云ってね。ドアが開けてあったから、僕たちがあの部屋にいると分かったんでしょう。涼子さんがミルクを温めて渡していたみたいですけど、あの時は彼女、確かにパジャマを着ていましたね。そしてそう、髪をこう、一本に束ねて三つ編みにしていたような」

「夜はいつもそのようにされるのです」

「なるほど。ところが」

と、響は死体の頭部に視線を落とす。

「このとおり、今はその髪が短く切られてしまっている。どういうことなんでしょうね」

死体のそばに屈み込んだまま、響は深雪の方を振り返る。深雪は息が詰まりそうな気分で、微動だにしない昔の友人の身体を見下ろした。

腰よりも長く伸ばしていた黒髪が、今は肩にも届かないほどの長さに切られてしまっている。

(ああ、まるで……)

まるで、そうだ、六年半前にマンション〈ヴィニータコータ〉の一室で美島紗月が殺された、あの時の状況そのままに。

脱がされたパジャマも、切り取られた頭髪も、部屋の中にはどこにも見当たらない。いったいこれはどういうことなのだろう。今回もまた、夕海を襲った犯人が髪を持ち去ったというわけなのか。

頭から血を流してこと切れた彼女。何か鈍器で殴られたものらしい。横を向いたその顔にはしかし、不思議と驚愕《きょうがく》や苦悶の色はなかった。目を閉じ、唇をわずかに開いた表情は、何だか「ほっとした」という感じにすら見える。

深雪が死体に注目している間に、響は室内をそろそろと歩きまわり、あれこれと現場の様子を観察していた。

ヴェランダに出るガラス戸を、響が開けてみる。鍵は掛かっていなかったようだった。開いた戸の隙間《すきま》から、外の激しい雨音が流れ込んでくる。

「ベッドのシーツなんかは?」

と、これは千種に向かって響が尋ねた。

「シーツも肌布団のカバーも掛かっていませんね。これは最初から？」

「最初はちゃんと掛けてあったのです」

千種が答えた。

「ですが、どれもその、真っ赤な色だったものですから」

「と云うと？」

「先生は赤い色が大嫌いでいらっしゃったのです。昨日この部屋に入るなり、シーツやカバーを外してしまわれました。そのあとはどちらも、私の部屋に置いてあります」

「あなたの部屋のシーツも真っ赤なんですか」

「いえ。私の部屋のは青でした」

「あたしの部屋は黄色だったよ。そう云えばブラインドも黄色」

と、深雪が口を挟む。

この部屋も、窓にはカーテンではなくブラインドが取り付けられている。色は赤だったが、さすがにこれを取り外せとは云えなかったようだ。その代わりに、ということだろうか、ブラインドはすべて一番上まで引き上げられた状態であった。

「四階が赤、三階が青、二階が黄、っていうふうに三原色で色分けされてるのかも。だとしたら、きっと涼子さんの趣味だわ」

「よりによって彼女は、嫌いな赤の部屋を割り当てられてしまったわけか。何やら暗示的だね」

云いながら、響はまばらに鬚《ひげ》の伸びた細い顎を撫でる。

「もしも彼女が三階の廊下に赤いペンキがこぼれているのを見つけていたなら、その時点で大騒ぎになった可能性もあったわけですね。千種さんを起こして、これを何とかしろとか」

「そういうことになっていたかもしれません」

夕海の姉紗月が、同じように赤い色を嫌悪《けんお》していた事実を、深雪は知っている。六年半前のあの冬の夜、訪れたマンションのロビーで、夕海に云われて深雪は、嵌めていた赤い手袋を外した。あの時は、そういう妙なこだわりがないと芸術家にはなれないんだなあなどと思ったものだったが。

昨年春の退院以来、夕海は風貌や言動だけでなく、そういった色の好みまで紗月そっくりになっていたというわけなのか。

ベッドサイドのテーブルには、ミルクが入っていたと思われるマグカップとソーサー、ガラスの灰皿、それからアンティークな石油ランプが一つ置いてあった。このランプはすべての客室に備え付けてある調度品らしい。二階の部屋にも同じようなものがあったと思う。

灰皿には煙草の吸殻が数本分、残っていた。それらはどれも、夕海が吸っていた細身のメンソールシガレットのようだった。

煙草のフィルターには、彼女が使っていた紫色のルージュが付いている。灰皿の横には、まだ何本か中身のあるシガレットケース。それから、これも彼女の持ち物である金色のガスライターがある。

響がおもむろにそのライターを取り上げ、点火してみた。もちろん、自分の指紋が付かないようにハンカチで手をくるんだ上で、である。一発で炎が灯った。続いてランプにかぶせられたステンドグラス風の笠《かさ》を外し、蓋を開けて中の臭《にお》いを嗅《か》いでみたりしていたが、やがて、

「んっ?」

不意に声を洩らしたかと思うと、テーブルの下を覗き込んだ。

「こりゃあ、ふん、鋏か」

そうして響が床から拾い上げたのは、言葉どおり小さな鋏であった。ちょっとした

ソーイングセットに付いていそうな代物《しろもの》である。

「千種さん。これは美島さんの？」

入口付近に立ったまま、千種は響の手許に目を凝らし、

「そうですね」

と答えた。

「先生のソーイングセットに入っていたものではないかと」

「この鋏で、犯人は髪を切ったわけなのかな。ずいぶん苦労はしたろうが、まあ不可能な相談じゃあないか。彼女はその時、髪を編んで一本に束ねていたわけだから、根元を少しずつ切っていけばあんな具合にもなる。——どう思う？　深雪ちゃん」

「そうね。時間をかければ、きっと」

極力落ち着いて答えようとしたのだが、声の震えは抑えることができなかった。思いのほかに安らかな夕海の死顔が、まだしも救いだったと云える。

「ソーイングセットはどこにあるんだろう」

室内をぐるりと見まわして、響は「ああ」と声を落とした。

「それかな」

彼が指し示したのは、シーツの外されたベッドの枕許であった。そこに無造作に放

り出されている、薄緑色の小さなポーチ。

「こいつですよね、千種さん」

「はい。確かに」

響はそれを取り上げ、指紋に気をつけながら中身を調べた。いくつかのボタンやホック、何巻きかの色違いの糸、といった品々が中には収まっている。鋏は入っていなかった。

「犯人は彼女を殺したあと、このケースの中から鋏を見つけ出して、髪を切った。さらに着ていたパジャマを脱がせて……」

ぼそぼそと独りごつ響を横目で見ながら、深雪は死体から離れ、ふらりと壁に寄りかかった。

「何でそんなことをしたの？　犯人は」

心中にわだかまる、云いようのない不安。それを払うように何度もかぶりを振りながら、誰に対してというわけでもなく疑問を吐き出す。

響は深雪の言葉を無視して、くるりと入口の方へ踵《きびす》を返した。

「妙な点はありませんか、千種さん」

と、そして彼は彼女に質問するのだった。

「パジャマと切り取られた髪の毛の他に、何かこの場からなくなっているものがあるとか」

「さあ」

千種は当惑顔で、上目遣《うわめづか》いに室内を見渡す。

「バッグの中身などを調べてみないことには、何とも……」

「調べてみれば、何がなくなっているかは分かるのですか」

「旅行の荷造りは、私が手伝いましたので」

「じゃあ、あとできっとそれを確認していただくことになると思います」

部屋の奥には、造り付けのワードローブがあった。その横にはストゥールが二脚、並べて置かれている。響は足早にワードローブの前まで行き、扉を開いた。

「ふん。服が掛かっていない……」

昨日の夕海の服装を思い出す。黒い長袖のシャツを着て、黒いワイドパンツを穿《は》いていた。つばの広い黒い帽子をかぶっていた。

「帽子は、ここにある。シャツとズボンがない。はて、これも犯人が持ち去ったってことなのかな」

左手を生白い頬に押し当て、響は首を傾けて考え込む。一秒二秒とそのまま沈黙が続いたが、そこで千種が、とうとう耐えきれなくなったというふうに口を開いた。

「申し訳ありません。あの、私、気分が……」

見ると、彼女の顔色は先ほどまでにもまして真っ青だった。片手を口に当てている。額には脂汗が滲んでいる。込み上げてくる吐き気を懸命にこらえているといった様子である。

「すみません。失礼いたします」

ううっ、と低い呻き声を洩らしながら、千種は部屋から飛び出していった。トイレは二階まで降りないとない。大丈夫だろうか、と深雪は多少心配に思った。

「大丈夫かい、君は」

響が訊くのに、深雪は小さく頷いた。

「ショックはショックなんだけど、何となく頭が痺《しび》れちゃってるみたいな感じで。こうして夕海ちゃんの死体を間近に見てもね、何だかあんまり現実感がないの」

「なるほどね。そういう反応もありか」

「ヒビクさんこそ、よくそんなに平気な顔してられるわね」

「『カッコいい刑事さん』を演じる使命があるからね、僕には」

と、響はいつもの澄ました声で応える。

「それよりも、うまい具合に雨で道が崩れていなけりゃあ、そのうち本物の刑事さんたちが大挙してやって来る。はてさて、そこで僕はどのようにふるまったらいいんだろうねえ」

「それは……」

「このまま身分を詐称《さしよう》しつづけるべきか。それとも潔くみんなに正体を明かしてしまうか。どうしようか、深雪ちゃん」

確かにそれは、すこぶる重大な問題である。深雪は頭を抱えたくなった。

仮に響が、あくまでも自分は明日香井叶だと主張したなら、捜査に来た警察官たちは当然、それが本当かどうかを警視庁に問い合わせて調べるだろう。そうなれば遅かれ早かれ、本物の明日香井叶は現在病気療養中である、という事実が知れてしまうこととなる。

しかし、だからと云ってここですぐ、実は彼は偽者でしたと告白してしまうのも嬉しくはない。みんなには本当のところを知られず、何とかこの場を切り抜けることはできないものかというのが、深雪の本音であった。

「その辺はじゃあ、状況を睨みつつ臨機応変に対処するとしようか。場合によっちゃ、あとでカナウが上司から大目玉を喰らう羽目になりかねないが、まあその時はその時ということで」

深雪の内心を見透かしたようにそう云って、響は眉を八の字に寄せる。

それにしても、今頃東京で叶はどうしているだろうか。やはりそのことが気になった。

昨夜の夕海の〝予言〟が、頭にこびりついて離れないのである。

『あまり遠くはない将来の……悲しんでいる。いろんな人。あなたもよ。……ああ、そうね。あなた自身じゃなくって、あなたの大事な人が……』

一言一句を憶えている。あれはいったい何を意味するのか、それが気に懸かって、昨夜はなかなか寝つかれなかったのだった。だから……。

けれど今、あの言葉を放った当の夕海は、ここでこうして物云わぬ屍《しかばね》となり果ててしまっている。あの時、彼女は何を「見た」のか、「感じた」のか。彼女が持つ〝力〟というのは、いったいどこまで本物であったのか。それを問いただすことも、もはや叶わない。

「ところでさ、深雪ちゃん」

ふと鋭さの帯びた声になって、響が云った。

「ゆうべ地震が起こった時のことなんだけどね、君はあの時間……」

深雪はぎくりと胸を押さえる。——と、外で降りしきる雨音に混じって、折りしも響いてきた甲高いサイレンの音。

「おやおや」

額に手を当てて、響は残念そうに呟いた。

「捜査陣のご到着だ。そうそうあっさりと〝嵐の山荘〟にはなってくれないか」

○現場見取り図

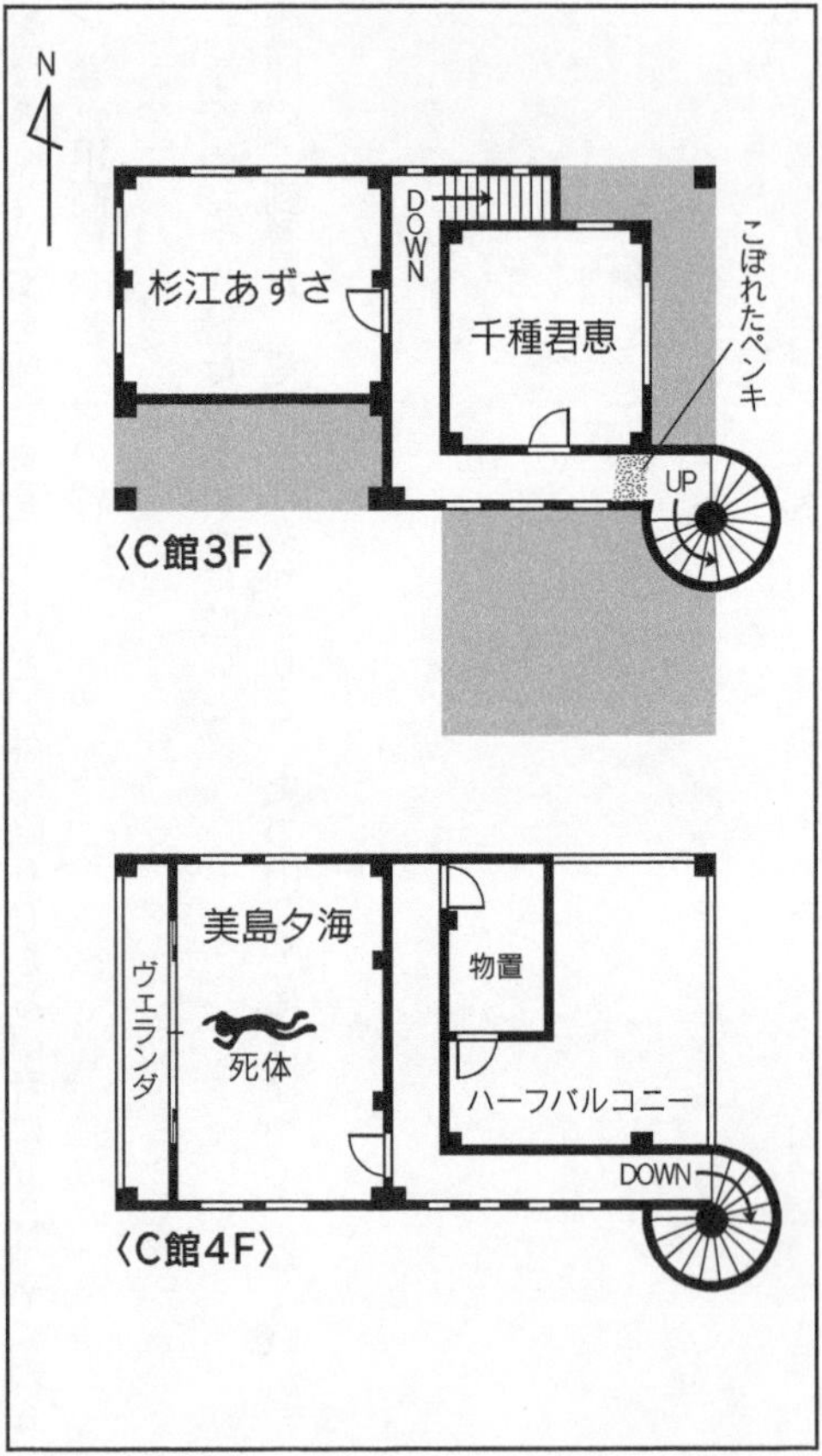
N
杉江あずさ
DOWN
千種君恵
こぼれたペンキ
UP
〈C館3F〉
美島夕海
ヴェランダ
死体
物置
ハーフバルコニー
DOWN
〈C館4F〉

Ⅷ　本物の刑事たちが登場する

1

激しく降りつづく雨の中を駆けつけた所轄署の、制服・私服取り混ぜて数名の警察官たちを、深雪ら八人は鳴風荘の玄関ホールで出迎えた。中では最も年長と見える五十がらみの私服刑事が、

「U＊＊署刑事課の長森勇《ながもりいさむ》です」

黒い手帳を示してそう名乗った。

叩き上げの警部といったところだろうか。かなり薄くなった胡麻《ご ま》塩頭《しおあたま》に角張った頬、しゃくれた長い顎。顎の右側には大きなほくろがあって、これが、どちらかと云うと棘々《とげとげ》しい顔立ちに若干の愛嬌《あいきょう》を与えているように見える。

「通報してくださった蓮見さんは、どなたですか」

「あ、僕です」

蓮見皓一郎が進み出、でっぷりとした身体にはそぐわない弱々しい声で答えた。

「あなたがこの家のご主人ですか」

「いえ……いや、はい。まあ、一応そのようなものです」

「何とも変わった建物ですな。人が殺されたという通報でしたが？」

「はい。今朝になって、部屋で死んでいるのが見つかって」

「何という方ですか」

「は？」

「殺された方の名前は何という？」

「美島──美島夕海という女性です。昨日からこの別荘に、ここにいる他のみんなと一緒に泊まりにきてくれたんですが」

「お友だちですか」

「ああ、はい。中学時代のクラブ仲間で……」

長森はてきぱきと質問を繰り出すが、その表情や声音にはこわばりが隠せなかった。こんな山間の村でそうそう凶悪犯罪が頻発するとは思えないから、一線の刑事としてそれなりに場数は踏んでいるにせよ、緊張するのも無理からぬことである。一緒にやって来た他の署員たちにしても、多かれ少なかれ同じような心理状態でいるのに違いない。

少々時間がかかるかもしれないが、やがて県警本部の捜査一課から応援が来るという。それまでにまず、現場保存を抜かりなく行なった上で、事件のあらましを関係者たちの話から摑《つか》んでおくこと。これが、彼らに課せられた必要最低限の仕事であろう。

事件の通報者であり、なおかつこの別荘の「一応の主人」でもあるということで、さしあたり蓮見が事情説明の役を担《にな》わされる成り行きとなった。

昨日この顔ぶれがここに集まったわけから、今朝夕海の死体が発見されるまでの経緯を、かいつまんで話す。傍らで心配そうにそれを見守る涼子が、ところどころで的確な補足をした。死体発見時のショックからはだいぶ立ち直ったようである。

響はというと、先ほどまでとは打って変わっておとなしくしていた。「状況を睨みつつ臨機応変に対処する」と宣言した、その言葉を実践していると見える。

求められて蓮見の説明を補う発言をすることはあっても、そこで積極的に場のイニシャティヴを取ろうとはしなかった。名前を訊かれた時には「明日香井です」とだけ答えていたが、仮にフルネームを云ったとしても、「キョウです」と口答する分には嘘偽《うそいつわ》りを述べたことにはならない。一卵性双生児の兄弟に付けられた紛らわしい同音の名前も、こういった特殊な状況においては妙な役立ち方をするものである。

いずれ各人を相手に細かい尋問が行なわれる段になれば、誰かの口から「彼は警視庁の明日香井叶刑事である」という偽りの事実が知らされる可能性はすこぶる大きい。とりあえず、その時が来るまでは黙っていようという腹づもりなのだろうか。

事件現場への案内は、蓮見と涼子が引き受けることとなる。第一発見者の一人である千種君恵も同行を要請されたのだが、彼女は気分がすぐれぬことを理由にそれを拒否した。ここでも響は、進んで案内役に加わるという動きには出なかった。

長森が部下たちを引き連れてC館へ向かうと、残りの六人はA館の広間に落ち着いた。制服警官一名の監視付きで、である。許可が下りるまでは外に出ないように、むやみに家の中をうろうろしてもらっても困る、と強く釘を刺されたことは云うまでもない。

六人はソファに腰を下ろした。

テーブルにはまだ、昨夜のグラスやボトルが残っている。片づけてお茶でも淹《い》れようかと深雪は思ったのだが、やめにした。足の傷が、思い出したようにまたずきずきと痛みはじめたからだ。

「怪我の具合はどう？」

後藤に訊かれて、深雪はしかめっ面《つら》でかぶりを振った。

「後藤君も、まだずいぶん引きずってるね」

「だいぶ腫《は》れちまっててさ」

そう云って、後藤は痛そうに右の足首をさする。昨日の色眼鏡は、今はかけていない。伊達《だて》眼鏡だったようである。

「涼子さんが戻ってきたら、湿布がないか訊いてみたら？」

云いながら、深雪は千種の様子をちらと窺う。元看護婦は何も反応を示すことなく、相変わらずの蒼ざめた顔でうなだれていた。

「しかしひどい雨だな」

中庭の方を見ながら、後藤が溜息をつく。

「昨日はあんなに晴れてたのにさ」

「夕方頃からちょっと雲行き、怪しかったみたいだけど。――そっか。後藤君、バイクだったよね」

「青柳画伯の家の前で雨ざらしだよ。可哀想な俺のバイク。メットもホルダーに付けてきちまったんだよなあ」

「事件のこと、画伯に連絡した方がいいんじゃないかしら」

「刑事さんたちが考えるだろ、そりゃ」

投げやりな調子で云って、後藤はジャージーのポケットからもそもそと煙草を探り出す。

「火、貸してもらえます？　ガスが切れちまったままで」

「ああ、どうぞ」

答えて、五十嵐がライターを差し出した。

「どうもどうも」

天井を仰ぎながら煙を一吹かしすると、

「しばらくここに足止めされるんっすかねえ」

後藤は、腕組みをして黙りこくっている響の顔を見やった。

「捜査の展開次第でしょう」

響はそっけなく答えた。

「弱ったなあ。俺、明日の午後にはどうしても東京へ帰ってなきゃいけないんだよな。そうそう何日も拘束されることはないっしょ？」

「さあ」

「何とかなりませんかぁ、明日香井さん」

響は憮然《ぶぜん》と肩をすくめる。サングラスのブリッジを指先で押し上げながら、

「管轄外ですので」

吐き出すようにそう云ったかと思うと、急に席を立った。

「どこ行くの、カナウ君」

「トイレ」

遠巻きにこちらを見守っていた警官に断わりを入れて、響はすたすたと広間を出ていく。その後ろ姿を見送ってから、

「あのさ、深雪ちゃん」

後藤が声をひそめて云った。

「こんなこと訊くのも何だけど、旦那《だんな》とはあんまりうまくいってないんじゃない？」

深雪はぎくっとして、

「ど、どうしてよ」

「ゆうべだってさ、深雪ちゃんだけさっさと休んじゃって。結局彼、あっちの娯楽室のソファで寝てたっていうだろ」

「それは……」

「何となくよそよそしい感じに見えるの、俺の気のせい？」

「気のせいよ」と答えようとして、思い直した。あまり慌てて否定するのもかえって怪しいかもしれない——と、ここに至ってもつい考えてしまったわけである。

「まあ、いろいろあるのよね、夫婦の間には」

そんなふうに云って、深雪はいかにも物憂《ものう》げに頬杖を突いた。

2

「個人的にちょっと、皆さんにお訊きしておきたいんですけど」

戻ってきた響が、見張り役の警官の様子をちらちらと窺いながら切り出した。わざと感情を抑え込んだような、低く淡々とした声だった。

「昨夜の皆さんの動きを確認しておきたいんです」

「今？　ここで？」

五十嵐が訝しげに首を傾げると、響は一瞬の躊躇《ちゆうちよ》もなしに「ええ」と頷き、

「いずれ担当の刑事から、個別にあれこれと尋問されることです。ここで予行演習し

ておくのも悪くはないでしょう」

有無を云わさぬ調子である。

「いいですね？」

どう答えたら良いものか、誰しもが戸惑い顔だった。しかし響は、返答を待つこともなく「確認」を始める。

「まず——。ゆうべ最初にこの広間から出ていったのは美島さんと千種さんでしたね。僕が美島さんにいろいろと質問をしてみた、あの一件のあとです。あれが九時半を過ぎた頃でしたか。

千種さんは、あのあとずっと部屋に？」

「——はい」

蒼ざめた顔をわずかに上げ、千種が答えた。

「先生をお部屋までお送りして、あとはずっと」

「すぐに眠ったわけですか」

「しばらくベッドで本を読んでおりましたが」

「誰かが訪ねてきたりはしなかった？」

「はい」

「次に――」

途切れることなく、響は先を続ける。

「杉江さんでしたね、部屋に戻ったのは、確か十一時過ぎ――十分か十五分か、そのくらいだったと思いますが」

「あの、わたし」

云い澱《よど》んで、あずさは長い息を落とした。

「あんまりよく憶えていなくって」

「だいぶ酔っていたみたいですからね」

「――すみません」

「別に謝っていただく必要はありません。涼子さんが部屋まで肩を貸してくれたことは？」

「ああ、それは何となく」

「朝までずっと眠っていました？」

あずさは心許《こころもと》なげに頰を撫でながら、

「一度お手洗いに行ったような気はしますけど」

「何時頃でしたか」

「さあ」

「夜中に地震があったのは憶えていますか」

「地震？」

あずさは驚いたように目をしばたたいた。

「いえ、わたしは……」

酔ってぐっすり眠り込んでいて、気がつかなかったということか。

「じゃあ、何か不審な物音を聞くとかいったこともなかったわけですね。あなたが寝ていた部屋は、現場の真下に当たると思うんですが」

「わたしは、何も」

「ふん。――杉江さんを部屋に連れていった涼子さんが広間に戻ってきてすぐ、今度は深雪ちゃんがもう休むと云いだした。そうだったよね」

と、響は隣の深雪を振り返った。

「――うん。十一時半頃だったと思う」

「朝までずっと寝ていたわけだね」

念を押すように訊かれて、深雪は思わず、ことさらのように大きく頷いてみせた。

響はかすかに眉をひそめながら、

「深雪ちゃんを部屋まで送っていったあと、僕はまっすぐ広間に戻った。その時点でまだここに残っていたのは、だから、蓮見夫妻と後藤さん、五十嵐さん、それから青柳先生」

響は煙草をくわえ、ジッポーで火を点ける。テーブルの灰皿は、昨夜から溜まった吸殻でもういっぱいになっていた。

「次に出ていったのは、どなたでしたっけ」

「僕でしたね、確か」

と、五十嵐が手を挙げた。挙げた手の指先をそのまま、柔らかそうな癖毛に絡めながら、

「十二時前でしたね。夜更《よふ》かしは苦手なんですよ。普段から早めに寝る習慣だもので」

「地震には？　気づかれましたか」

「びっくりして目が覚めましたよ」

と云って、五十嵐は天井を見上げた。

「かなり揺れましたね。何か対処するべきかとも思ったんですが、わりあいにすぐ収まったから、眠気に任せてまた目を閉じてしまった。震源地とか、気にはなったんだ

けれども」

「大した被害はなかったようです。静岡の方が震源だったそうですが」

「——良かった」

「十二時前に五十嵐さん。そしてその次が、後藤さんでしたね」

振られて、後藤はぽりぽりと頭を掻いた。

「俺もだいぶ酔っぱらってたから、よく憶えてないんっすけど」

「五十嵐さんが出ていって十分ほどしてからだったと思う。午前零時過ぎ」

「なのかな」

「確かに酔っているようには見えましたね。ずいぶん足がふらついていた」

「そんなことだから捻挫《ねんざ》が治らないんだよなあ」

「部屋に戻って寝たんですね」

「と思うけど。今朝、明日香井さんに起こされた時にはベッドの中だったから。あずさちゃんの部屋へ夜這《よば》いにいった憶えもないし」

と、後藤はあくまでもおどけてみせる。

「美島さんの部屋へは？」

にこりともせずに響が訊くと、後藤は「まさか」と首を振った。

「そんな記憶もまったくございませんです」

「地震のことは？」

「揺れたような気もするけど、って感じかなあ。何せ、普通に歩いててもずいぶん世界がぐらぐらしてたから」

「なるほど」

響は煙草をゆっくりと揉《も》み消し、そこで少し間《ま》を取った。

「後藤さんが出ていったあと、午前零時半を回った頃だったかな、僕と蓮見夫妻の三人はB館一階の娯楽室へと場所を移した。これはお二人に確認すれば間違いないと分かるはずです」

「青柳先生は？」

と、言葉を挟んだのは五十嵐であった。広間の壁には、青柳が六人に贈った例の肖像画が、昨夜のまま並べられている。額縁の壊れた夕海の絵もある。ちらりとそちらへ視線を飛ばし、

「一人でここに残られたわけですか」

と、五十嵐は質問をつなげる。

「そうです」

五十嵐の視線を追いながら、響は頷いた。

「一緒に来ませんかと誘ったんですけどね、騒々しいのは苦手だと云って。酔いが醒めたら車で帰るからということでしたけど、そう云いつつも窓際の椅子で独り飲みつづけていましたね」

「娯楽室では何をしてたの」

気になって、深雪が訊いた。

「『ファミスタ』の対戦」

「へえ？」

『プロ野球ファミリースタジアム』略して『ファミスタ』。かつて一世《いっせい》を風靡《ふうび》し、一九八九年夏のこの当時もまだ根強い人気を誇っていた、ファミコンのゲームソフトである。

「何となくそういう流れになっちゃってね。蓮見さんが強いっていうから、じゃあ受けて立ちましょうと」

「刑事さんもテレビゲームをやるんすか」

と、後藤。響は取り澄ました顔で、

「ちょっと凝ってた時期がありまして」

「『ドラクエ』やなんかも?」

「まあ、ひととおりは」

愛想なく答えると、響は「それはともかく」と話を先へ進める。

「そうやって蓮見さんとゲームをしている最中に、美島さんが一度姿を現わした。深雪ちゃんにはさっき云ったよね」

「あ、うん」

「温かい飲み物をと云って、降りてきたんだな。どうもうまく寝つかれないといった様子だったね」

「不審な素振りはなかったんですか、その時は」

と、これは五十嵐が訊いた。

「少なくとも、ゆうべこの広間で見せたような神がかり的な言動はなかったですね。むしろ魂が抜けたみたいな、悄々《しようしよう》とした感じだったような。〝力〟を使いきって疲れ果てていた、ってことなのかな」

そう云って、響は千種の反応を窺《うかが》う。彼女はへの字に唇を結んだまま、何もコメントしようとはしなかった。

「——で、涼子さんがミルクを温めて、クッキーだったか何かを添えて渡したらしい。『どうもありがとう』っていう声が、廊下から僕らの耳にも聞こえてきた。と、そんなことがあったのが、僕の記憶によれば午前一時頃でした。あとで蓮見さんたちにも確認してみますが」

つまり当然のことながら、その「午前一時頃」の時点までは、美島夕海はまだ確かに生きていたわけである。犯行があったのは、これもまた当然、それよりもあとだったということになる。

「美島さんがC館に戻ったあと、涼子さんがもう寝るからと云って娯楽室を出ていった。一時十分くらいだったか。僕と蓮見さんは、その後もしばらくゲームをやっていたわけなんですけど」

「ずっと『ファミスタ』やってたの？」

と、深雪が訊いた。

「まあね」

「戦績は？」

「さて、どうだったかな」

ごまかすところを見ると、きっと奮闘の甲斐なく負け越してしまったに違いない。叶とは違って、どんなに他愛のないと見えることについてであっても相当に負けず嫌いな響の性格を、深雪は知っているつもりだった。

「地震が起こったのは、だから、まだゲームをやっていた時のことだったね。午前一時半を少し回った頃——四十分頃かな」

「そのあともえんえん二人で遊んでたの？」

「いや、地震がきっかけになって、とりあえず試合は中断。ニュースで地震情報を確かめて、そのうち蓮見さんもそろそろ休むと云いだした。彼が寝室へ引っ込んだのは、確か午前二時過ぎ」

「明日香井さんは？　寝室で眠ろうとは思わなかったのですか」

五十嵐が、響と深雪の顔をそろそろと見比べながら訊いた。さっき後藤が「夫婦仲がうまくいってないんじゃないか」と云ったのを真に受けて、心配しているのかもしれない。

「いろいろ他にもソフトがあったものだから、ついもうちょっと遊んでいたい気分になりましてね。そうこうしてるうちに、酒の酔いも手伝ってあそこのソファで眠り込んでしまったんですよ」

響はさらりとそう答えて、新しい煙草を唇の端にくわえる。「うにゃあ」とその時、どことなく間の抜けた猫の鳴き声が聞こえた。

見ると、いつのまに来ていたのか、テーブルの下からポテが顔を覗《のぞ》かせている。人なつっこく身を擦《す》り寄せてくるその脚が、C館三階の廊下を染めていたのと同じ赤い塗料で汚れているのを、深雪はそこで確認したのだった。

3

まもなく蓮見夫妻が戻ってき、代わって千種君恵が、一緒にやって来た私服刑事に呼ばれて広間を出ていった。被害者の住所や縁者などについて聞きたいとのこと。彼女が夕海のルームメイトだったという事実が、おそらく蓮見たちの口から語られたのだろう。

「あ。だめよ、ポテ」

夫と並んでいったんソファに腰かけた涼子が、立ち上がって飼い猫をたしなめた。

「だめ。こっちへ来なさい」

ポテはその時、部屋の隅に立った制服警官の足にじゃれつこうとしていた。ひょっとすると猫が苦手なのだろうか、警官は壁際に身をひき、かといってむげに追い払うわけにもいかずにいる。まったく、これほど警戒心のない猫も珍しい。

「すみません」

涼子は右足を引きずりながら警官のそばへ駆け寄り、ポテを抱き上げる。その足で厨房へ向かうと、しばらくして人数分の湯呑みと急須《きゅうす》を盆に載せて帰ってきた。ポテは一緒ではない。あちらで餌《えさ》でも与えてきたのだろうか。

「涼子さんは、今朝は何時に起きたんですか」

出された緑茶を熱そうに一口啜《すす》ってから、響がおもむろに訊いた。

「七時四十分頃です」

同じ質問をついさっき刑事から受けたのかもしれない、涼子は即座にそう答えて、ぐるりと広間を見まわした。

「身繕《みづくろ》いを済ませて、さあここを片づけなきゃなと思っていたら、ポテが来たんです。そしたら、あのとおり脚がペンキで汚れていたもので……」

「雨はもう降っていました？」

「ええ。目が覚めた時には、もう」

「脚の汚れには、その時になって初めて気づいたわけですね」

頷いて、涼子は厨房の方へちらと目をやる。

「ゆうべ寝る前に、ポテを見かけた時——わたしの寝室にいたんですけど、その時はあんなじゃなかったんです。だから、すぐに変だなと思って」

「寝る前というと、一時十分ぐらい？」

「そんな時間だったかしら」

「そのあとポテは？」

「一緒にベッドに潜り込んで寝ていたんですけど、ほら、あのあと地震があったでしょ。それでびっくりして目が覚めたらしくて」

「部屋を出ていったわけですか」

「と思います。寝入りばなのことだったから、わたしもぼんやりとしか憶えてないんですけど」

「ふうん。とすると、ペンキはやっぱり地震でこぼれたに違いないわけか」

とまた、響はそれを確認する。よほど気に懸かる問題らしい。

「わたしもそう思います」

涼子が相槌《あいづち》を打った。

「かなりその、容器を不安定な状態であそこに置きっぱなしにしておいたような気がするので」

響は満足げに頷き、続いて今度は蓮見に質問を振った。

「蓮見さんが娯楽室を出ていったのが、午前二時過ぎでしたね。ゆうべのことです」

「ええ、確か」

鼻の頭に浮かんだ汗を指で拭いながら、太った建築家は心許なさそうに答えた。響は再び涼子の方を見て、

「ご主人が寝室に入ってきたのには、気がつきましたか」

「ああ——、いえ」

涼子は小さく首を振った。

「わたしたち、寝室は別々なので」

「そうなんですか」

「彼、鼾《いびき》がうるさいんです」

「結婚の条件だったんですよ。睡眠は別々の部屋でっていうのが」

と云って、蓮見が決まり悪そうに頭を掻く。蒼ざめていた頬が、目に見えて赤らんだ。

「ははあ」

唇の端をわずかに歪めながら、響は深雪に横目を流す。「いろんな結婚条件があるもんだ。男も大変だねえ」とでも皮肉を込めて云いたげだが、その件について深雪は

むろん反論できる立場ではない。

「あっちではいろいろ訊かれましたか」

「ええ、まあ」

と、蓮見。涼子が続けて、

「あとでまた改めて、とも云われましたけど。あの長森っていう人、警部さんだそうです」

「本格的な尋問は県警本部の連中が来てから、ってことでしょうね」

響は腕時計を気にしながら、

「青柳先生には？」

「さっき刑事さんが電話を」

涼子が答えた。

「すぐに来られるそうです。美島さんの身内の方にも、うまく連絡がつけばいいんですけど」

「確かにね。――ところで涼子さん、妙なことをお訊きしますが、あなたは美島紗月とは面識があったんですか」

響が投げかけた質問に、涼子の表情がはっと硬くなった。それを見て取って、

「あったんですね」

と、響が言葉を重ねる。涼子は少しの間、返答をためらったが、

「別に隠すことでもありませんね」

吐息混じりにそう呟いて、ゆっくりと頷いた。

「あの人と同じM＊＊美大に行ってたんです、わたし。彼女はわたしの三年上でした」

「なるほど。それで面識が？」

「ええ。といっても、会ったのは数えるほど。差し向かいで話したことは一度も」

涼子の口振りは歯切れが悪い。微妙にこわばったその面差しを見ながら、深雪は、昨日夕海と会った時に彼女が示した「あら？」というような反応を思い出していた。響にしても当然、そのことに気づいていたからこそ、ここでこういった質問を繰り出したのに違いない。

「何か事情がありそうですね。この場では云いにくいことですか」

響がやんわりと鎌《かま》をかける。隣でやきもきしている蓮見の方へは目を向けることなく、涼子は迷いを断つように大きく首を縦に振った。

「当時つきあっていた男の子を、あの人に……」

「はあん。寝取られたと?」

澄ました顔で、響はずけずけと云う。もう少し言葉の選び方があるだろうに、と深雪は、自らの気懸かりも忘れて涼子に同情したくなった。

「恋敵《こいがたき》だったってわけですね」

「そんな——そこまで深刻には感じていなかったんですけど。別にわたしは……」

「蓮見さんは、そのことを?」

「知ってましたよ」

蓮見は憮然と答えた。さすがに、皆の前で無遠慮にこんな話題を引っ張り出されては、彼も面白いはずがあるまい。質問者に対する怒りが、穏和そうな丸顔に見え隠れする。

気まずい空気が流れた。だが、響はそんなことを気にするふうもまるでなく、湯呑みに残っていた茶を啜る。

「きっとあの千種女史にしても、美島紗月とは浅からぬ縁があったんでしょうね。ゆうべ僕がそのあたりをちょっと突っ込んでみたでしょう。あの時の彼女の反応を見ると……」

「それなら知ってますよ、俺」

と、後藤が口を挟んだ。

「おや。そうだったんですか」

「大学の先輩が紗月さんとつきあってたって云ったでしょ、昨日。その先輩から聞いてね」

「どんなふうに？」

「しょっちゅう彼女の部屋に出入りしている女がいるんだって。彼女のことを、それこそ神様みたいに崇《あが》めてるみたいだ。先生先生って呼んでね。あそこまでの心酔ぶりは、見ていてさすがに気味が悪いよなあ、ってさ」

「それが千種さんだと？」

「そんな名前だったと思うんだけど。どこやらの病院の看護婦らしいって話も聞いた憶えがあるし」

「ふん。間違いないようですね」

だとすれば――と、深雪は考える。

六年半前に美島紗月が死んだ時に千種がこうむった精神的打撃は当然、相当に大きなものだったと想像できる。そんな中、彼女は紗月の実の妹が入院していることを知り、見舞いに訪れるようになった。そうしてやがて、気の狂ったその妹が死んだ姉そつくりの女へと変貌していこうとする様子を目の当たりにしたのではないか。

彼女は看護婦をやめ、夕海の退院を待って同居を持ちかける。「フリーの編集者」として身近に付いて、夕海をよりいっそう紗月の再来らしくふるまわせようという演出的な意図が、そこには多かれ少なかれあったことだろう。失ったかつての〝神〟を、自らの手で再び育成したい——そんな想いに取《と》り憑《つ》かれて、というわけか。

壁に並んだ六枚の肖像画。その中の、額縁の壊れた一枚に、深雪はそっと目を投げる。

（……夕海ちゃん）

十年前の彼女に向かって、そしてやりきれない気持ちで問いかけてみる。

（いったいあなたは何だったの）

4

ぎょおおおおっ、という例の音を轟《とどろ》かせ、建物の外を風が吹き過ぎる。

「鳴風荘」とはいっても、四六時中そのような強い風が吹くわけではないらしく、現に深雪は、昨日からまだ数えるほどしかこの音を聞いていない。これはあとで蓮見が云っていたことだが、「風が鳴く」のはだいたい日中から宵にかけてで、夜半から朝までは不思議なくらいぴったりと凪《な》いでしまうのだという。

風音の余韻が消えたか消えないかという時、玄関の方で大きな音が響いた。ばたん！　と激しくドアが閉まる音であった。

見張りの制服警官も含め、広間にいた者たち全員の視線がそちらに向いた。誰かが外から飛び込んできた、という感じの音だったが……。

玄関ホールへ向かって警官が足を踏み出す。するとそこへ、まろぶようにして駆け込んできた人物。——青柳洋介である。

「美島さんが殺されたって？」

ソファから腰を浮かせた深雪たちに向かって、青柳は荒い息で尋ねた。

「今さっき知らせを受けて、とにかくすっ飛んできたんだが」

確かに、取るものも取りあえず駆けつけてきたといった様子である。傘を持ち出す時間も惜しんだのだろう。髪から服からズボンから、雨でびしょ濡れだった。右手に握った焦茶色の杖は、すっかり泥で汚れている。

「本当にそんなことが？」

「ほんとなんです」

深雪が掠れた声で答えた。

「ほんとに彼女、誰かに……」

「何てことだ、まったく」

額に左手を当てて、青柳は沈痛な面持ちで頭を振り動かした。警官がそのそばへ歩み寄り、そろりと名前を尋ねる。青柳がそれに答えようとしたところで今度は、B館へ続く廊下の方から人の足音が聞こえてきた。見ると、長森警部を先頭に、何人かの刑事たちがこちらへ向かってくる。

「青柳先生」

するりと警官の脇《わき》をすり抜けて、響が青柳の前へ進み出た。

「とりあえず、昨夜のことを少しお訊きしたいんですが」

いきなり早口でそう切り出す。これには警官もいささか面喰らったようで、「おい、君」と云って胡散臭《うさんくさ》げに響を睨《にら》みつけた。響はそれをまったく無視して、

「先生が帰られたのは何時頃でした？」

警察に響の素性がばれることは、どのみち避けられない。ならば、今のうちに知りたいだけの情報を収集しておこうと決めたのか。

大した度胸であることに間違いはないが、呑気《のんき》に感心してもおれない。はらはらす

ると同時に、「勘弁してくれよ」と嘆く叶の声が聞こえるようで、さすがに深雪は胸が痛んだ。

「はて──」

響の問いを受けて、青柳は一同の顔をゆっくりと見渡した。濡れた髪を撫でつけながら、眉間《みけん》と鼻筋に皺を寄せる。何やら深く考えあぐねているふうに見えた。

「三時半とか四時とか、確かそんな時間だったように思いますが」

「それまではこの広間に？」

「そうです」

「その間、何か不審な出来事はありませんでしたか」

「さて──」

青柳はさらに鋭く眉根を寄せて、

「そう云えば、妙なものを見たような」

ぼそりとそう答えた。

「妙なもの？　何ですか」

「──人魂《ひとだま》」

「はあ？」

「いや、あの時はもうかなり酔っていたから、真に受けてもらっても困るんですが」

「はあ」

「あなたたちが出ていったあともしばらく、私はそこの窓辺に坐って飲んでいた。どのくらい経った頃だったか、ふと窓の外を見ると」

「人魂が？」

「のようなものが見えた気がするわけです。遠くで何か、火の玉みたいな光が浮かんで、何だ何だと思っているうちに消えてしまった。酔っぱらってあらぬものを見ただけなのかもしれませんが」

「ふうん。火の玉ねえ」

相手と同じように鋭く眉根を寄せ、響は細い顎を撫でる。たいそう興味を引かれたと見える。

「地震があったのは憶えておられますか」

「ありましたね。テーブルの下に潜り込もうかどうしようか、迷っているうちに収まったような。グラスがいくつか倒れたので、直した記憶もある」

「火の玉を見たのは、地震の前でしたか。それともあとでしたか」

「さあ。――たぶん揺れたあとずいぶんしてからでしょう。つまり、その間に酒を飲みつづけた分、酔いがひどくなってあんなものを見たんだろうと」

青柳は首を捻《ひね》りながら答える。云ってはみたものの、彼自身「火の玉」目撃の真偽に関しては本当に自信が持てないようだった。

広間にはもう刑事たちが来ている。長森警部は響の背後まで歩み寄り、口を挟みたくてうずうずしている様子だった。もちろんそれを承知の上でだろう、響は一瞬も間をおくことなく、

「他に何か気づいたことはありませんか」

と質問を続ける。

「あんまり酔っていた酔っていたと云うと、じゃあそんな状態で車を運転して帰ったのかとお叱《しか》りを受けることになりますね。その辺はちょっと目を瞑《つぶ》ってもらうとして、これもやっぱり、どうもかなり曖昧な記憶ではあるんですが――」

言葉を切って、青柳はゆっくりとまた一同の顔を見渡した。物思わしげに「ふむ」と低い唸《うな》り声を洩《も》らして、右手の杖を握り直す。

「帰り際のことです。車に乗り込んだところで、人の姿を見たような気が」

「この建物の外でですか」

「――そう」

「誰の姿を？」

「それは……」

口ごもって、青柳はこめかみに人差指を押しつけた。

「誰か知らない人間だったような」

「男か女かは？」

青柳は「さあ」とまた首を捻り、考え考えこう答えた。

「走って門から出ていった、その後ろ姿を見たような気が……ああいや、よく分からないな。暗かったし、いかんせん酔っていたもので……」

「青柳洋介さんですね」

と、そこでようやく、長森警部が割って入るタイミングを摑《つか》んだ。

「U＊＊署の長森といいます。そのあたりの話、場所を変えてもう少し詳しく聞かせていただけますか。この際、飲酒運転について云々《うんぬん》するつもりはありませんので」

それから長森は、振り向いた響の顔をじろりと睨み据え、

「明日香井さん、でしたね」

穏やかではあるが、内心の不快感を隠せぬ声を投げつけた。

「よろしいですか。たとえあなたが本庁所属の方であったとしてもですね、この事件

においてはあくまでも……」

ここまでか、というように響は肩をすくめた。さてどう対処しよう？　とでも問いたげに、深雪の方を窺う。

「双子入れ替わり」の事情をこの場でありのまま説明してしまって、おとなしく本物の刑事たちに事件を委《ゆだ》ねるか。さもなくば、できるところまで白《しら》を切りとおして、「本庁の刑事」としての立場で事件に接しようとするか。

どちらを選ぶにせよ、それなりの顰蹙《ひんしゅく》を買う覚悟が必要なことは確かである。逃げ出してしまいたい気分で、深雪はぎゅっと目を閉じた。

——と、その時。

玄関の方でまたしても、ドアの音が響いた。続いて、複数名の人間の足音が慌ただしく近づいてくる。

どうやら、県警本部の刑事たちが到着した模様である。

5

大挙して広間に入ってきた男たちを長森が迎え、状況の説明を始める。その隙に深雪は響の許へ駆け寄り、上着の裾を摑んで部屋の奥の隅へ引っ張っていった。

「ね、どうするの」

小声でそう問いかけるが、響は何とも答えない。つんと唇を尖《とが》らせ、真っ黒なサングラス越しに刑事たちの方を眺めている。

「ねえってば」

「……」

新たにやって来た刑事たちの顔つきは、気のせいか先着のU**署の面々よりも数段険しいものに見える。これでもはや、響の出る幕などどこにもないことは明らかだった。

響という男が口先だけではなく、人並み以上に優れた探偵の才能を持っていることは深雪も認めるところだし、実際昨年の夏には、それを活かして見事に例の〈御玉神照命会〉事件の解決に一役買ってもいる。しかしだからと云って、今のこの事態がどうにかなるものではない。

双子の弟が警視庁の現職刑事であるという一点を除けば、彼は一介の大学生（それもかなり逸脱的な生活を送っている）としか認知されえないだろう。明日香井響は浅《あさ》見《み》光彦《みつひこ》*でも御《み》手《た》洗《らい》潔《きよし》**でもない——そういうことである。

「ねえってば、ねえ」

深雪は響の脇腹を肘《ひじ》で小突いた。

「どうするの、これから」

「どうするも何も」

云いかけて、響は「おや」と声を止めた。視線は刑事たちの方に向けられたままである。

「どうしたの」

「ああ、いや……」

響が答えようとした時、刑事の一人が広間の中央へ進み出た。中では一番上背があり、がっしりとした体格の男である。年は若そうだ。見たところ二十代後半——叶や響と同じくらいだろうか。にもかかわらず、まわりの他の刑事たちがその男に対しては妙に腰を低くしているように見受けられ、深雪は率直に「何でだろう」と疑問を抱いた。

「県警の楠《くすのき》です」

男は一同に向かって云った。

「今回の事件の捜査指揮を執《と》らせていただきます。どうぞご協力を」

張りのある高い声、やる気満々といった口調であった。秀でた額に高い鼻筋、面長だけれども頬はふっくらとしており、逆に顎は細く尖っている。若干吊《つ》り上がり気味のきょろりとした目が何となく魚類を思わせるが、全体的に見ればなかなかの男前で、かつ頭も切れそうなタイプに見える。

「通報をくださったのがそちらの蓮見さんです」

長森が云った。

「この別荘は彼の奥さん——そちらの涼子さんのお父さんの持ち物だそうで、他の方々は皆さん、昨日からここに招かれてきているのだそうです」

そうして長森は、広間に集まった事件関係者を一人ずつ楠に紹介していく。後藤慎司、杉江あずさ、五十嵐幹世、そして青柳洋介。先ほどB館の方から長森たちについて戻ってきた千種君恵。

「それから」

と、長森は部屋の隅に並んで立っていた深雪たちを示し、

「あちらが明日香井さんとその奥さんの深雪さん」

「明日香井？」

その名を聞いた途端、楠の様子が目に見えて変化した。

ひくりと眉を動かして響の方へ視線を投げたかと思うと、凛々《りり》しく引き締められていた口許が、ほあんと緩《ゆる》む。「あれえ」とでもいう声が聞こえてきそうだった。

そんな楠の反応を見て取ると、響はおもむろにサングラスを外して「やあ」と片手を挙げた。何やら愉快そうに、にやにやと目を細めている。隣にいて、深雪はきょとんとするばかりである。

「おや、警視。お知り合いですか」

長森が驚いたふうに訊いた。

(警視？)

深雪はまじまじと楠の顔を見直す。

(こんなに若くて？)

一線の若手刑事といえば、階級はまず巡査と相場が決まっている。忙しくて昇進試験の勉強をする暇がないからだと云われるが、実際に叶の多忙ぶりを見ていると、なるほどなと思う。

巡査の上に巡査長、巡査部長というのがあって、その上が警部補、そして警部。警視といえば、そのさらに上。役職で云うならば課長や署長クラスである。

いわゆるキャリア——上級国家公務員試験に合格して警察庁採用となったばりばり

のエリート——というやつだろうか。そう考えるしかないようではあるが、キャリアの警視が自ら殺人現場にやって来て捜査の指揮を執るなどというのは、あまり聞いたことのない話だった。この楠という男、彼自身がよほど〝現場〟に執着があって、なおかつそういった特例的な行動を許されるだけの能力を兼ね備えているというわけか。

そんなふうに考えながら、自他ともに認めるミステリ好きの深雪が、胡桃沢耕史《くるみざわこうし》の『翔《と》んでる警視』を思い出していたことは云うまでもない。

（……にしても）

深雪は響に横目を流す。

その楠警視とこの響とが「お知り合い」？　本当にそうなのだろうか。

「物凄い偶然もあったもんさ。そういうのを許せないうるさがたからは、ああだこうだと文句を云われそうだね」

響は深雪の耳許に口を寄せ、囁き声で云った。

「楠等一《とういち》、二十七歳。八四年にＫ＊＊大学法学部を卒業。国公に受かって警察庁に入ったとは知っていたんだけど、いやはや、まさかこんな場面で再会するとはなあ」

「ほんとに知り合いなの？」

「同僚の刑事さんたちに知られたら困るようなことを、それこそ山ほど知ってる。友だちは大切にしとくものだね」

「って?」

「あいつには少々貸しがあるんだ。返してもらういい機会ができた」

「へぇえ」

外したサングラスをポケットに突っ込むと、響はぽかんとする深雪を残して刑事たちの方へ足を踏み出す。えへんと一つ、わざとらしい咳払《せきばら》いをしてから、

「警視殿」

と、楠に向かって声を投げた。

「折り入ってお話ししたいことがあるのですが、ここでは何ですから、ちょっと場所を変えていただけますか」


*……ご存じ、内田康夫の諸作で活躍する名探偵。

**……これまたご存じ、島田荘司の諸作で活躍する名探偵。

6

「まったく変わった奴《やつ》だよ、楠も」

「ヒビクさんに云われたらおしまいよね」

「そうかな。しかしまあ、おかげでどうにか深雪ちゃんのメンツは立ちそうだ。感謝するんだぜ」

「ヒビクさんに？　あの警視さんに？」

「両方」

「大学のお友だちだったの？　あの人」

「うん。入学年は僕よりも二つ上で、学部も違ったんだが、妙な縁があって知り合って、親しくなっちゃってね。しょっちゅうお互いの下宿を訪れるような間柄だったんだ」

「その頃から『変わった奴』だったの？」

「でたらめな奴、と云った方がいいかな、あの頃のあいつは。秀才のくせして、やたらと喧嘩《けんか》っぱやくてさ、酒を飲めば暴れるし、車に乗ればむちゃくちゃな飛ばし方をするし、女癖は悪いし……。そんなこんなで、どれだけ尻拭《しりぬぐ》いをしてやったことか」

「それが今は警視さん？」

「そう。何を間違ったか国公に優秀な成績で受かって、希望して入ったのがよりによって警察庁。あの時はびっくりしたよ。我が国の治安の将来をマジで憂えたものだった」

「ふーん」

「まあ、本人なりに思うところがあってそういう選択をしたんだろう。でたらめはやっていたけれど、一方で変に正義感が強かったりもしたしね、あいつは。キャリアのくせに、こんな現場に駆けつけてきて陣頭に立つっていうのも、考えてみればいかにもあいつらしい。デスクワークだけで我慢できるたちじゃないだろうから」

「普通の刑事さんたちは嫌なものなんでしょ、そういうのって」

「だろうね。だけど見た感じじゃあ、それなりにうまくやってるみたいさ。ありきたりの凶悪事件の捜査については、案外とあの性格が功を奏しているのかもしれない」

「ありきたりじゃない事件についてはだめだろうって意味？　それ」

「今回の事件のことを云ってるわけかい。——さて。お手並み拝見ってとこかな」

「さっき云ってた『貸し』っていうのは、どんな貸しなの」

「それは秘密」

「ええー」

「クサい云い方になるけれどね、男同士の約束ってやつさ」

「楠さん、よっぽど弱みを握られてるのね、ヒビクさんに」

「まあまあ、好きにご想像を」

……といったような響と深雪のやりとりはもちろん、後になって彼ら二人だけの場所で交わされたものである。

折り入って話したいことがあるという響の申し出を、楠はすんなりと承諾した。二人は別室へ行き、二十分足らずして皆の前に戻ってくる。そうしてその時点で、彼らの間には一つの〝取引〟が成立していたのであった。

響はとにかく、自分と深雪の事情をありのまま説明したのだという。常識的に考えれば、捜査にやって来た刑事たちに対しては、これ以上本当の身分を隠しつづけるわけにはいかないだろう。そこでせめて、少なくとも深雪の友人たちには真実を知られずに何とかこの場を切り抜けたいのだが、と相談を持ちかけたというわけである。

響によればこれはかなりの譲歩案であって、本音を云えば、あとの面倒には目を瞑って、さしあたり自分を「本庁の刑事」として事件の捜査に加わらせろ、と強硬に迫りたいところだったらしい。さすがにそれをやめたのは、そうした場合にいずれ責任を問われることになるだろう友人と弟の立場を、彼なりにおもんぱかったということか。

ともあれ、こうして懸念された問題の一つは、どうにか平和的解決を見る運びとなった。あと心配されるのはマスコミの取材攻勢だが、これは楠の方で何とかうまく対処するとのこと。その上で当面、響はあくまでも事件関係者の一人として、捜査への協力を約束したという。

さて、その後、鳴風荘では刑事たちによる本格的な捜査が展開されることとなる。深雪たちは引き続き広間で待機させられ、一人ずつ別室へ呼び出されての事情聴取を受けた。並行して、死体発見現場を中心に鑑識の活動が行なわれたことは云うまでもない。夕海の死体は午過《ひるす》ぎには運び出され、司法解剖に送られた。

「いくつも気になる問題はあるけれども、まず検討しなきゃならないのはやっぱり、あのペンキなんだろうな」

と、これは広間での待ち時間に響が洩らした台詞である。当然のことながらそれは、いまだ彼を「警視庁の明日香井刑事」であると信じつづけている一同の注目を集めた。

「美島夕海が最後に姿を見せたのが午前一時頃。地震で廊下にペンキがこぼれたのが一時四十分頃。いま仮にだね、犯行がこの間のあるタイミングでなされたのだとしようか。それはつまり、犯行を終えた犯人が現場から逃げる際にあのペンキがすでにこぼれていたという、そんなタイミングなんだけど」

「犯人はあれを越えていかなきゃならなかった。そういうこと？」

三階廊下にできた赤い〝川〟の様子を思い出しながら、深雪が云った。響は「ふん」と低く鼻を鳴らす。何だか難しい顔つきである。

「そのペンキって、どんな具合にこぼれちゃってるわけ？」

と、後藤が深雪に向かって訊いた。

「俺、見てないから分かんないんだけどさ、つまりその、わざわざ跳び越えなきゃならないような状態なのかな」

「そうね。一メートルちょっとくらいの幅はあるみたいだったから、えいっていう感じじゃないと」

「でもって、そこには犯人の足跡とかは付いてなかったわけかい」

「うん。あったのはポテのだけ」

「んじゃ、俺はだめだね」

ほっとしたように云って、後藤は自分の右膝《ひざ》を軽く叩いてみせる。

「何せ足がこの有様だからさ、痛くってとても跳び越せる自信がない」

「そっか。だったら、あたしもおんなじね」

「そうそう。足にハンディがある人間は犯人ではないことになるわけだよな。画伯と涼子さんも、従って犯人じゃないと。——そういう理屈になりますよね、明日香井さん」

「まあ、とりあえずは。最初の前提が正しかったとすれば、ですが」

慎重な口振りでそう答えてから、響は考え深げに「ただ」と続けた。

「もう一つ、よく考えなければならない非常に重要な問題がある」

「と云うと？」

「犯人は何故、美島さんの髪の毛を切り取ったのか。確言はできないけれども、おそらくこれがこの事件を論じる上での最大のポイントなんじゃないかと、僕には思えるんです」

「はあん」

後藤は鼻の頭を撫でる。

「髪の毛ねえ。そりゃあ確かに、昔の例の事件と同じ状況なんだもんなあ」

「青柳先生が見た不審な人影っていうのは、何だったんでしょうね」

黙って煙草を吹かしていた五十嵐が、そこで話に参入した。この時ちょうど青柳は別室に呼ばれていて、その場にはいなかった。

「誰か知らない人間だったと、確かそんなふうに云っておられたけれど」

「当然、それも大きな問題ですね」

響は云った。

「外部の者がこの家に忍び込んだ可能性……。涼子さん？」

「何でしょう」

「ここ、夜間の戸締まりはどうなっています？」

「さっきあっちでも訊かれたんですけど」

と前置きをして、涼子は答えた。

「その辺はけっこう無頓着というか呑気というか。こんな山の中の家だし、まだ建ったばかりで盗まれるようなものも置いていないし」

「ゆうべはどうでしたか。玄関に鍵は？」

「寝る前に確認したりはしませんでしたから」

「掛かっていなかったかもしれないと？」

「少なくとも、今朝になってわたしが見た時には開いていました。青柳先生がお帰りになって、そのあと外れたままになっていたんでしょう」

「玄関の他にもいくつか出入口がありますよね。庭に出る戸とか。確かC館の方にも、裏口みたいなドアがあったように思うんですが」

「あります」

「そこの施錠《せじょう》は？　やっぱりあまり気にしていなかったわけですか」

「ええ。壁画を描く都合で、しょっちゅうあちこちから出入りするものですから」

「いつも鍵が掛かっているとは限らない？」

「そうです」

「C館の裏口」と聞いて、深雪は思わずどきりと胸に手を当てた。昨夜の、ある時刻以降あのドアに鍵が掛かっていなかったことを、彼女は知っていたからである。けれども、その事実をここで皆に話してしまうわけにはいかない。そんな事情が、実は彼女にはあったのだった。

響はそれからしばらく考え込んだあと、

「この際だからいま訊いてしまおうか」

ぼそりと呟《つぶや》いて、深雪の方を振り向いた。深雪はびっくりして、

「な、なあに？」

と声を詰まらせる。そのあからさまな反応に眉をひそめながら、響は云った。

「ゆうべ地震が起こった時のことさ。あの時深雪ちゃん、どこへ行ってたんだい」

「どこって、どういう意味？　それ」

「部屋にいなかっただろう」

「ええっ？　そんなこと、ないと思うけど」

懸命に動揺を隠しながら、深雪はしらばっくれてみせる。お願いだからその話はあとにして、と懇願したい気分だった。しかし、響にその気持ちが通じる気配はない。

「おや、そうかな」

と首を傾げて、訝しそうに深雪の顔を覗き込む。やりとりを聞いていた蓮見が、そこで「ああ」と声を洩らした。

「そう云えば明日香井さん、地震があったあと、深雪さんが心配だからって部屋を見にいかれましたっけね。あの時彼女、いなかったんですか」

「僕の勘違いだったのかな」

と云って、響はわざとらしく自分のこめかみを小突いてみせる。

「酒もだいぶ入っていたからね。どう？　深雪ちゃん」

いっせいに突き刺さる疑いの眼差しを痛いほど意識しながら、深雪はぷるぷるとかぶりを振った。

「気のせいよ、きっと」

そうとでも云ってごまかすしか、この時の深雪には選ぶ道がなかった。

「じゃなきゃあ、そうだ、きっとあたし、トイレにでも行ってたのね。寝ぼけててよく憶えてないのかも」

7

全員の事情聴取が終わったのは、夕方近くなってからのことである。昼間中降りつづいた雨も、この頃にはやっと小降りになりはじめていた。

楠警視と長森警部が二人して広間に現われ、状況を簡単に報告した。内部犯と外部犯、両方の可能性を視野に収めつつ捜査を続けていく、という率直な意思表明をした上で、今後もたびたび協力を要請することになるだろうからそのつもりでいてほしいとの旨《むね》が、厳しい口調で伝えられる。無理に拘束はしないので用のある人間はもう自分の家へ帰ってもかまわないが、その際には必ず、連絡先やここしばらくの予定などを正確に告げていくように、といった念も押された。

さてどうしようか、という相談を、当然のことながら深雪は響とせねばならなかった。

深雪としては、予定を繰り上げてすぐに東京へ帰ってしまいたいところだった。正直な話、疲れてしまったのだ。精神衛生上あまり好ましくないこの双子入れ替わり劇にも早く幕を下ろしてしまいたいし、残してきた叶のこともやはり気になる。後者については、電話で安否を確かめればそれで済むことなわけだが、みんなの耳がないところで電話をかける機会はなかなか得られそうになかった。

響の方はしかし、しばらくここに残ると云うのではないかというのが、深雪の予想であった。こうなった以上は徹底的に関わらねば気が済まない。残って、楠のコネをフルに使って情報を仕入れ、自分の手で事件を解決してみせる。そんなふうに云いだしてもいっこうに不思議ではないのが、彼の性分だろうから。

ところが――

事態はそこで思わぬ方向へと急転した。

当の響が、突然激しい腹痛を訴えはじめたのである。それまでに予兆となる自覚症状があったのかどうかは分からないが、右下腹部を押さえてのたうちまわる彼の苦しみようを見て、すぐに深雪は、つい最近自分がそれと同じ症状を目の当たりにしたばかりであることに思い至った。

救急車が呼ばれ、響は深雪の付き添いの下、地元の病院に担ぎ込まれた。そうして受けた診断は案《あん》の定《じょう》、急性虫垂炎。深雪の希望に従い、とりあえず今夜は薬で症状を抑えておいて、翌朝一番に東京の病院へ転院させ、そこで手術をという運びになったのであった。

「いくら一卵性双生児とはいえ、こんな理不尽な偶然の一致は勘弁してほしいものだな。まったくもう……」

と、これは病名を聞いた響が、苦痛に顔を引きつらせながら叩いた減らず口である。

DATA（7）

○タイムテーブル

八月十七日（木）
8：00 PM……広間で夕食会が始まる。
9：35 PM……夕海、千種、ともに各自の寝室へ。
11：10 PM……あずさ、涼子に連れられて寝室へ。
11：30 PM……深雪、寝室へ。響も一緒に行くが、すぐに広間に戻る。
11：55 PM……五十嵐、寝室へ。

八月十八日（金）
0：05 AM……後藤、寝室へ。

0：30AM……響、蓮見、涼子、B館一階の娯楽室へ。青柳は広間に残る。
1：00AM……夕海、B館に現われる。涼子からミルクとクッキーを貰《もら》い、寝室へ。
1：10AM……涼子、寝室へ。ポテと一緒にベッドに入る。
1：37AM……地震（正確な発生時刻は気象台に問い合わせて確認）。ポテ、涼子の寝室を出ていく。千種、目覚めてドアを開けてみると強いシンナー臭。夕海が騒いだ様子はなし。
1：45AM……響、深雪の寝室へ。深雪、いない。響、すぐに娯楽室へ戻る。
2：10AM……蓮見、寝室へ。
?：??……青柳、「火の玉」を目撃。
3：30AM～4：00AM……青柳、鳴風荘を辞す。不審な人影を目撃。
6：30AM……雨が降りはじめる（気象台に問い合わせて確認）。
7：40AM……涼子、起床。しばらくして、ポテの脚の汚れに気づく。
8：30AM……涼子、千種、死体を発見。

○検視《けんし》および現場・証拠品の鑑識結果等

＊被害者氏名　美島夕海
性別　女
年齢　二十六歳
血液型　AB　RH＋
身長　百五十八センチメートル
体重　四十六キログラム

＊死体所見　死因は、後頭部の強打による頭蓋骨《ずがいこつ》陥没骨折とそこから引き起こされた脳内出血。打撃を受けてから絶命までの時間は極めて小と見られる。各種の死体現象より、死亡時刻は十八日の午前零時三十分から午前一時三十分までの間と推定される。ただし、胃の内容物の消化状態より、最後に食物（ミルクとクッキー）を摂取してから約三十分間は生存していたとの見解もここに付け加えられる。

＊凶器

死体発見現場の床、死体からおよそ一メートル離れた地点に落ちていた銅製の花瓶が凶器と見られる。後頭部の傷の形および花瓶に付着していた血液・毛髪・組織片などから確定。蓮見夫妻の証言により、花瓶は元から現場に置かれていたものと確認される。

＊指紋、その他

凶器や現場およびその近辺から、捜査上有効と思われる指紋や足跡の類は検出されず。特に指紋については被害者自身のものを含めてほとんど見当たらず、これは犯人が犯行後、すべての指紋を丹念に拭い去ったためと考えられる。

被害者の頭髪を切断した道具は、現場に残されていた鋏に間違いない。

また、被害者の頭髪の色は染料で染められたもので、もともとはもっと茶色がかった色であったと判明。

三階廊下のペンキは、その乾き具合などから、十八日午前一時半前後にこぼれたものと推定される。

Ⅸ　問題点が検討される

1

「やあ兄貴、大丈夫かい？　お気の毒さまと云《い》うか何と云うか。まったく悪いことはできないものだねえ」

一週間前の自分と同じような有様でベッドにいる響の顔を見て、叶は苦笑をこらえた。叶自身が同じ急性虫垂炎の手術を受けたM市内の綜合《そうごう》病院、その外科病棟の一室――さすがに部屋まで同じではなかったが――である。

「そんなに嬉しそうに云わなくてもいいだろう」

響は仏頂面《ぶっちょうづら》で応《こた》えた。

「それに僕は、何にも悪いことはしていない」

「ミーちゃんから全部聞いてるよ」

と、叶は一緒にやって来た深雪に目配せし、

「何だか知らないけど、友だちの弱みに付け込んで虫のいい取引を成立させたんだって？」

「人聞きの悪いことを云うな。別に弱みに付け込んだわけじゃない。楠と僕は固い友情で結ばれてるんだ」

「友情」とは、普段の響がおよそ最も口にしそうにない単語の一つだった。少なくとも叶は、これまで兄が、自分と友人との関係を語るのにそんな言葉を使ったのを聞いたことがない。

よく云うよな、と呆《あき》れる一方でしかし、楠等一というその、自分たち兄弟と同い年の警視がゆうべ電話をかけてきた事実を思い出す。響の容態《ようだい》を、彼は本当に心配している様子だった。だから、固い友情云々《うんぬん》というのもまんざら方便ではないのかもしれないなと、そんなふうにも思える。

「盲腸って、よっぽど痛いのねー。カナウ君はともかく、あんなにひいひい云ってるヒビクさん、初めて見たわ、あたし」

持ってきた白い薔薇《ばら》の花束を窓辺に飾りながら、深雪が云った。響はベッドに寝た

まま、拗《す》ねた子供のように唇をひん曲げる。

「肉体的な苦痛には弱いんだよ。何せ頭脳派だもんでね」

八月二十二日、火曜日の午後である。

すでに叶はめでたく病床から解放され、今週の半ば頃からそろそろ出勤しても良いという医師の許諾も得ていた。今日は久々に愛車のハンドルを握り、兄の見舞いにやって来たわけだった。

響の方は手術からまる三日。経過は順調らしいけれども、いまだ傷の痛みは薬で抑えなければならない状態である。食事もまだ普通には摂《と》れない。体力的にはそれ相当に参っているはずなのだが、こうして見るとどうして、若干やつれた感じはするものの、口の方は普段と変わらず達者なようである。

「看護婦さんがね、びっくりしたって。カナウ君の時にもお世話になった看護婦さん。おんなじ人がまた盲腸？　って」

深雪が茶目っけたっぷりに云うと、響は嘆かわしげに大きな息をつき、

「何でこんな目に遭わなきゃいけないのかね」

「双子だからじゃない？」

「やめてくれよ」

「まったく同じ遺伝子なんだからさ」

と、叶が続けた。

「それにほら、たとえば占星術で占ったりしたら、きっと双子の兄弟はおんなじような運命を辿るって出るわけだろう」

「遺伝子はともかく、占星術は非科学的だ」

「そうかな。あれはあれで、けっこう当たるように思うけど」

「元天文学者志望の云うこととは思えないな」

枕に頭をのせたまま、響は叶を睨みつける。

「僕ら二人のどこがどう、同じような運命を辿っているのか教えてほしいね。だいたい僕は、占いだの何だのってやつが大嫌いなんだ」

「おや、そうだったっけ」

叶はわざととぼけてみせる。

自分たち兄弟が、「双子の相似性は外見だけではない」という通念をいかに見事に裏切った事例であるか、そんなことは百も承知である。占いだとか霊能力だとかいったものを響がいかに毛嫌いしているかも、昔からはたで見てきてよく知っている。

「占いって云えばね、ヒビクさん」

　ベッドに歩み寄りながら、深雪が云った。十七日の夕方に怪我をしたという左の足にはまだ包帯が巻かれているものの、歩きぶりは常人と何ら変わるところがない。痛みももうほとんどないらしい。

「結局のところ、夕海ちゃんの〝力〟って何だったのかしら」

「さあね」とでも云うように、響は小さく肩をすくめる。

「ほんとに夕海ちゃんには、人の過去や未来を見通す能力があったのかなあ」

「前にも云ったことがあるかもしれないけど、僕は基本的にその手の話は信じないと決めている」

「でもね、杉江さんの飛行機事故の話とか」

「あんなもの、事前に知ろうと思えばいくらでも手立てはあるさ」

「じゃあ、紗月さんの方は？　後藤君のお父さんが亡くなるのも予言しちゃったって……」

「たまたまそうなっただけ」

　響の答はにべもない。

「科学的な論理で解釈できる可能性は皆無であると証明されない限り、僕は信じる気はないね」

「でも」

「深雪ちゃんが信じる信じないは勝手だよ、もちろん。こいつは結局、各々の信仰の問題に帰着するわけだから。信じると決めた人間にとっては、どんなものであろうとそれが〝真実《リアル》〟ってことさ」

「喜んで信じようとか信じたいとか、そんなんじゃないんだけど」

深雪は心許《こころもと》なげな視線を手許に落とした。

「だけどね、あたしはやっぱり気になったの」

「と云うと？」

「ほら、『あなたの大事な人が……』っていうふうに云われたでしょ、夕海ちゃんにあの夜」

「ああ、あれねえ」

「面と向かってあんなふうに云われたら、どうしたって気になるものでしょ。――あ、ひょっとしたらあれって、ヒビクさんの病気のことを予言したのかもね」

「僕が深雪ちゃんにとってそれほどに『大事な人』なのかどうかはさておくとして、『悲しんでる。いろんな人』なんて云い方が、それに当てはまると思う？　手術が失敗したとか、腹膜炎を併発して大変なことになったとかいうのならともかく」

「うーん。そうよね」

深雪はからりと笑って、それから叶の方へちらと目を流し、

「でね、だからあたし、あの時はマジでカナウ君のことを心配したの。今頃もしかして、容態が急に悪化してたりしたらどうしようって」

「おかげさまで、このとおりすっかり」

と云って、叶は薄い胸をぐんと張ってみせた。まだ少し手術の跡が引きつるような感じはあるが、痛みというほどのものでもない。

「その頃はたぶん、僕は安らかに眠ってたよ。あやめさんの看病は優しかったし、病室のベッドよりずっと寝心地も良かったし」

「だから良かったんだけど、あの夜はほんとに心配だったの。ベッドに入ってもなかなか眠れなくって……。変な夢まで見ちゃったのよ。カナウ君がひどく苦しんでる夢」

深雪はいつになく殊勝な口振りである。そんなに心配してくれていたのか、そうか――と、叶にしてみればもちろん悪い気はしない。

「ははあ」

と、そこで響が納得の声を落とした。

「そういうことだったのか」

「え？」

深雪は小首を傾げたが、すぐに「あ、そっか」と云い直した。

「分かってくれた？」

「おそらく」

「ちゃんと説明できる機会が、なかなかなくって」

「かもしれないね」

二人は頷き合うが、叶には何のことを云っているのか呑み込めない。

「あの日、楠たちがやって来たあとに僕、車へ煙草を取りにいっただろう？　ストックがなくなって、そう云えばダッシュボードに吸いかけの箱を残してきてなかったかなと思って。憶えてるかい」

「うん」

「あの時、走行メーターを見てみたんだよ」

叶の素振りを無視して、響は深雪に説明する。

「前の日、鳴風荘に着いた時にもね、何気なく見てたんだ、あのメーターを。444と五つ4が並んでたものだから、その数字が記憶に残っていた。ところが、それが、進んでいたわけさ、十何キロかね」

「ああ……」

「当然のことながら、その間にその距離、誰かが車を走らせたって話になる。そして、あの車のキーを持っていたのは深雪ちゃんしかいない」

「それで、あのあと？」

「そう。この際だからと思って、あえてみんなのいる前で鎌をかけてみたわけだ。地震のあと僕が部屋を見にいった時、どこへ行っていたのか？　とね。家を抜け出して車を出したらしいってことは、もう分かっていた。地震が起こったことに気がつかなかったらしいのも、そのためだと分かった」

「そうなの。パンクしちゃったのかなって、ずいぶん焦ったんだけど、急にガクンって来たあれが、きっと地震だったのね」

「それにしても、あんな時間にどこへ何をしに行っていたのか。足に怪我をしてるっていうのに、無理をして。そのことはやっぱり知っておかなきゃならないと判断したわけで」

「みんなの前じゃあ答えられなかったの」

と云って、深雪は決まり悪げに頭を掻く。響は叶の方に一瞥《いちべつ》をくれながら、

「そういうことだったみたいだね」

「ちょっと待っておくれよ」

疎外感に耐えきれず、叶は口を挟んだ。

「いったい何がどうなってるわけ？」

「まあまあ、話には順序ってものがある」

澄ました顔でそう云うと、響はベッドの横のワゴンテーブルに手を伸ばす。そうして、その上に置いてあった中型の茶封筒を取り上げた。

「楠がこの病室宛てに送ってくれたんだ。今朝着いた。友だち甲斐のある奴さ」

すでに封を切ってあったその中から、重ねて二つ折りにされた何枚かの書類が取り出される。横になったまま胸の上でそれを開き、響は云った。

「美島夕海の死体解剖の結果、各種鑑識の結果、などなど。鳴風荘の見取り図もある。——データもある程度揃ってきたことだしね、ここで一つ、あの事件を詳しく検討してみようじゃないか」

2

「大丈夫なの」

と、深雪が訊いた。ベッドのそばに立ち、響の顔を覗き込む。

「まだ手術の跡が痛むんじゃあ？」

「薬が効いているからさほどの痛みはないよ。それより、昨日からもう退屈でさ、頭が悪くなりそうな気がして仕方ない」

「そんな時こそ、独り哲学的な思索に耽《ふけ》るんじゃないの？」

「残念ながらそういうタイプじゃないもんで」

そして響は「さて」とばかりに、楠警視からの報告書に目を落とす。

「これによって確認されるべき事実、明らかになる事実がいくつかあるね」

記された内容については、すでに読んで全部頭に入っているのだろう。響は書類を深雪に手渡し、叶は彼女の横からそれを覗き見た。Ａ４判の用紙に、ワープロで作成された横書きの文章がぎっしりと並んでいる。

「まず最初に押さえておかなきゃならないのは、美島夕海の死亡時刻の問題だね」

響が云った。

「報告によれば、彼女の死亡推定時刻はだいたい十八日の午前零時半から午前一時半の間。ただし、胃の内容物の状態から、最後にものを食べてから三十分くらいは生存していたと思われる。

あの夜、夕海の生きた姿を目撃した最後の証人は僕と蓮見さん、涼子さんの三人。午前一時頃のことだった。その際に涼子さんが渡したミルクとクッキーがすなわち、夕海の食べた最後の食べ物だったことに間違いはない。それを彼女は、C館四階のベッドルームへ持ち帰って食べた。死んだのはその三十分後。よって、死亡時刻は一時半頃にまで絞り込める。

犯行後、犯人は夕海の死を確認してから、部屋に残っていた指紋をすべて丹念に拭き取った。少なくとも五、六分の時間は必要だったろう。例の地震が起こったのが、正確には一時三十七分。この時点でまだ犯人が現場に残っていた可能性は、従って非常に高い。ということはつまり――」

「このあいだヒビクさんの云ってた仮説、あれは正しかったってことね」

「そのとおり」

響は満足げに頷き、すべての前提となるべきその「仮説」を示した。

「犯行を終えて犯人が現場から逃げる際、三階の廊下にはすでに、その直前に起こった地震によってあのペンキがこぼれていた。こう云い替えることもできる。あのペンキは、犯人が犯行に際して四階へ上がっている間にこぼれた」

「そうなると、あの時後藤君が云った理屈も正しかったことになるわけよね。犯人はあのペンキを跳び越せた人間である、っていう」

真剣な口振りで、深雪が先を続ける。

「だからまず、青柳画伯と涼子さん、後藤君、それからあたし――この四人は、足が不自由だったことを理由に除外される。それでいいわけよね」

「真《ま》っ当《とう》な考え方だと思うよ」

「残ってるのは杉江さんと千種さん、蓮見君、幹世兄さん、そしてヒビクさん。蓮見君はちょっと無理かなあ。あんなに太っちゃってて、とても身軽に幅跳びができたとは思えないけど」

「それ以前に、彼には確かなアリバイがあるだろ」

響が注意を促すように云った。

「犯行時刻が午前一時半頃だったとして、その前後の時間帯ずっと、彼は僕と一緒にB館の娯楽室にいたんだから。従って当然、僕にも完全なアリバイが成立することになる」

「じゃ、あと三人かぁ。杉江さんと千種さんと幹世兄さん」

深雪は顎に掌を当て、「ふーん」と大袈裟な唸り声を落とす。

「この中で一番怪しいのは、やっぱり杉江さんなのかなあ」

「どうしてだい」

「だってあの夜、夕海ちゃんにあんなこと云われたんだもん。それこそ彼女のことが怖くなって……。ああ、でも千種さんも怪しいわね。一緒に住んでいたわけでしょ、夕海ちゃんと。だったら何か、あたしたちが知らないような感情のもつれがあっても不思議じゃない」

「それを云うなら、五十嵐さんだっておんなじようなものだろう」

「幹世兄さんが？　何で」

「例の中塚哲哉と親しかったって話だったじゃないか。中塚が破滅したのはそもそも美島紗月のせいだったと考えれば、紗月の妹夕海に対して何か穏やかならざる気持ちを抱いていた可能性もある」

「でも、幹世兄さんは……」

云いかけて、深雪はふっと口を噤《つぐ》む。

彼女の五十嵐への親愛の情を叶はよく知っていたから、響の今の指摘には反論したくなって当然だろうと思った。これは深雪自身の口から聞いた話なのだが、以前——叶と親しくなってしばらくした頃だったか——彼女は、失恋だったか何だったかの理由でひどく落ち込んでいた五十嵐を元気づけるため、気晴らしにと云って旅行に連れ出したこともあるらしい。

「いずれにせよ、その三人にはみんなアリバイがない。動機は何とでもこじつけられる。犯人である可能性は、誰もが等しく持っているってことだが」

云いながら、響はパジャマの胸ポケットをまさぐる。煙草を取り出そうとする動きだったが、すぐにちっと小さく舌を打って、

「そうか。禁煙だった」

口惜しげに吐き出した。

「これを機会にやめたらどうだい」

非喫煙派の叶が云うと、響はむっとした顔で、

「癌《がん》だと宣告されたらやめるつもりなんだが」

こんなふうに威張る手合いに限って、いざその病気になってから泣き言を云うんだよな、と叶は思ったけれども、口に出すのは控えた。

「警察じゃあ外部犯の可能性も考慮しているみたいだったが、さて……」

挟む煙草のない右手の人差指と中指で顎を叩きながら、響が呟く。それを受けて深雪が、

「C館の裏口のドア、確かに開いてたのよね、あの夜」

物思わしげな調子で云った。

「確かにって？　見たわけかい」

「実はね、外へ抜け出すのにあたし、あの裏口を使ったの。その時から鍵は掛かってなかったわ。帰ってきた時にもあそこから入ったんだけど、鍵は閉めなかったように思う」

「なるほど」

「外部犯の件に関しては、楠警視からちょっと話を聞いたよ」

と、そこで叶が話に参入した。響は顎を叩く指を止めてキッと目を向け、

「楠から連絡があったのか」

「昨夜うちに電話がね。心配してたよ、兄貴の具合のこと」

「何しろ固い友情だからな」

「それでまあ、当然事件のことも話題になったわけなんだけど、何でも昨日、あの近

辺で怪しい男が捕まったんだってさ。無人の別荘に入り込んで好き勝手をしていたらしい」

「はあん。──そいつがつまり、鳴風荘からの帰り際に青柳氏が見かけたっていう不審な人影と、同一人物だと？」

「かもしれないということで、いま厳しく取り調べ中だとか。住所不定、無職の中年男で、調べてみると窃盗《せっとう》やら傷害やらの前科も出てきたらしいよ。とりあえずこのこと、兄貴に伝えといてくれって」

「『厳しく取り調べ中』ねえ。ふん」

響は不満げに眉を寄せる。

「その種の人間を締め上げるのは、いまだに日本の警察の得意技だろうからな。下手すると、あることないこと白状させられる虞《おそ》れもありか」

「虞《い》れって……。その男はこの事件とは関係ないって云うわけかい」

「まず無関係だろう」

きっぱりと響は答えた。

「僕はね、カナウ、外部犯の可能性はさしあたり無視してしまっていいと思っている」

「どうしてそう？」

「名探偵の勘——なんて云うと怒られるか」

響は唇の端からちろりと舌を覗かせ、

「何て云うんだろうか、つまり〝形〟が合わないんだな」

「〝形〟って？」

要はやはり、「名探偵の勘」だと云いたいのか。「つまりだね」と響が先を続けようとするのを遮《さえぎ》って、

「分かった」

ぽんと手を打ったのは深雪である。

「それってほら、〝本質直観〟っていうやつね」

いきなりこんな専門用語が出てきたのは、彼女がかの矢吹駆《やぶきかける》シリーズ*の読者であったからだ。しかしながら、熱心なミステリファンでもなければ現象学をかじったこともない叶にはぴんと来ない。深雪にしても、どれほど理解した上でその言葉を持ち出したのかは大いに怪しむべきところだった。

「まあまあ、そんなたいそうなタームを持ってくる必要もないって」

響は愉快げに笑みをこぼした。

「いろんな状況から考えて、外部犯っていうのはどうもらしくない。僕にはそう見える、というだけのことさ」

「と云われても」

「具体的に説明しろってか？　じゃあね、たとえば現場とその付近から不審な指紋がいっさい検出されていないこと。これなんかどうかな」

「それは、指紋が残らないように犯人が工作したわけだから……」

「事後処理だったわけだろう？　犯行後にハンカチか何かで丹念に拭き取った」

「そういうことみたいだけど」

「そこが微妙な問題点さ」

響は云った。

「仮にその、前科何犯だかの男Aが、あの夜あの家に裏口から忍び込んだのだとしよう。事前に窓の明りには気づいたろうから、無人の別荘だとは思わなかったはずだね。当然、Aはその時点で、これから何らかの犯罪行為を行なおうという意思を持っていたと考えられる。ならば、どうして最初から手袋なり何なりを使わなかったのか。あとになってあちこちの指紋を拭き取ったというところが、どうも〝形〟に合わない」

「それからもう一つ。美島夕海はその時まだ起きていたはずだ。そんな見も知らぬ男がいきなり部屋に入ってきたら、大声を上げるなり抵抗するなりしただろう。けれども実際には、抵抗したような形跡は見られなかった。声を聞いた者もいない。むろん、もしも男と夕海とのつながりが何か見つかるようならば、話は変わってくるけれども」

「うーん」

「青柳氏が目撃した人影は？」

「彼自身、自分がひどく酔っぱらっていたことを認めてるわけだから。あらぬものを見たと、とりあえずそういうことで片づけておく」

「じゃあ、『火の玉』っていうのもおんなじ？」

と、これは深雪が訊いた。

「とりあえずはね」

「何だか煮えきらない云い方ねえ」

「僕もそう思う」

意味ありげに薄く笑って、響は「さて、それでだね」と話を進める。

「いま云ったのと同じような理由から、この事件はおそらく計画的な犯罪ではなかったんだろうとも考えられるわけだ」

「と云うと？」

「あらかじめ美島夕海を殺そうと計画していたのであれば、指紋対策としてまず手袋を用意したはず。さもなきゃ、意識して自分がさわったものを憶えておいて、あとでそこだけ拭くという効率的な方法を採ってしかるべきだろう。なのに、鑑識の結果によれば、指紋は被害者自身のものも含めてほとんど検出されなかった。現場とその付近の至るところを手当たり次第に拭いてまわった――そんな犯人の姿が見えてくるね。

場所の問題もある。わざわざあの夜あの部屋で殺す必要が、いったいどこにあったのか。よりによって関係者の数が限られているあんな状況の中で実行しなくても、もっと適切な時間と場所を選ぶことはいくらでもできたはずじゃないか」

「そう云われれば、確かに」

「犯人は最初、確たる殺意を抱くことはなしに美島夕海の部屋を訪れた。ところが彼女と話をしているうちに逆上してしまい、部屋にあった花瓶を手に取って殴りかかった。彼女は呆気《あっけ》なく死んでしまった。犯人は慌てて、自分の罪が発覚しないための工作を考えはじめる。まずは指紋。そして……とまあ、こういったシナリオが容易に想像できる」

言葉を切ると響は、また胸ポケットを探りかけて手を止める。ニコチン中毒者の哀れな性《さが》である。

「ざっと以上が、事件全体を俯瞰《ふかん》した時に見える大まかな〝形〟なんだが」

「内部犯で、しかも突発的な犯行だったと」

「そう」

推理というほどのものでもないんだな、と叶は思ったが、その心中を見透かしたように、響はこう付け加えた。

「別に自慢するわけじゃないけれども、昔から何かにつけ、僕のこういったインプレッションは的を外したことがない」

充分に自慢しているではないか。

「こうしてみるとやっぱり、この事件は六年半前の美島紗月殺しと似ているな。紗月の部屋を訪れた中塚哲哉の、ほぼ突発的な犯行だったわけだろう？　あれも」

「髪の毛も切られていたし」

ぽそりと深雪が云い添えた。

叶の脳裏に、あの月蝕《げっしょく》の夜の光景が滲み出す。赤銅色《しゃくどういろ》の満月。双眼鏡での目撃。深雪との出会い。そして――。

俯《うつぶ》せに倒れていた紗月。呆然としゃがみ込んでいた夕海。首に巻きついていた血染めのスカーフ。散切《ざんぎ》りにされていた黒髪……。

「何故、犯人は被害者の髪を切って持ち去ったのか」

無意識のうちにゆっくりと首を左右に振り動かしながら、叶はその問題を投げ出した。

「それが事件を論じる上での最大のポイントなんだと、そう云ったんだってね」

「そうだ。ポイントはそこだ」

響は強く頷き、断言した。

「何故、髪が切られていたのか。この問題に正しい答を与えることこそが、事件の真相に近づくために最も必要な課題だと僕は思う」

若い女性を殺害して、長く伸ばしていたその頭髪を切る。

このただならぬ行為の動機として考えられるのはまず、強い憎悪、だろうか。仮に犯人が女性であったとしたなら、そこには狂おしい嫉妬《しっと》のような情念を感じ取ることができる。

あるいは逆に、強い愛着、というのも考えられるだろう。「女性の髪」というものに異常な執着を抱く、一種のフェティシスト。ならば、そういった犯人像には男性がふさわしく思える。

六年半前の紗月殺しの場合は、どちらかと云えばこの後者であったと判定して良い。紗月の持つ〝力〟への信仰、その〝力〟の源である（と犯人が信じた）彼女の黒髪への執着、そこから転じての激しい恐れ。その激しさのあまり、中塚哲哉はあの夜紗月に襲いかかり、髪を奪い去ったのだった。

今回の事件においては、ではどうなのか。

「たとえばね、さっき残った三人のうちで、もしも杉江さんが犯人だとしたら、その理由は六年半前の紗月さんの事件——あの犯人と同じようなものだったことになるわけね」

深雪がしかつめらしい顔で発言した。

「飛行機事故の現場に出遭った時の心の傷を、あんなふうに云い当てられて、それで夕海ちゃんのことが怖くなって」

「髪の毛を切って〝力〟を奪おうとしたと？」

深雪は「うん」と頷いてから、

「これって、千種さんにも当てはまるわよね。ああ見えてあの人、ひそかに夕海ちゃんの〝力〟を怖がっていたのかもしれない。だったら……」

「〝犯人は足にハンディがなかった〟というさっきの条件を棚上げにして容疑者の範囲を広げるならば、たとえば後藤青年だってね。むかし紗月の〝力〟を目の当たりにしたことのある彼が、姉とそっくりになった夕海と会って、彼女のあの黒髪に何か切実な恐怖を覚えたのかもしれない」

響は淡々とした口振りである。

「あるいは、蓮見夫人にしても」

「涼子さんが？」

「かつての恋敵と生き写しの女が、いきなり現われた。忘れかけていた嫉妬や憎悪が噴き上がって狂乱した彼女は……」

「そんなぁ」

「強引すぎるってかい？」

にやりと笑って、響は云った。

「じゃあこういうのはどうかな。さっき深雪ちゃんはこう告白したね。あの夜夕海にあんな不吉な〝予言〟を聞かされて、カナウのことが心配でたまらなくなったって」

「…………」

「眠れぬ時間を過ごすうち、心配は恐怖へと膨れ上がっていく。たまらなくなって、深雪ちゃんは夕海に会いにいった。差し向かいで話をする間に、恐怖はさらに膨れ上がる。きっと彼女の〝力〟は本物なのに違いない。六年半前の中塚哲哉と同じように、この〝力〟を奪いさえすれば不吉な未来から逃れられると思い込んでしまった深雪ちゃんは……」

「もう。やめてよ、ヒビクさん。あたし、絶対にそんなこと……」

むろん響は単に可能性をあげつらっているだけなのだろうが、抗議する深雪は真顔である。これはつまり、実際のところ彼女が、あの夜の夕海の言葉にどれほど心を惑わされたのかという事実を物語る反応だとも受け取れる。

「——といった塩梅《あんばい》でね、紗月殺しとの類似性を元にして、この程度の推測はいくらでもできるってことさ」

響は涼しい顔で続ける。

「しかし一方で、今回の事件には、六年半前の事件とは大いに異なる点もある。それを無視した推論には意味がないと、僕は考える」

「何を指してそう云うわけだい」

叶が訊いた。ちょっと勿体《もったい》をつけるように一呼吸置いてから、

「奪われたのが髪の毛だけじゃないということさ、もちろん」

と、響は答えた。

「僕があの時に確認しただけでも、前日に彼女が着ていた服と事件当夜に着ていたパジャマが、部屋からなくなっていた。状況から見て、これは犯人が髪とともに持ち去ったとしか考えられない」

確かにそれは大きな相違点である。六年半前の事件では、被害者の頭髪の他に現場から持ち去られていたのは、凶器の一つとして使われた鋏だけだったのだから。

「その報告書に書いてあるだろう」

響は深雪の手許に向かって顎をしゃくった。

「現場からなくなっていた品のリスト——楠たちが千種君恵に訊いて確認したものだよ。読み上げてみてくれる？　深雪ちゃん」

「ええと——」

云われるままに、深雪は書類に目を落とす。

「長袖のシャツが一着。ワイドパンツが一本。長袖のトレーナーが一着。サマーセーターが一着。パジャマの上下。革のベルトが一本。旅行用のドライヤーが一つ。バスタオルが一枚。フェイスタオルが一枚。スカーフが一枚。パンティストッキングが三足。小型のショルダーバッグが一つ。このバッグの中に入っていた財布や手帳、ハンカチ、ファンデーションにルージュ、香水入れ《アトマイザー》、ポケットティッシュ……」

「ざっとそんな具合さ」

報告書から目を上げる深雪と、彼女の横からそれを覗き込んだまま、これをどう解釈したものか考えあぐねる叶。二人の顔を交互に見やりながら、響は云った。

「おおかた捜査当局じゃあ、財布の入ったバッグがないことを理由に、外部犯による強盗目的説なんてものが出てきているに違いないが、さてねえ。――カナウ？　ゆうべの電話で、楠は何か云ってなかったかな。ここに列挙されたものが見つかったとかいうようなこと」

「ああ、それね。現場付近――庭やまわりの林の中をかなり探しまわってみたけれど、何にも発見されていないって」

「だろうな。――どこか離れた場所に隠したってことか。あるいは、燃やすなり何なりして処分してしまった可能性もないことはない」

まばらに鬚《ひげ》の生えた細い顎をぞろりと撫《な》でまわして、響は何やら謎かけを楽しむような調子で云う。

「はて、いったい犯人はどうして、そんなにたくさんのものを持ち去ったんだろうね」

＊……ご存じ、笠井潔による本格ミステリの長編連作。名探偵矢吹駆は「現象学的本質直観」を独自の探偵法とする。

3

「服にドライヤーにバッグかぁ」

再び手許《てもと》の書類に目を落として、深雪がぶつぶつと呟く。

「確かに変よねえ。全部まとめて一人で抱えられない量じゃあないけど」

「同じ夕海の持ち物でも、持ち去られずに残っていたものが当然あったはずだね。その詳しい品目も知りたいところなんだが、これはまあ楠に訊けばいいとして」

思わせぶりに言葉を切り、響はすいと窓の方へ眼差しを投げる。東向きの広い窓で、白いレースのカーテンが引かれている。射し込む午後の陽射しは、夏のこの季節にしては弱々しい。

一昨日、昨日と首都圏は好天でうだるような暑さが続いていたのだが、今朝方から天気は下り坂であった。九州の方に大型の台風が近づいているという話も聞くけれど、さて、こちらまで影響はあったりするのだろうか。

「ところで深雪ちゃん」

片二重の右目をすがめながら、響が云った。

「君の友人たちは、その後どうしている？　何か情報は入ってきてるかい」

「幹世兄さんからは何回か電話があって」

答えて、深雪は楠警視の報告書を叶に手渡した。

「あたしの足の怪我とね、それから、旦那さんの具合はどうだい？　って、ずいぶん心配してくれてたわ。病院へお見舞いに行こうかとも云ってくれたんだけど――」

胸許に垂らしたポニーテールの先を撫でながら、深雪は双子の兄弟を見比べる。

「そういうわけにはいかないもんね。絶対に来なくていいからって、ついむきになっちゃった」

「あくまでも隠し通すつもりなわけだ」

「毒を喰らわば皿までって云うでしょ」

「ううむ」

「昨日はでも、ちょっと焦ったのよ。幹世兄さんからの電話に、カナウ君が出ちゃったもんだから」

「そうなんだよ」

叶があとを受けた。

「もう退院したんですか、って不思議そうに訊かれてさ。どぎまぎしてしまった」

「カナウ君とヒビクさん、声もそっくりだしね。慌ててあたしが替わって、今のは旦那さんじゃなくて友だちなんです、って。幹世兄さん、一応納得したみたいだったけど」

「怪しいよなあ、それ」

と、響は眉を上げる。

「鳴風荘でも、みんなに夫婦の危機を疑われていたんだろう？」

「後藤君が冗談っぽく云ってただけ。ほんとは仲良しなんだからいいじゃない。ね、カナウ君」

「ああ、うん」

「やれやれ。ご馳走さま」

苦笑混じりに云ってから、響は真顔に戻り、

「他の連中からは？」

と、深雪を促した。

「後藤君と涼子さんが、一回ずつ電話をかけてきたわ。みんな不安でたまんないみたい」

「そりゃそうだろう」

「後藤君はまだ足が痛いってぼやいてた。お医者様に診《み》てもらったら、あと一週間は治らないって云われたそうで」

「バイクはどうしたのかな、彼」

「画伯んちに置いたままだって。雨に濡れないように車庫に入れてもらってあるらしいけど。足が治ったら取りにいかないとなあ、って。

涼子さんは、あれ以来すっかり戸締まりには神経質になったって云ってたわ」

「蓮見夫妻は今もあっちに？」

「涼子さんだけね。壁画の続きを描いてるんだけど、うまく進まないって。蓮見君の方は、仕事の関係でいったん東京へ帰ってきてるらしい」

「一人きりであそこに残っているわけかい？　涼子さんは」

「さすがにそれは気味が悪いから、お母さんに頼んで来てもらってるって」

「ふうん。——美島夕海の葬儀やなんかはどうなったんだろう」

「ああ、そうそう。そのことでゆうべ、千種さんから電話があったの。お葬式は内々で済ませることになりましたので、って」

「家族も同然だったってわけか、彼女は」

「って云うより、あの人が家族代わりだったって感じよね」

「夕海の父親は日本に帰ってきたのかな」

「その話は出なかったけど。でも、いくら何でも帰ってくるでしょ」

響は唇を尖らせ、何とも応えない。それをどう受け取ったものか、深雪はかすかに頭を振りながら溜息をついた。

叶は深雪から話を聞いただけで、実際には〝変貌〟後の夕海を見ていない。だからどうしても、六年半前に会った彼女の、ショートボブに黒縁眼鏡の冴《さ》えない風貌が心に浮かんでしまうのだが――。

あの月蝕の夜、あんな形で実の姉を失った彼女。その後の長い入院期間中に母親を亡くし、父親は再婚して国外へ去り……そんな彼女の孤独を思うと、いやが上にもやりきれない気分になる。

「あと、そう、後藤君が杉江さんのことを話してたっけ。こっちに帰ってきてから彼女、体調を崩しちゃって、しばらく会社もお休みするんだって」

深雪が続けた。

「それから、青柳画伯にはね、あたしから一度電話してみたの。意外に元気そうで、日を改めてまたこっちへ遊びにおいでって云ってくれたわ」

「タケマルとはまた会いたいな」

と、響は表情を和らげる。犬の話になると無条件に顔がほころんでしまうのは叶も同じで、これは彼ら兄弟の、数少ない共通の趣味の一つである。

「『バカめ』って云ったらお坐りするんだって？」

「ああ。健気《けなげ》だろ」

「いくら何でも『バカめ』はないと思うけど」

「『こうさん』のポーズがまた可愛くてさ」

「犬、飼いたいなあ」

「飼いたいなあ」

「ねえねえ、ヒビクさん」

と、そこで深雪が云いだした。

「ちょっと思いついたことがあるんだけど、云ってもいい？」

「何かな」

「ほら、さっきの問題。犯人はどうして現場からいろんなものを持っていったのか」

「答が分かったってかい？」

「うーん。分かったのかどうかよく分かんないんだけれど」

ふっくらとした頰に片手を当てて、深雪は小首を傾げる。

「昔ね、何だかそれに似たような推理小説を読んだことがあって」

「どんなの？」

「被害者が裸なのね。全部服を剝《は》ぎ取られていて、犯人がそれを持ってったの。で、何で犯人はそんなことをしたのか、っていう」

「ふうん。えらく古典的なものもチェックしてるんだね。『スペイン岬《みさき》の謎《なぞ》』か」

「それそれ。夕海ちゃんの場合もね、着ていた服を脱がされていたわけでしょ。だから、あれとおんなじかなって」

「犯人が自分で着るためだと？」

「――うん」

「ドライヤーは？」

「濡れた髪を乾かすため」

「バッグは？」

「ええとね……そうだ。中の化粧品が欲しかったのよ。犯人は男の人で、女装の趣味があったとか」

エラリイ・クイーンのその長編は、叶も少年時代に読んだ憶《おぼ》えがある。曖昧《あいまい》な記憶を手繰り寄せながら二人のやりとりを聞くうちに、あれってそんな話だったかなと混乱してきた。

「本当に単なる思いつきだったわけだね」

慰めるような調子で響が云うと、深雪は「ちょっと違ったかな」と頭を掻く。

「ちょっとじゃないよ。あれとこれとでは、全然状況が違うだろう。ドライヤーとバッグの説明にも整合性がない」

「やっぱり?」

悪びれる様子もない深雪である。一年前の〈御玉神照命会〉事件の時もそうだったが、こういった場面で彼女が提出する「思いつき」には、あまり真面目に耳を貸してはいけないことになっている。

「あのね、実はもう一つ、考えたことがあるんだけど」

性懲《しょうこ》りもなく深雪が云った。響は「はいはい」といった顔で、

「今度はどんなのかな」

「さっきヒビクさん、蓮見君にはアリバイがあるから犯人ではないって云ったでしょ。でもね、そうじゃない可能性もあると思うの」

「ほう。そりゃあ興味深い意見だ」

「また何かトリックを使ったんだって云いだすんじゃあないだろうね」

叶は釘を刺したつもりだったが、深雪は「そう、トリックよ」と大きく頷いて、

「ヒビクさんと一緒に娯楽室にいたっていっても、ちょっとトイレに立つくらいのことはあったと思うの。でしょ？」

「どうだったかな」

「その機会にね、秘密の通路を使って……」

「はあ？」

と、響が気の抜けたような声を洩らす。叶は唖然《あぜん》とした。長いつきあいになるが、彼女がどこまで本気でこういうことを云いだすのか、いまだによく分からないというのが正直なところである。

「あの家にそんなものがあるのかい」

「だって、いかにもじゃない。設計した蓮見君だけが知ってる秘密の通路。それを通って素早く夕海ちゃんの部屋へ行ったわけ。ね、どうかしら」

「却下《きやつか》」

響がきっぱりと宣告した。

「そんなものが存在するのなら、とっくに楠たちが見つけてるさ」

4

「もう一度、問題点を確認しよう」

叶が楠警視の報告書を返すと、響はそれを元どおり二つ折りにして封筒にしまいながら云った。

「犯人は何故、被害者の髪を切ったのか。そしてその髪を何故、他のいろいろなものと一緒に現場から持ち去ったのか」

先ほどから叶もあれこれと考えてはいるのだが、しっくりする答は見つからない。無理に理由づけようとするとつい、女性の毛髪や衣服に執着を持った異常者の犯行、という方向へ流れていってしまう。その手の異常犯の近年における増加は、日々捜査に携っていて何となく実感しているところなのだが、今回の事件もそれなのかと云われたら首を傾げざるをえない。響の云い草ではないけれど、どうも〝形〟が合わない」ように思えるのだ。

煙草を吸えない手持ち無沙汰だろうか、響は封筒の上で右手の指を、ギターのフィンガーリングの練習でもするように動かしながら、少し間を取る。叶と深雪が何も答えないと見ると、おもむろに口を開いた。

「この問題と、最初に検討した三階廊下のペンキの問題ね、二つを突き合わせてみると、ある推理の筋道が見えてくる。これがなかなか、すっきりと〝形〟が合う代物《しろもの》なんだが」

「じゃあ、ヒビクさんにはもう全部分かってるわけなの？」

と、深雪が訊いた。

「全部というわけじゃないよ。十八日の午後の時点で、その線に従ってある程度のところまでは考えを進めてみたんだけれども」

「ふーん。あの時に、もう」

「恐れ入ったかい」

まだ肝心のその推理を披露しないうちから、響は「証明終わり《Q・E・D》」とでも宣言したげな面持ちである。何とも小憎らしい奴だと叶は思うが、深雪の方はまったく無邪気なもので、

「ね、どんな推理なの。教えて」

と詰め寄る。「慌てない慌てない」と云うように軽く首を振ってから、

「考えを進めたはいいんだが、実はそこで大きな難点が出てきてしまってね」

と、響は続けた。

「ナンテン？　どんな」

「どんなだと思う？」

「さあ」

「この推理によって犯人が誰かを絞っていくと、どうもその、あまり愉快ではない結論に行き当たってしまうんだ。つまり、犯人は――」

右手の動きを止め、響は人差指を伸ばしてまっすぐに前へ突き出した。

「明日香井深雪。彼女しかいない、って結論に」

「えええーっ？」

深雪が素っ頓狂な声を上げる。これには叶も驚いて、思わず口を挟んだ。

「おいおい。何でそんなことになるの」

「困ったもんだろ」

と云って、響は肩をすくめる。

「だからね、その疑いを解くためにも、例の質問に対する深雪ちゃんの回答が必要だったわけさ。十八日の午前一時半頃、部屋を抜け出してどこへ行っていたのか？　っていう」

「ううん」

叶はそろりと深雪の表情を窺う。ひどくびっくりはしたようだけれど、狼狽《ろうばい》の色は見えない。まさかこれで、本当に彼女が犯人だなんてことはないだろうが……。

「というところで、話が頭に戻ったわけだね」

にやにやと目を細めながら、響は云った。

「カナウも心配そうな顔をしてることだし、改めてここで答えてくれる？　深雪ちゃん」

「だからぁ」

深雪はちょっと口ごもってから、

「あの時はあたし、C館の裏口から家の外へ抜け出して」

「ふん」

「こっそり車に乗って」

「ふんふん」

「国道まで出て、電話ボックスを探したの」

「電話？」

と、叶が首を傾げる。すると、深雪は少々はにかんだ声で、

「だから云ったじゃない。カナウ君のことが心配でたまんなかったんだってば。それでね、うちに電話してあやめ義姉《ねえ》さんに様子を訊こうと思って」

「別荘の電話を借りりゃ良かったのに。わざわざそんな夜中に外へ出ていかなくっても」

「だって、電話機は広間にあったでしょ。まだみんな起きてるかもしれなかったし、そんなところでうちに電話したらばれちゃうもん。あたし、あんまりお芝居うまくないから、みんなに悟られないようにあやめ義姉さんと喋る自信がなくて」

「ははあ」

「喜ぶべきことじゃないか、カナウ」

響は意地の悪い薄笑みを口許に広げる。

「あの夜はさ、深雪ちゃん、お前に操《みさお》を立てて僕を寝室から締め出したんだぜ。貞淑な妻を持って幸せだと思いなさい」

「そ、そうかな」

「それで深雪ちゃん、電話は通じたわけ？」

「やっとボックスを見つけてね、かけたらすぐにあやめ義姉さんが出てくれて。お義姉さん、あれでいつも夜更かしだから」

「時間は？」

「一時四十分くらいかなあ。国道に出たばかりのところで、あの地震があったように思うから」

「いずれにせよ、あやめさんに尋ねれば確認を取ることができるんだね」

「そうよ」

「アリバイ成立、か。まずはめでたしめでたし」

微笑んで、響は再び右手でギターのフィンガーリングを始める。

「さてと、これで少なくとも二つのことがはっきりした」

響は云った。

「一つは、夜中にあの別荘の駐車場から車を出しても、家の中の人間は誰も気づかなかったってこと。だいぶ離れてるから音が伝わらないんだな。ということはつまり、犯人は現場から持ち出した品々を、車を使ってどこかへ運んで隠したのかもしれない。そう考えても差し支えないわけだ」

「なるほど。もう一つは？」

「もう一つはね、こりゃあかなり厄介な問題だ」

響は鼻筋に皺《しわ》を寄せた。右手の指の動きが速くなる。

「ある推理を進めていくと深雪ちゃんしか残らないって、そう云ったろう？　その深雪ちゃんもアリバイが成立して除外された。これで、犯人たりうる人間がまったくいなくなってしまう」

「じゃあ、その推理は間違ってるってことだろ」

「なのかな。しかし、あの状況を論理的に解釈すれば、どうしてもそういうことになるはずで……」

響はぼさぼさになった髪を掻きまわす。何日も風呂に入っていないせいで、ふけがぱらぱらと飛び散った。先日のサングラスにオールバックから一転、古典的な日本の名探偵を彷彿《ほうふつ》とさせる姿である――と云えないこともない。

「ねえ。ある推理ある推理って、いったいどんなことを考えたの。じらさないで教えてよ」

と深雪がせっつくのを、響は「まだだめ」と突っぱねた。

「もう。どうして？」

「すべてがはっきりするまで、探偵は真相を語らないのがお約束だろう」

すっかりその気になっている。しかしまあ、昨年はこの調子で、あの〈御玉神照命会〉事件を解決に導いたのだから、あまり強く文句も云えない。

「もちろんいずれは話すつもりだけどね、その前にせめて、そうだな、きちんと調べるべきことを調べて、計算ぐらいはしてみないと」

「計算？」

深雪はきょとんと目を丸くして、

「また何か、ややこしい方程式とか？」

「やあ、そんなこともあったね。いや、今度はあんなたいそうなもんじゃないさ。ちょっとした足し算と引き算。かなり面倒臭そうではあるが」

そう云って、響はまた鼻筋に皺を寄せた。

「そこでだね、深雪ちゃんとカナウに折り入って頼みがあるんだけど」

「なあに？」

「何だい」

「自由に動ければ僕がやるんだけれども、何せこの有様だから。とにかくまず、現場からなくなっていた物品に関する詳しい情報が知りたいんだ。材質から形状、サイズまで、もっと詳しいデータがね。そして、できればそれとまったく同じ品物を集めてほしい。楠に訊いて、それでも情報不足だったら千種君恵にも訊いて。彼女の連絡先は分かる？」

「電話番号は聞いてあるわ。部屋を替わるって云ってたけど、まだだと思うから」

「きっと変な顔をされるだろうが、そこを何とか云《い》い繕《つくろ》って」

「――やってみる」

「それとね、さっきも云ったけど、持ち去られていなかったものの詳細なリストも手に入れたい。これは楠に頼めば教えてくれるだろう」

「分かった。手伝ってくれるよね、カナウ君」

深雪にそう云われるともろちん、断わるわけにはいかない叶である。去年の事件の時のように響自身が刑事に扮《ふん》してあちこちを嗅ぎまわらない分、今回のこのベッドディテクティヴ状態はまだしも、こちらの気苦労が少なくて済むか、とも思う。

「それからもう一つ」

響は続けて云った。

「六年半前の紗月殺し。あの事件が起こった時の状況を聞かせてほしいんだが。このあいだからちょっと気になっている問題があってね」

「もう知ってるだろ、あの事件のことなら」

「あらすじ程度のことしか知らないよ、まだ。この機会にゆっくりと、事件の発見者でもあった二人の口から話を聞きたいわけさ。思い出せる限り細かいところまで」

かくしてこのあと、叶と深雪は六年半前のあの夜の記憶を改めて総ざらいすることとなった。そうして響は、一九八二年十二月三十日の夜に二人が経験した出来事のすべて（本編9ページから41ページまでに記述された情報のすべて）を知るに至ったわけである。

DATA (8)

○美島夕海の所持品に関するデータ

＊現場から持ち去られていたもの
・長袖シャツ（シルク）黒　1
・長袖トレーナー（綿）黒　1
・ワイドパンツ（レーヨン）黒　1
・サマーセーター（麻・アクリル混合）白　1
・パジャマ上下（綿）紺　各1
・ベルト（牛革）黒　1
・スカーフ（シルク）薄緑　1
・フェイスタオル（綿）緑　1
・バスタオル（綿）緑　1
・パンティストッキング　黒　3

・ドライヤー　1
・ショルダーバッグ　黒　1
・財布およびその中身（所持金額不明）
・手帳　1
・ハンカチーフ（綿）白　1
・ポケットティッシュ　1
・櫛《くし》　1
・キーホルダーおよびそれに付いていた鍵
・ファンデーション、ルージュ、香水入れ《アトマイザー》などの入ったポーチ　黒

＊現場に残っていたもの
・ボストンバッグ　焦茶　1
・タイトスカート（ポリエステル）黒　1
・半袖ブラウス（シルク・綿混合）黒　1
・帽子　黒　1
・ショーツ　3（うち1は被害者が着用していたもの）

・ブラジャー　3
・基礎化粧品一式の入ったポーチ　黒
・シャンプー類、薬類の入ったポーチ　白
・ソーイングセットの入ったポーチ　薄緑
・ヘアブラシ　1
・ポケットティッシュ　2
・ネックレス（プラチナ）　1
・B5判ノート　1
・サインペン　黒　2
・文庫本　1（ロアルド・ダール著『あなたに似た人』）
・ガスライター　金　1
・シガレットケースとその中身の煙草（ヴォーグ）
・予備の煙草　2
・パンプス（牛革）　黒　1

X　密室と呼ぶには屋根がない

1

「先生？　青柳先生」

玄関の戸を開けて大声で呼んでみても、何の返事もなかった。

「いらっしゃらないんですか、先生」
二、三秒息を殺して耳を澄ます。聞こえてくるのは蟬《せみ》と野鳥の声ばかりで、薄暗い家の中からはやはり、ことりとも反応がない。
（昨日とおんなじだわ）

市川登喜子は首を捻《ひね》った。

土間に並んだ履物《はきもの》の様子も、下駄箱《げたばこ》の上に置かれた新聞と郵便物の様子も、まったく昨日と変わるところがない。新聞と郵便物は、登喜子自身が昨日の午後、郵便受けに溜まっていたのを取り出してそこに置いておいたものである。この家の主人が、昨日のあの時間から現在までずっと不在を続けているのは、そのことだけからしても明らかと見えた。

「先生？」

もう一度呼びかけながら、たったいま新たに郵便受けから取ってきた新聞——昨日の夕刊と今日の朝刊——を下駄箱の上に重ねる。

（いったいどこへ行ってしまわれたのかしらねえ）

登喜子はここ海ノ口の南隣、野辺山の町に住む主婦である。青柳洋介に雇われてこの家に通うようになって、かれこれ一年半ほどになる。南牧村で農場を経営する青柳の兄に紹介され、引き受けたアルバイトだった。週に二回、日曜日と木曜日の午後に自分の車でやって来て、買い物や掃除、洗濯といった仕事をする約束になっている。

昨日——二十四日木曜日——も彼女は、いつものようにこの家を訪れた。時刻は午後二時頃だったろうか。その時も青柳は不在だったのだけれど、さして気にはしなかった。庭を覗いてみると飼い犬のタケマルの姿もなかったので、散歩にでも出ているのかなと軽く考えたのだ。三年半前に事故で左足を失った青柳だが、義足と杖の助けを借りてたまにタケマルを外へ連れていくことがあるのを、登喜子は承知していた。

普段どおりに仕事を済ませ、その旨を記したメモを居間の机に残して家に帰った。何か不備があれば電話してくださいと、とも書いておいたのだが、昨日は結局、何の連絡もなかった。

今朝になって、一度こちらから電話してみた。彼がどうしているのか、何となく気懸かりになってきたからである。

一週間前にこの近くの別荘で起こった殺人事件のことを、登喜子はもちろん知っていた。殺された女性が、先週の木曜日にこの家で顔を合わせた青柳の昔の教え子たちの一人であったということも、青柳の口から聞いていた。だから――そんな物騒な出来事があったばかりだから――、一晩の間にだんだんと、漠然とした胸騒ぎが膨《ふく》らんできたのだった。

青柳は電話に出なかった。長く留守にする時は登喜子に声をかけていくのが通例だったので、これは変だなと思った。そこで今――二十五日の午後一時過ぎ――、こうしてここへ様子を見にきてみたわけなのである。

玄関の戸は、昨日来た時から鍵が掛かっていなかった。ちょっとした外出ならばともかく、一晩家を空けるのに施錠を怠るというのもおかしい。そう考えると、胸騒ぎはいよいよ大きくなってくる。

登喜子は家に上がり、すべての部屋を改めて見てまわることにした。どの部屋の様子も、昨日登喜子が掃除をした時のままであった。居間の机には、昨日のメモがそのまま残っている。奥座敷の縁側、安楽椅子の横に置かれた小テーブルには、愛用のパイプとマッチ箱が放り出してある。これも昨日のままだ。そして、青柳の姿はやはり家中のどこにもなかった。

登喜子は庭に出た。

まずタケマルがいるかどうかを確認にいく。青い屋根の犬小屋は、昨日と同様もぬけの殻だった。

続いて車庫を見にいった。シルバーメタリックのボルボは、いつもどおりにそこにあった。先週来た教え子の一人のものだという赤いバイクが、その横に置いてある。足の不自由な青柳にとって、この辺鄙《へんぴ》な土地においてはこのボルボが唯一の交通手段であると云っていい。これがここに残っているということは……。

どうしたらいいのだろう。

いや増す胸騒ぎの中で、登喜子は思った。

きっと何かが（……何が？）あったに違いない。青柳の身に。それからおそらく、タケマルの身にも。

　このまま放っておくわけにはいかない。警察を呼ぶかどうかはさておき、とにかくまず、青柳の兄には事態を知らせるべきだろう。

　腹を決めて、玄関へと引き返した。電話をかけるため、そうして家の中へ飛び込もうとしたところで——。

　登喜子ははっと立ち止まった。どこかからふと、かすかな犬の鳴き声が聞こえてきたような気がしたからである。

（タケマル？）

　今の声は、そうなのだろうか。

　立ち止まったまま、意識を耳に集中させた。すると、降り注ぐ蟬時雨《せみしぐれ》の狭間《はざま》にまた……。

（ああ、やっぱり）

　どこかで犬が鳴いている。どこか——この家の敷地のどこかで。

「タケマル、どこ？」

　登喜子は玄関を離れ、家の北側へと足を向けた。声がしたのは、何となくそちらの方向からだったように思えたのだ。

「どこなの、タケマル」

呼びかけながら、蒼然《そうぜん》と生い茂る草木に挟まれた小道を進む。一昨日の明け方から昨日の午前中まで降りつづいたひどい雨のせいで、地面はあちこちにまだぬかるみが残っていた。九州から近畿、北陸を抜けて去った大型台風の影響だったらしい。風で折れた木の枝も散見される。

「タケマル……」

やがて前方に、黄ばんだ漆喰《しっくい》の壁が見えてくる。春の初めに落雷を受けるまで、青柳がアトリエとして使っていた例の土蔵である。

あの中に？　と、そこでようやく登喜子は思い至ったのだった。

家の中は探し尽くした。犬小屋がある南側の庭もひととおり探してみた。けれど、昨日からまだ一度もこちらには来ていない。あの壊れた土蔵やその付近は調べていない。

ひょっとするとタケマルは、あの蔵の中にいるのかもしれない。

「タケマル、いるの？」

大声で問いかける。すると、それに答えるように「オン」という犬の吠《ほ》え声が返ってきた。――間違いない。あの建物の中から、だ。

登喜子は小走りになって、土蔵の入口に近づいていった。その足音と気配を感知してだろうか、今度はクンクンという鼻声が中から聞こえてくる。

汚れた二枚扉を開く。その内側にはもう一枚、青柳がここをアトリエに改造した際に設けたという片開きのドアがある。

銀色のそのノブに右手を伸ばし、回そうとした。が、鍵が掛かっていて回らない。ノブを握ったまま前後に揺すってみたが、思いのほか頑丈でびくともしない。

その間にも、ドアの向こうからは心細げな犬の鳴き声が断続的に洩《も》れて伝わってくる。

「タケマルね。いるのね、そこに」

ドア越しに話しかけると、犬はいよいよ心細げに鼻を鳴らす。前脚でかりかりとドアを引っかいたりもするが、もちろんそんなことで施錠が外れるわけもない。

どうしたものか考えあぐねた末、登喜子は再び玄関の方へと踵《きびす》を返した。居間に置かれた箪笥《たんす》の抽斗《ひきだし》に鍵束が入っているのを、いつだったか見かけた憶えがある。あの中に、このドアの鍵もあるかもしれない。

やって来た庭の小道を駆け戻る。息を切らせながら玄関まで辿《たど》り着いたところで――。

「すみません。あなた、ここの家の方ですか」

いきなり背後から声をかけられた。びっくりして振り向くと、背広姿の男が二人、門の方からこちらに歩いてくる。背の高い若い男と、それよりはいくつか年上と見える小柄な男。どちらも見知らぬ顔であった。

「青柳洋介さんのお知り合いですか」

魚類を思わせるようなきょろりとした目でこちらを見据えながら、背の高い方がそう云った。登喜子はどぎまぎして、

「はい。私は、あの、青柳先生に頼まれて家事をしに……」

「お手伝いさんですか」

「あ、はい」

「青柳先生はおられますか」

「いえ、それが……」

「ああ失礼。我々は警察の者なんですが」

と云って、男は黒い手帳を示した。

「刑事さん？」

「県警の楠といいます。先週この近くで起こった殺人事件のことはご存じでしょう。

それに関連して、少々また青柳さんにお話を伺いたいと思いまして、昨日から何度も電話をしているんです。ところがいっこうにつながらないもので、どうしておられるのかと」

「はあ」

「ご存じありませんか、あなた――ええと……」

「市川と申します」

「市川さん。青柳さんは今どこに」

「それが実は……」

登喜子は早口で事情を説明した。聞くうちに、二人の刑事たちはそれぞれに鋭く眉をひそめた。

「妙ですね」

小柄な方が云った。

「犬が閉じ込められているわけですか」

「とにかくじゃあ、市川さん、その鍵を探してきてください。ああいや、僕も一緒に行きましょう。服部《はっとり》さん、あなたは問題の土蔵の方へ」

「了解」

もう一人の刑事は服部という名前らしい。

登喜子は刑事に付き添われて家に入り、居間へ向かった。ぼんやりとした記憶を頼りに、簞笥の抽斗の一つを開ける。三つ目に開いてみた抽斗の中に、何本かの鍵が付いた大きなキーホルダーが入っているのを見つけた。

「よし、行きましょう」

息をつく暇もなく、刑事とともに再び土蔵へと駆けた。服部という名の小柄な刑事は、入口の前で二人の到着を待っていた。

鍵束の中から合いそうな形のものを選び、ノブの中央に開いた鍵孔《かぎあな》に差し込んでいく。四本目でやっと、ロックの外れる手応えがあった。

ノブが回り、登喜子はドアを押した。しかし、それでもまだドアは動かない。

「開きませんか」

楠が横から手を伸ばし、ノブを摑《つか》んだ。

「――ううん。中から掛金でも下りているみたいだな。そんなものが付いているのかどうか、ご存じじゃありませんか、市川さん」

「そう云われれば、確か」

「やれやれ、参ったな。こりゃあ……」

ドアの向こうからは相変わらず、クンクンという犬の鼻声が聞こえてくる。

「よしよし。もうちょっと待つんだぞ」

そう云って楠は、ドアとドア枠との境に目を寄せる。しかし、たとえば掛金を外すために何らかの道具を差し込めるような隙間《すきま》は、まったくないようだった。

「破るしかないか」

「あの、刑事さん」

と、そこで登喜子が云った。

「何か」

「この建物の屋根、穴が開いているんです」

「は？」

「雷が落ちて、屋根の一部が燃え落ちて。ですからその、あの横の木に登って屋根に飛び移れば……」

「ははあ。屋根に開いたその穴から、中に入れるかもしれないと？」

「そうです」

「自分がやってみましょう」

と、即座に服部刑事が申し出た。上着を脱いで楠に預けると、登喜子が云った木の前に立った。建物のすぐ右横に生えた、大きな山毛欅《ぶな》の木である。

「気をつけて、服部さん」

「大丈夫」

服部はそして、するすると木を登りはじめる。下で眺めている分には、さしたる苦労でもないように見えた。

「簡単に行けそうだな。よし」

木から屋根へと飛び移るのも、難なくこなした。四つん這いになって屋根の上を移動していき、やがて下からは姿が見えなくなる。

「これか」

まもなく声が聞こえた。穴の開いたところまで行き着いたらしい。

「——やあ、梯子《はしご》がかかってる」

「何だって？」

「梯子ですよ、梯子。脚立《きやたつ》を伸ばしたものみたいだな。下からこの穴に立てかけてあります」

「降りられますか」

「楽勝楽勝」

しばらくして、無事建物の中に降り立った服部の手によって掛金が外され、ドアが開かれた。

中から飛び出してきた犬は、やはりタケマルであった。首輪には鎖が付いたままである。弱々しく尻尾を振りながら、登喜子の足に鼻先をこすりつけてくる。空腹のためだろうか、普段と比べてまるで元気がないように見えた。

「可哀想に」

楠がタケマルの頭を撫でてやる。

「どのくらい閉じ込められていたんだ？　お前」

「それより楠さん、ちょっと来てください」

と、服部が手招きした。

「この臭《にお》い、何だと思いますか」

「ん？」

訝《いぶか》しげに首を傾げながら、楠は土蔵に足を踏み入れた。

「や、こりゃあ……」

二人は建物の中央まで進み、鋭い目つきでぐるりと中を見まわす。登喜子はタケマルの鎖を持って、恐る恐る彼らのあとに従った。

屋根の破れ目には、服部の云ったとおり下から梯子が立てかけられていた。もともとここに置かれていた脚立を伸ばしたものである。昨日の午前中までに降り込んだ雨で、コンクリートの床はまだそこかしこが濡れている。汚れ放題に汚れた家具や道具。奥の一角に集められた瓦礫《がれき》。そして――。

土蔵の中の澱《よど》んだ空気には、なるほど異様な臭気が漂っていた。思わず息を止めて胸を押さえたくなるような、たまらなくおぞましい悪臭である。

（何？　これ）

ものが腐っている臭いだ、と登喜子は思った。

一緒に入ってきたタケマルが、哀しげに鼻を鳴らしながら建物の奥へと進んでいった。登喜子が鎖を引っ張っても、止まろうとはしない。逆に登喜子の方が引きずられて足がもつれた。

タケマルが向かう先には、古い大きな長持ちがあった。以前からそこに置いてあったものである。長持ちのそばまで行くと、タケマルは鳴き声のニュアンスを微妙に変化させながら、前脚でしきりにそれを引っかきはじめる。

「これがどうかしたのか」

片手を鼻に当てて異臭に耐えながら、楠がタケマルに歩み寄った。

「中を見てみろってか？」

「開けてみましょうか、楠さん」

服部が云うのに、

「いや、俺が」

と応えて、楠は長持ちの蓋に両手をかけた。低い軋《きし》み音を発しながら蓋が開いた
——その途端。

「うっ」

「うぐっ」

呻《うめ》きとも叫びともつかぬ声が、楠と服部の口から洩れた。

「こ、これは……」

登喜子は二人の刑事たちの横へ進み出、蓋の開けられた長持ちの中を覗き込んだ。文字どおり吐き気をもよおすような腐臭が、それまでの何倍もの濃度に跳ね上がっていた。

彼女は見た。

ちゃんと服を着て、人間の形をしてはいるが、とてもそれを人間だとは認めたくないようなもの。露出した皮膚は汚い暗緑色に変わり、紫色をした網の目のような模様

がその下から滲み出している。瞼《まぶた》の間からどろりと突出した眼球。唇の端からはみ出した舌。額や頬の上を、黒い小さな虫が何匹も這いまわっている……。

タケマルの鎖を放り出して両手で顔を覆い、登喜子は甲高い悲鳴を上げた。いっそのことそこで卒倒してしまっていれば、そのあとに襲いかかった激しい嘔吐《おうと》の苦しみを味わわなくても済んだのだが。

長持ちの中には、この家の主人青柳洋介の死体が横たわっていたのである。

2

明日香井家に青柳洋介殺害の報が入ったのは、八月二十五日の夜も更《ふ》けてからのことであった。

楠等一がかけてきた電話に、最初に出たのは深雪だった。叶はその少し前に帰宅していて、この時はちょうどシャワーを浴びようと浴室へ向かいかけたところだったのだが、深雪の「えーっ」という叫び声にただならぬものを感じて、着替えを抱えたままリビングへと駆け戻った。

そうして知らされた新たな殺人事件の発生が、二人にとっても大きな衝撃であったことは云うまでもない。

病院の響にもとにかくすぐにこのことを伝えてくれ、と楠は云ったのだが、叶と深雪はその後の相談の結果、響への報告は明日の午後以降にしようと決めた。

術後の経過はあのあともおおむね良好で、食事も普通に摂れるようになってきている。退院の予定は一応、明後日だった。それだけに、今ここでこんな事件が起こったと聞けば、担当医の指示など無視して、今晩中にでも病院を抜け出して海ノ口へ向かうと云いだしかねない。そんな危惧があった。響の健康を第一に考えるなら、これは良いはずがない。

「すぐに伝えてくれ」と楠が云うのは、響との間に例の〝取引〟があるから（それとも「固い友情」で結ばれているから？）なのだろうが、当面の問題として、事件の捜査は警察によって怠りなく行なわれるはずである。響の動きが一日やそこいら遅れたからといって、大局には影響あるまい。――と、そういった判断もあった。

さて、話は前後するが、電話を替わって叶は楠から事件のあらましを聞き、そのあとこちらからもいくつかの質問をした。まず気になったのは、青柳の殺害が先週の夕海殺しと関連のある事件なのかどうか、という問題である。

「明日香井君が昨日、病院の公衆電話を使って連絡してきてね、忠告してくれてたんですよ」

楠はそう答えた。

「忠告?」

「何をどう考えたのか知らないが、青柳洋介の動きにはちょっと気をつけた方がいいと。そんなわけもあって今日、青柳の家を訪ねてみたんですね。そうしたら……」

「殺されたのはいつなんでしょう」

「いま詳しく調べてもらっているところだけど、かなりもう腐敗が進んでいて、ひどい有様でしたよ。ぱっと見た感じ、死後二日か三日は経っているだろうなと。まあ、明日にはある程度のところまで判明するでしょう」

警察官になってからこれまでに、叶も何度かひどい腐乱死体を目にしたことがある。その時のおぞましい記憶が持ち上がってきて、思わず胃のあたりを押さえた。

「それでですね」

と、楠は続けた。

「死因は絞死で、首に凶器が巻きついたまま残っていた。その凶器というのが、女性のパンティストッキングだったんですよ」

「パンスト?」

「そう。母屋の簞笥を調べてみたけれども、そんなものはまったく見つからなかった」

「つまりそれ、殺された美島夕海のものだというわけですか。現場から持ち去られていたパンストの一つが、それだと」

「その可能性が大と見ています。色もサイズも合うみたいなので」

とすれば、二つの事件は同一犯の仕業《しわざ》だという可能性も極めて大きいことになる。しかし何故、青柳洋介が？　それはたとえば、先週の鳴風荘事件の際に彼が目撃したという「見知らぬ人影」と関係があったりするのだろうか……。

口を噤んで考え込んでしまった叶に、

「ところで明日香井さん」

楠が訊いてきた。

「奥さんの足の怪我は、もう？」

「ああ、ええ。おかげさまで、もうすっかり良くなったようです」

「後藤慎司という奥さんの友だちも、バイクで転んだとかで足を引きずっていたんですが、彼の方はその後どういう具合なのか、何か聞いてませんか」

「それなら、彼女が電話で話を聞いたと云ってましたね」

叶は深雪の方をちらと見やり、

「今週の初めの時点で、まだ一週間は治らないだろうと医者に云われたとか。——何かそれが？」

「いえね、今日見つかった事件、ちょっと変わった状況だったもので。つまりその、そこから〝犯人は足にハンディのなかった人物である〟という条件が出てくるような……」

楠の説明によれば、こうである。

青柳洋介の死体は、母屋の北側に建つ土蔵の中で発見された。死体はそこに置かれた古い長持ちの中に入れられていたのだが、発見時、この土蔵の扉には二重に鍵が掛かっていたという。

一つはドアのノブに付いた鍵。こちらは、ロックのボタンを押してドアを閉めれば施錠状態になるタイプのものなので、特に検討する必要もない。問題はもう一つの鍵で、これはドアの内側に取り付けられた掛金だった。それが下りていたわけである。ドアとドア枠の間にはまったく隙間がなく、たとえば何らかの道具を使って外からこの掛金を操作することも難しいと見えた。

ここまで聞けば、これはいわゆる密室殺人というやつなのかという話になる。ところが今回の場合、実はそうではなかった。密室と呼ぶには屋根がない――そんな状況だったのだ。

落雷のために穴の開いた屋根。内部からそこに立てかけられた梯子。この梯子を使って屋根の上に出、建物の横に生えた木に飛び移って地上に降りることは容易だった。実際、楠たちはその逆のルートで土蔵の中に入り、ドアを開けたのだという。

犯人は青柳を絞殺し、死体を長持ちに入れ、内側からドアに掛金を下ろした上で、屋根から外へ脱出したと考えられる。とすると、少なくとも足にハンディのある人間にはそのような行動は不可能だったはずだ、という理屈になるわけである。

「しかし、何で犯人はわざわざそんなまわりくどいことを」

叶が訊くと、楠はすぐにこう答えた。

「死体が発見されるのを少しでも遅らせるため。そう考えて間違いないでしょうね。発見が遅れれば遅れるだけ、犯行時刻の推定は曖昧になる。これは犯人にとってメリットだろうから」

「長持ちの中に入れたっていうのも、同じような理由だということですか」

「そうですね。もう一つ、青柳の飼っていた犬が同じ土蔵の中に閉じ込められていたという事実があって、思うにこれも、犬だけを庭に残しておいては怪しまれるという計算だったのではと。実際、お手伝いの市川登喜子は、昨日の午後に仕事のため青柳の家を訪れているんですが、その時は、犬の散歩にでも行っているのだろうと思って深く気には懸けなかったという話で……」

「なるほど」

「ざっとそんなところかな。いずれにせよ、先週の事件と同じ犯人の仕業だろうという見解で、合同捜査本部が設置されることになりました」

「じゃあ、このあいだ捕まえたと云っておられた別荘荒らしの男というのは？」

「ああ」

痛いところを突かれた、という声音《こわね》だった。

「無関係だったたってことになるんでしょうね。いやはや、まったく難儀な事件になったものです。どうも昔から、こういうややこしい話は苦手で」

「陣頭に立った警視殿がそんな弱音を吐いていちゃ困りますよ」

柄にもない台詞《せりふ》だな、と思いつつ叶が云うと、楠は「確かに」と苦笑混じりの声を返した。

「とにかくまあ、明日香井君によろしく。解決に知恵を貸してくれるのなら大歓迎だから、と伝えておいてください」

3

＊被害者氏名　青柳洋介
性別　男
年齢　四十九歳
血液型　A　RH＋
身長　百六十六センチメートル
体重　四十七キログラム

＊死体所見　死因は、頸部《けいぶ》圧迫に基づく窒息死。索状物《さくじょう》による絞殺である。索状物は頸《けい》部を後ろから一周しており、結節は施されていない。昆虫による若干程度の死後損壊の他には、特筆すべき外傷はなし。
死後硬直の緩解《かんかい》、腐敗変色および血管網の出現等の死体現象より、死亡時刻は二十二日夜から二十三日早朝にかけての時間帯にあると推定される。

＊凶器
死体の頸部に残っていたパンティストッキング。色、サイズなどの一致から、先の美島夕海殺害事件において現場から持ち去られた物品のうちの一つである可能性が大。

＊指紋、その他
死体発見現場である被害者宅の土蔵内およびその周辺、あるいは母屋から、捜査上有効と思われる指紋や足跡の類は検出されず、指紋については、犯人があらかじめ手袋などを使用した可能性が大きい。足跡については、二十三日朝からまる一日以上降りつづいた雨（屋根の破損のため、土蔵の内部にも多く降り込んでいる）によって消されたものと考えられる。

4

八月二十七日、日曜日。

気持ち良く晴れ渡った空の下、中央高速を走るパジェロのエンジンは快調だった。ハンドルを握るのは深雪、助手席には今朝退院したばかりの響が坐っている。同じ道を同じコンビで走ったのが、ちょうど十日前。外を流れる景色は気のせいか、その日数分だけ秋に近づいたように思える。

「大丈夫？　ヒビクさん。気分が悪くなったらすぐに云ってね」

深雪は時々助手席に目を流し、念を押す。病み上がりで長距離のドライブは辛いだろうなと気を遣《つか》っているわけだが、そのたびに響は黙って頷《うなず》くだけだった。十日前と同じく例の真っ黒なサングラスをかけているため、なかなか細かい表情は窺《うかが》えない。

昨日の午後、病室を訪れた深雪と叶の口から青柳洋介が殺されたことを知らされた時の響の反応は、意外なほどに冷静だった。

眉をひそめ、小さく舌を打った。「そうか」と低く応え、深雪たちの顔から目をそらした。

叶が楠から聞いた事件のあらましを話すと、「死後二、三日は経っているだろう」という点にまず注目したようで、

「一昨日にはすでに殺されてたってわけか」

そう呟いて下唇を噛んでいた。

響が病院からの電話で、青柳の動きに気をつけろといった旨の「忠告」を楠に伝えたのが、昨日から見て「一昨日」——すなわち二十四日木曜日のことだったという。その時点で彼は、少なくとも青柳が鳴風荘事件の重要な鍵を握っているに違いないと判断していたことになる。ひょっとするとそこで、青柳が命を狙われる危険性があることも予測していたのかもしれない。

ところが、青柳が殺されたのはその二十四日以前のことだった。響が楠に「忠告」した段階で、もはや手遅れだったというわけである。

下唇を噛んだ響の表情は、そのことを口惜しがってのものだったのか。それとも、どうしようもなかったのだと自らを慰めようとしていたのか。どちらとも取ることは可能だったし、おそらくはその両方だったのだろう。

新たな事件の展開に対するその後の響の対応は、叶や深雪の予想を裏切ってしごく落ち着いたものであった。どうせあと一日くらいは待たないと警察にも基本的な情報

は集まらないだろうから、ここで自分が焦《あせ》ってみても仕方がない。そう云って、ごろりとベッドに仰向けになった。

「明日の朝には退院だから」

天井を眺めながら、響は云った。

「今夜はまあ、せいぜいゆっくり休むとしようか。カナウ、楠に連絡しておいてくれるかい。明日の昼頃にでもぼちぼちそっちへ向かうからって。できれば半日ほどつきあってくれないかとも頼んでおいてくれ」

そして、今――。

響は深雪と二人で信州へ向かっている。

昨日の午後の段階では、今回は叶も同行するという話だったのだけれど、昨夜になって東京で何やら大きな事件が発生して招集をかけられ、一緒に来られなくなってしまった。自ら望んだこととはいえ、まったく刑事の妻というのも大変だな、と深雪は溜息をつきたくなる。

あまり表には出していないが、一昨日の夜から昨日、今日と、実のところ深雪はこの上なく憂鬱《ゆううつ》な気分でいる。

鳴風荘で夕海が殺された時には、殺人という異常事態が身近で勃発《ぼっぱつ》したショックばかりが先に立ち、何だか妙に現実感が乏しくて、だから友人を失った悲しみに心が覆い尽くされることもなかったのである。東京へ帰ってからもずっとそんな状態が続いていたのだが、一昨夜に知らされた青柳の死によって一気に、それまで希薄だった感情の濃度が倍加したような感じなのだった。

かつて親しくした友人の死。

かつて慕《した》った教師の死。

二つの死が、紛れもなく「現実の死」としての意味をもって重々しく心にのしかかってきたわけだ。そうすると、叶や響がそれらの死を単なる「事件の要素」としか捉えていないように見えてしまうことが、何となく苛立《いらだ》たしく感じられてもきた。けれど考えてみれば、夕海にしても青柳にしても、響にとってはつい十日前に初めて顔を合わせて若干の言葉を交わしただけの間柄にすぎないのである。叶においては、青柳とは会ったことすらない。自分と同じようにもっと悲しめ、などと云ったところで無理な話だとは分かっていた。

そうだ。分かっている。

いくら悲しんでも仕方がない。憂鬱がっていても仕方がない。——分かっているから、なるたけいつものように明るく、あっけらかんとふるまおう。そう思う深雪であった。

「ねえね、ヒビクさん。ほら、計算計算って、いったいどんな計算をしてたわけ？」

高速を降り、国道141号線に入ったところで、深雪は気になっていたことを尋ねた。

「まだ内緒なの？　いい加減に教えてよ、ヒビクさんの推理っていうの」

美島夕海の所持品のうち、鳴風荘のあの現場から持ち去られていたものと残されていたもの、それぞれの詳細なデータ。二十二日火曜日の午後に響から頼まれたそのリストを、深雪は叶と協力して作成し、二日後には響の手許に届けた。持ち去られていた品々については、響の指示どおり、千種君恵に電話して聞き出した情報を元に、なるべく同じ品物を買い集めて病室に持っていった。それがさらに翌日、二十五日金曜日のことであった。

それらの品物について、そのあと響がどのような調べごとをしたのかは知らない。ただ、昨日また病室を訪れた際にちらっと目に留めたのだが、ベッドサイドのワゴンテーブルの上に、何やらたくさんの数字が殴り書きされたノートが放り出してあった。看護婦に頼んで借りたものなのか、電卓とポケットサイズの巻き尺が、同じテーブルに置いてあったのも見た。

いったい彼は何を「計算」していたのか。そしてその「計算」が、事件の解明にどうつながってくるというのか。

正直なところ、深雪にはまるで見当がつかなかった。だいたい彼女は昔から数字というやつが大の苦手で、いまだに家計簿の一つすら満足に付けたことがないのである。

「ねえ。ヒビクさんってば」

深雪が重ねて説明を迫ると、響は深く倒していたシートを起こしながら、

「今日中には」

と応えた。

「青柳氏の殺害現場をこの目で見てみて、もう一度鳴風荘へ行って……そのあとでね」

そして彼は、ちらっと後部座席を振り返る。

本来ならばもう一人乗員のいるはずだったシートには、大型の黒いスポーツバッグが置かれている。先日深雪が買い揃えた「現場から持ち去られていたもの」と同じ品々が、その中には詰まっているのだった。バッグの横には白い紙袋が一つ。これも深雪が、昨日響に頼まれてM市内の金物店で購入したものである。中身は何と、測量

用の大きな巻き尺だった。

日曜日だというのに、車の流れはしごく順調であった。出発時間そのものが早かったせいもあるが、十日前と比べてもかなり快調なペースで、二人を乗せたパジェロは国道を北上した。

清里を通り過ぎ、野辺山高原を突っ切り——。

二つの事件の捜査本部が置かれたU＊＊警察署の前に到着したのは、正午を三十分ほど回った頃のことである。

5

「やあ、元気そうじゃないか」

例のきょろりとした目に笑みをたたえて、楠等一は友人を迎えた。がっしりとした大きな手を無造作に差し出し、響と握手を交わす。「解決に知恵を貸してくれるのなら大歓迎だから」と云っていたというのは、こうして見る限り彼の本音だったようである。

この若い警視に対して響がどんな「貸し」を持っているのか、深雪は知らない。学生時代に楠が働いたという旧悪の数々が具体的にどんな行為だったのかも知らない。しかし彼らの様子を見ていると、変な話だけれど、たとえそれがどのようなものであったにせよ、そこから憎しみや殺意が膨らむようなことは決してないんだろうなと思えたりする。何だかとてもほっとした気持ちになる。

「昼飯はまだ？」

と、楠が二人に訊いた。まだだと響が答えると、

「腹の具合はもう大丈夫なのかな。何でも食べられるか」

「いきなり脂っこいものは辛《つら》そうだね」

「じゃ、蕎麦《そば》でも喰うか。こっちの蕎麦は、はっきり云って京都の百倍うまい」

「賛成」

と、深雪が手を挙げた。

「あたし、おなかぺこぺこ」

楠が自分の車に乗り込み、深雪の運転するパジェロを先導した。そうしてまもなく、三人は国道沿いのとある食堂に落ち着いた。

注文した二枚の盛り蕎麦を、深雪たちよりも早くきれいにたいらげてしまうと、楠は「さぁて」と云ってテーブルに両肘を突いた。

「とりあえず今の段階で判明している事実を話しておかなきゃな。だいたいのことは、弟君から聞いてるよな」

「ああ」

「まず死亡推定時刻なんだが、これは二十二日の夜から翌二十三日の早朝にかけて、という線らしい。いかんせん死体の発見が遅かったもので、かなり大雑把《おおざっぱ》なところまでしか絞れないいんだとか」

「二十二日——火曜日の夜、か」

深雪と叶が二人揃って最初に響の病室を訪れた、あの日である。

「確か東京じゃあ、次の日の朝方からひどい雨が降ったね」

「こっちでも降ったさ。だもんだから、現場付近の足跡はすっかり消されちまってた。ひょっとするとそこまで——雨が降ることまで見越していたのかもしれないな、犯人は」

「ありうるね。台風の影響だったらしいから」

「で、このあいだの事件の関係者たちについては、ひととおりその夜のアリバイを調べてみたわけなんだが」

「僕は入院していた」

何も訊かれないうちから、響が取り澄ました声で云った。

「まだ自由にベッドから出られない状態だったな」

「分かってるって、それは」

「いや。しかし念のため、病院に当たって確認しておいた方がいい」

楠は苦笑する。唇の間からちらちらと覗く八重歯が、こうして見るとなかなかチャーミングだった。

「あたしはカナウ君と一緒に寝てたわ」

響に倣《なら》って、深雪も自分のアリバイを主張した。

「了解了解」

こくこくと顎《あご》を引いて、楠はまた八重歯を覗かせる。

「もっとも、配偶者によるアリバイの証言っていうのは、非常に信頼性が低いことになってます」

「旦那さんが刑事さんでも？」

「一応考慮はしましょう」

ゆっくりと煙草に火を点けながら、楠は響の方に向き直る。

「その他の連中についてなんだが、これは早い話、疑う余地のないアリバイは誰にもなかった」

「真っ当な生活人なら、その時間帯に完全なアリバイなんて持っている方が不思議だろう。寝ていましたと答えるのが普通だ」

「まさに」

自分の吐き出した煙に目をすがめながら、楠は頷いた。

「蓮見皓一郎、蓮見涼子、後藤慎司、杉江あずさ、五十嵐幹世、千種君恵。このうち、蓮見涼子だけはあそこの別荘にいた。他はみんな東京に……いや、五十嵐は甲府か。いずれにせよ、二十二日の夜から翌朝にかけて、一晩中のアリバイを証明できる者はいない」

「蓮見涼子以外の人間については、こっちまでの往復時間も考慮しなきゃなるまい？」

「もちろんそれも勘定に入れての話だ」

「後藤慎司はバイクをこっちに——青柳氏の家に置いたままなんじゃあ？」

「そう。しかし東京の家には四輪もあるらしい。杉江あずさにしても、家族の車を拝借することができた。自由に使用できる車が身近にないのは千種君恵だけなんだが、だから除外していいのかというと、そうはいかない。列車、バス、タクシー、レンタカーと、他にも手段はいろいろあるからな。その辺は目下、鋭意調査中ってことで」

「ご苦労さま。死体の発見を遅らせようとした犯人の工作は、さしあたり当初の目的を達しつつあるってわけだね」

「まあな」

楠はしかめっ面をした。

「いろいろと訊き込みを進めていけば、そのうち何か尻尾を摑めるとは思うんだが」

「せいぜい地道に歩きまわってくれ」

と云って、響は皮肉っぽく唇を曲げた。ポケットから煙草を取り出すと、例の黒いジッポーで火を点ける。しみじみと紫煙をくゆらせる様子を横目で見ながら、せっかく何日も禁煙していたのに、と深雪は思うが、云っても詮《せん》ないことと分かりきっているから口には出さなかった。

「ところで、一昨日から昨日にかけて青柳の家を隅々まで捜索した結果、興味深いものがいくつか出てきた」

楠は報告を続けた。

「まず、裏庭に古い焼却炉があってね、市川登喜子によれば、普段はめったに使っていないらしいんだが、この中から新しい灰が見つかったんだ」

「はあん。最近になって何かを燃やしたと？」

「ああ。灰の分析は今やらせているところだが、中には燃えきらないで残っていたものもあってね。ベルトや鞄《かばん》の金具とおぼしき金属、それからドライヤー、懐中電灯」

聞いていて、深雪は思わず「あ」と小さな声を洩らした。ちらりと一瞥《いちべつ》をくれ、楠は頷いてみせる。

「凶器に使われたパンストと合わせて、これで鳴風荘の事件と今回の事件との密接な関連が証明されたことになる。犯人は同一人物だと考えて間違いないだろう」

「そのようだね」

「犯人は美島夕海を殺したあと、現場から持ち出した例の品々をまず、どこか離れた林の中にでも埋めるなりして隠した。あるいはその時点でもう、青柳の家に運んで庭のどこかに隠しておいたのかもしれない。鳴風荘から青柳邸まで、車で十五分足らず。歩いても行けない距離じゃない。二十二日夜の青柳殺害に先立って、犯人はそれを掘り出した。そして、パンストの一つを凶器に使い、残りを焼却炉で焼いた。——こんなところかな」

「大きな異議はなし。——懐中電灯っていうのは、なくなっていた品物のリストに含まれていなかったと思うけど」

「確かに。それだけは、たとえば青柳殺しの際に用意したものだったってことかな。不要になったので一緒に処分しようとした」

「考えられないことはないね」

響は慎重に言葉を選んでいるふうである。楠は話を進めた。

「青柳の家から他にも一つ、面白いものが見つかっている。書斎に使っていた部屋の机の抽斗から、いかがわしい写真が出てきたんだ」

「いかがわしい……と云うと？」

「それがその」

同席の女性——つまりは深雪——の気分をおもんぱかってだろうか、楠はちょっと口ごもって、

「要するに、どうもあの先生、同性愛の趣味があったみたいなんだな。その手の、かなり露骨な写真が何枚も出てきたわけでね。書棚にはそっち方面の雑誌もあった」

「ははあ」

響はサングラスのブリッジに指を当てる。

「何となくそんな気はしていたんだが、やっぱりそうか」

鳴風荘での夜、青柳がみんなに贈った肖像画を見て、確かに響はそのような感想を

口にしていた。女の子たちよりも男の子たちを描く筆の方に、妙に力が入っているんじゃないか、と。彼がずっと独身でいるのはそのせいなんじゃないか、とも勘ぐっていた。あの時、深雪は「ゲイに偏見持ってるの？」とつっかかったものだったが……。

「日記の類はなかったのか」

と、響が質問した。楠は首を振って、

「そういう習慣はなかったらしい」

「電話使用の記録やなんかはもう調べたのかい」

「ああ。とりあえず判明しているのは、鳴風荘の事件のあと何日かの間に、深雪さんを除くあの事件の関係者の家へ、それぞれ少なくとも一回は彼の方から電話をしているってことか」

「あたしは自分から電話したから」

深雪が口を挟んだ。

「みんながどうしてるのか、画伯、やっぱりずいぶん心配していたみたい。だから……」

「最後に青柳氏が電話をかけた相手は？」

と、響が訊いた。

「二十二日の夕方六時頃に、後藤の家へ電話している。この時後藤は外出していて、電話には彼の母親が出た」

「ふん。――最後に青柳氏と会ったのは誰だったんだろう」

楠は不本意そうに眉を寄せ、

「それは俺たちだった」

と、吐き出すように答えた。

「二十一日の午後に署まで呼び出したのさ。例の別荘荒らしの顔を見てもらおうと思って」

「なるほど。面通しの結果は？」

「よく分からない、の一言だったよ」

「こっちで農場を経営している青柳氏の兄っていうのは？」

「普段からほとんど連絡を取り合うことはなかったらしいな。さすがに喪主はその兄が務めるみたいだが。葬儀は明日、執り行なわれる予定になっている」

「そうか」

軽い溜息をつきながら、響は左手を上げて腕時計を見た。

「そろそろ行こうか、楠。これから現場を見せてくれるんだろ?」

6

沈没した古い船――。

十日前の午後、十年ぶりにその建物を見た時と同じ言葉が、深雪の心には浮かんだ。

単に難破して沈んだのではなく、いきなり砲撃を受けて撃沈されてしまったような。

青柳邸の庭に建った土蔵の様子は、それを取り巻く風景も含めて、十日前とまるで変わるところがないかに見える。だが、時間《とき》は確実に移ろい、世界の意味は変化を遂げている。かつてこの建物をアトリエとして使っていたというこの家は主は、すでに生ある者ではないのだ。

「そっちの木に登って、あそこから屋根に飛び移って……」

身振り手振りを交《まじ》えながら、楠が響に説明している。一昨日彼らが死体を発見した際、どのようにして鍵の掛かったこの土蔵の中に入ったのか、を。

響はサングラスを外して上着のポケットに入れ、右手の指をVの字にして瞼の上を押さえる。退院していきなりの遠出は、やはりいくぶん応えているのかもしれなかった。

楠が先に立ち、入口に向かった。外側の二枚扉が開かれ、その向こうに片開きのドアが現われる。

「見てのとおり、このドアの造りはしっかりしたもんだ。枠との隙間もまったくない」

「虫が入ってこないように、これに替えたらしいからね」

響は楠の横に進み出、しげしげとドアの様子を観察する。

「東京みたいな大都市に長年住んだ人間っていうのは、密閉された空間が身近にないと気分が落ち着かない。そんな心理もあったんだろうな、きっと」

三人は中に入った。薄暗い土蔵の内部には、あちこちに白い粉が残っている。鑑識課員たちの仕事の跡である。

「その長持ちの中に、死体があった」

と、楠が奥を指さす。

「もともとは何も入っていなかったもののようだ」

「青柳氏が使っていた杖は、どこに？」

「一緒に入っていた。ついでに云うと、左足の義足も付けたままだったよ」

「あそこに梯子がかかっていたわけだね」

そう云って、響が天井を見上げる。屋根に口を開けた大きな穴から射し込む外の自然光。十日前青柳に案内されてここに入った、あの時と大差のない様子だった。

「そこの脚立を伸ばして、梯子にしてあった。ちょうど上まで届く長さになる」

と、楠が説明する。

響は穴の下まで足を進め、腰に両手を当ててもう一度頭上を振り仰いだ。小さく鼻を鳴らして独り頷くと、今度は入口のドアの方へ戻り、問題の掛金に顔を寄せる。

こちらから向かってドアの右側、ノブのすぐ上で胸よりもいくらか低い位置に、掛金は取り付けられている。ドア枠に固定された回転式の落とし金をドアの受金に落としてロックするという、お馴染みの形式のものだ。上げた落とし金が逆回転してしまわないよう、そのストッパーの役割を果たす金具が斜め右上に打ち込んである。

「こいつに何か、細工をしたような形跡はなかったのかな」

と、響が訊いた。すると楠は、

「それなんだ」

まるで「待ってました」とでもいうような語勢で声を返した。

「話がややこしくなるから弟君には云わなかったんだが、実はだな、その掛金には糸が結びつけてあったんだ」

「糸？」

響は眉を吊り上げる。

「どんな糸が」

「黒い木綿の縫い糸だった。どこにでも売っているような品さ。それがその掛金に結びつけてあって――」

「落とし金の方？」

「ああ。先っぽの、つまみのところだ。そこからこう、床に垂れ下がっていた。長さは二メートル半と少しあったか」

「ふうん。黒い木綿の糸ねえ」

「だからまあ、当然考えたわけさ。こいつはその糸を使って、外から掛金を操作しようとしたのかな、と。しかし見てのとおり、そのドアのまわりにはこれっぽっちの隙間もない。無理に糸を通しても引っ張ればすぐ切れちまうだろう。鍵孔もドアを貫通しているようなタイプのものじゃないから、使えない」

云いながら、楠はぐるりと周囲を見まわし、

「明り採りの窓がいくつかあるが、あのとおりどれもガラスが入っている。屋根の穴から外へ出す手もあるが、仮にそうしたのだとしても、そんな細い糸じゃあこれまた穴の縁にこすれて切れちまう」

「確かに」

「こりゃあ事件とは関係のないことなのかもしれない、と俺は思った。ところが昨日――」

ちょっと言葉を切ってから、楠は云った。

「同じ黒い糸が、あの犬に付いているのを見つけたんだ」

「タケマルに？」

「そうだ。首輪に結びつけてあった。長さは四、五十センチ。掛金の糸と合わせると、三メートルちょいになる」

「ははあん」

「あ、分かった」

思わず高い声を上げたのは深雪である。

「犯人はタケマルを使って掛金を下ろしたわけね。ねっ、そうよね？」

愉快そうな笑みをこぼして、楠は頷いた。

「こんな具合だ。落とし金の先と犬の首輪を三メートルほどの糸でつなぐ。落とし金はストッパーのところまで上げた状態になっている。犬はドアの右側の、そのあたりに坐らせておく。それから、たとえば生肉か何かの食べ物を、ドアの左側――あっちの隅っこに置く。犬には『お預け』を命じておいて、外へ出る。ドアを閉めたあとで、『お預け』を解く。すると、犬はまっすぐ肉の方へ向かうだろう。糸が落とし金を引っ張って回転させ、掛金が下りる。犬が肉に喰いついた時には、糸はさらに引っ張られて途中で切れる。――どうだ？」（「掛金のトリック図解」P.422参照）

「お前にしてはよく考えたじゃないか」

響が云うと、楠はにいっと八重歯を見せて、

「馬鹿にするな。これでも人並みに推理小説は読んでる」

「それはそれは」

「いま云ったようなトリックが実行されたと考えると、死体がわざわざ長持ちに入れられていたことにも積極的な説明がつくと思うんだが」

「ふん」

「この蔵に呼び出して殺したにせよ、別の場所で殺したのを運んできたにせよ、仮に

死体を長持ちに入れずに置いておいたとしたら、どうなったか。犬は餌の方へ向かう前に、死んだ主人のそばへ駆け寄ってしまうかもしれない。それで糸が切れてしまったら元も子もない」

「あるいは、こんなふうにも考えられるね」

　響が意見を差し挟んだ。

「腹を空かした犬にしてみれば、人間の死体も単なる食べ物の一つに見えてしまうかもしれない。たとえそれが自分の主人の死体だったとしても」

「そんなぁ」

　深雪が声を洩《も》らすと、響は淡々とした調子で、

「タケマルが実際にそんなことをするかどうかっていう問題じゃない。これはつまり、その可能性を犯人が想像したかどうかの問題さ」

「それは分かるけど」

「おそらくこの事件の犯人は、そこまで想像したんだろうなと僕は思うんだ。だから、死体を長持ちの中に入れてタケマルの目から隠した」

　そして響は楠の方に向き直り、

「で、警視殿」

と口調を改めた。

「続きは？」

「普通にこれが密室殺人だったのなら、とりあえず今のでめでたくトリック解明だよな。ところが、この事件はそうじゃない」

かすかに首を振り動かしながら、楠は天井に目を上げる。

「密室と呼ぶには屋根がない。しかも梯子までかけてあった。屋根から木に飛び移って地上へ降りることも簡単だった。なのにどうして、犯人はそんなトリックを使ったのか」

「どうしてなんだろうねえ」

「もう分かってるんだろ」

と、楠は響をねめつけ、その問題に対する彼の見解を示した。

「犯人は屋根の穴からこの土蔵の外へ出たのだ、とやっこさんは見せかけたかったってことだ。そういう行動の可能な人間——つまり足にハンディのない人間が犯人だ、と俺たちに思わせたかった。これは要するに、犯人は実は足にハンディがあった、ということなんじゃないか。実際には屋根からの脱出が不可能である自分を容疑の外に置くために、犯人はわざわざこんな不完全な密室状態を作り上げたってわけだ」

7

青柳邸をあとにすると、三人はまっすぐU＊＊署に戻った。現場から持ち去られずに残っていた美島夕海の所持品が署に保管されていると聞いて、響がそれを見ておきたいと云いだしたからである。

テーブルに出された物品の数々をひとわたり眺めると、響は楠の了承を得て、そのうちの一品を取り上げた。向こう側が透けて見えるようなジョーゼットの、黒い半袖ブラウスである。その次に手を伸ばしたのは、黒い膝丈のタイトスカート。さらにはブラジャーやショーツまで手に取って見ていたが、深雪には何で彼がそんなものに興味を示すのかよく理解できなかった。

そのあと響は、ソーイングセットの入ったポーチに深雪たちの注意を促した。今度は楠に指示して、その中身を確認させる。

「黒い糸がないいんじゃないかい？」

響に云われて、楠は「あっ」と虚を突かれたような声を上げた。

「どれどれ」

と、響は楠の手許を覗き込み、

「――ふん、やっぱりね。白に緑、茶色、それぞれ一巻きずつ揃っているのに、黒だけがない」

「確かに、ない」

「赤い糸がないのは夕海の趣味の問題として片づけられるけれども、ここにあるブラウスとスカートは黒、持ち去られていたシャツもトレーナーもズボンも、みんな黒だった。なのに彼女が黒い糸を持っていなかったはずがない。ということは?」

「犯人が持ち去ったのか」

「だろうね」

響は迷いなく頷いた。

「そしておそらく、さっきの土蔵でドアの掛金を下ろすのに使われた黒い木綿の糸というのは、それと同じものであるに違いない」

さて、このあと三人はU**署を出て鳴風荘に向かうことになる。響の要請に従い、昨夜のうちに深雪が訪問の約束を取り付けておいたのだった。鳴風荘には現在も蓮見涼子が滞在を続けており、この週末からは夫の皓一郎もまたやって来ているという。

約束の時間は午後五時である。

8

鳴風荘の駐車場には、黒いソアラと赤いローバーミニが並んで駐《と》まっていた。ソアラは蓮見皓一郎が乗ってきたもの。ミニの方は涼子がこちらでの足として使っている車で、十日前に来た時にもここにあった。

C館の外壁に描かれたキリンの絵は、前よりもいくらかは進行しているようだった。胴体はほぼ欠けたところがなくなり、首の部分にもだいぶ色が塗られている。

響はパジェロの後部座席からスポーツバッグと紙袋を下ろし、紙袋の方はバッグの中に突っ込んで、玄関に向かった。時刻はもう五時を過ぎているが、暗くなるまでにはまだずいぶん間がある。

蓮見夫妻が揃って三人を出迎えた。先週来ていたという涼子の母親は、蓮見と入れ違いに東京へ帰ったらしい。

蓮見皓一郎は、相変わらず太ってころころとしている。涼子は、今日は作業用のツナギではなく、涼しげなターコイズブルーのブラウスに白いスカートといったいでたちだった。こういう衣装も、彼女にはたいそうよく似合う。

「こんにちは」

涼子はにこやかに挨拶《あいさつ》したが、その面差しには微妙な緊張が見て取れた。

「もうお身体の方はよろしいんですか、明日香井さん。盲腸の手術をされたとか？」

「今朝、無事退院してきました。どうも先日はお騒がせしまして」

響はまたサングラスをかけている。蓮見たちの前ではヒビクさんではなくカナウ君なんだからね、とさっき深雪が念を押したばかりだった。

「青柳画伯が大変なことになったんですってね」

と、蓮見が云った。彼の方の緊張は「微妙な」どころではないようである。

「まったくもう、いったい誰がそんな……」

「明日のお葬式、二人で行くつもりなんですけど。深雪さんたちは？」

「あ、そうよね。――どうする？　カナウ君」

「ご随意に」

「何だったら――お嫌じゃなけりゃあ、今晩うちに泊まってくださってもかまいませんよ」

と、涼子。響は蓮見の方を見やり、

「また『ファミスタ』でもやりますか」

にやりと笑いかけてから、すっと表情を引き締めて「ところで」と切り出した。

「このあいだの事件の現場を、改めて見せていただきたいんです。そのために今日は、退院したその足ですっ飛んできたわけでして」

夫妻は不安げに顔を見合わせる。

「ご協力をお願いします」

と、横から楠が口を添えた。

「捜査本部としてもですね、ここは少々明日香井君の知恵を拝借したいところなので。こう見えても彼は、なかなか優秀な刑事なんですよ。特にこういった、何と云うか、風変わりな事件については。——な、明日香井君」

「恐縮です、警視」

と、響はもっともらしい顔で頷く。

「どうぞ」と涼子が云って、来客たちを促した。右の足を引きずりながら、広間の方へと向かう。三人は黙って彼女のあとに従った。

広間を抜け、B館からC館へ——。

C館三階の廊下にこぼれていたペンキはすでに拭き取られていたが、床には赤黒いその跡がくっきりと残っていた。いずれはカーペットそのものを取り替えることになるのだろうか。

響はスポーツバッグを持ったまま、涼子のあとを追って螺旋《らせん》状の階段を昇る。その後ろに深雪が、さらに楠、蓮見と続いて四階に向かった。

事件現場となったベッドルームの前で、響はふと足を止めた。部屋に沿って延びた廊下の奥に目を投げ、涼子に向かって尋ねる。

「あのドアは?」

廊下の突き当たり右手には、一枚の扉が見える。

「物置部屋か何かなんでしょうか」

この階に造られた客用のベッドルームは一室だけだが、その他にもう一つ小さな部屋がある。例の楠からの報告書に添えられていた建物の見取り図を見て、深雪は初めてその存在に気づいたのだった。十八日の朝、響に連れられてここへ上がってきたあの時には、とてもこの廊下の奥にまで目を向ける心の余裕がなかったから。

響の質問に、涼子はすぐに「はい」と答えた。

「物置といっても、置いてあるものは大してないんですけど」

「見せていただけますか」

「もちろん」

廊下の奥まで進み、涼子がそのドアを開ける。

窓のない三畳ほどの広さの物置部屋は、涼子の云ったとおりがらんとしたものだった。掃除道具、古い石油ストーブ、灯油用のポリタンク、段ボール箱がいくつか。その程度の品物がまばらに置かれているだけである。

入って右手に、さらに一枚のドアがあった。

「ルーフバルコニーに出る扉ですね」

涼子に確認してから、響はその前へと向かう。鍵は掛かっておらず、響がノブを回すとドアは外側に開いた。

「出てみてもいいですか」

「ええ、どうぞ」

響のあとを追って、深雪と楠も外に出た。

広々としたルーフバルコニーは、屋上という言葉の方がふさわしく思えた。剝《む》き出しのコンクリートの床。周囲には高さ一メートル足らずのコンクリートのフェンスが巡らされているだけなので、たとえば子供が遊び場に使うにはいささか危険すぎる。

「わあ、いい眺めねえ」

この夏もそろそろ終わりに近づいている。そこかしこにそんな気配を含んで広がる山の風景に目を細めながら、深雪はそろそろとフェンスに歩み寄る。

響は持っていたバッグを床に置き、フェンスから外へ首を突き出して地上を覗いたりしていたが、楠はドアの付近で足を止めたきり、一歩も動こうとはしなかった。高いところは得意ではないのかもしれない。

屋内に戻ると、響は涼子に尋ねた。

「この物置に、懐中電灯は置いてありませんでしたか」

「懐中電灯？」

涼子は首を捻り、

「さあ……。よく把握《はあく》していないんですけど、ひょっとしたらその段ボール箱の中に一つくらいあったかも。調べてみましょうか」

「いや、それには及びません」

青柳邸の焼却炉から見つかったという懐中電灯のことを、彼は考えているのだ。それもまた、あの事件の夜に犯人がここから持ち去ったものだったと、そう云いたいわけだろうか。

彼らはそして、問題のベッドルームに入った。

十八日の朝に見たあの光景――髪を切られた夕海の死体がそこに転がっていた――が否応なく脳裏に瞬《また》き、深雪はぶるりと首を振った。響はバッグを置いて部屋の中をうろうろと歩きまわったあと、ヴェランダに出た。西の空に高度を下げた太陽の光が、とても眩《まぶ》しい。

黒い鉄製のパイプで造られたフェンスに胸を押しつけ、響はここでもまた地上を見下ろす。この下には例の池があるはずだった。

十日前――十七日の夕方にこの鳴風荘を初めて訪れ、響と二人で庭を散歩した時のことを思い出す。池に造られた飛び石を伝って噴水の島まで行ったところで、このヴェランダに立って遠くを眺める夕海の姿を見かけたのだったが……。

「さてと、これから少しばかり手伝ってほしい作業があるんだけれども」

室内に戻ってしばらくしたところで、響は楠に向かってそう云った。「警視殿」に対する「平刑事」の態度を装っていないのは、この時蓮見と涼子がその場にいなかったからだ。夕飯の支度をするのでと云って、二人して部屋を出ていったのである。

「作業？」

楠はきょろりとした目をしばたたいて、

「何をやらせようって云うんだ」

するると響は、ベッドのそばに置いてあった例のスポーツバッグを開け、中から巻き尺の入った紙袋を取り出した。

「ちょっとした測量をして、確認したいんだよ。一人じゃあ難しいから、頼む」

楠は戸惑い顔で「ああ」と応え、

「そりゃあまあ、手伝うことは手伝うが、いったいお前……」

「それが済んだらもうおしまいだから」

「おしまい？　と云うと」

「すべて分かったたってことさ」

響はきっぱりと云った。楠はいよいよ戸惑いの面持ちで、

「本当かよ、明日香井」

「本当さ。本来なら明日、青柳氏の葬儀のあとにでも関係者を全員ここに集めて、『さて』とやるべきところなんだろうが」

言葉を切って小さく息をつき、響はおもむろにサングラスを外す。あらわになった彼の目に一瞬、何かしらどうしようもなく物憂げな色が浮かんだように、深雪には見えた。

「どうもその、そういう気にはなれなくってね」

わざと感情を抑えたような淡々とした声で、響は云った。

「今晩でもう、けりをつけてしまいたいんだ。このあと――日が暮れてしばらくしたらになるかな、そこで全部話してしまって、あとはお前に任せる。いろんな意味で、その方がきっといいだろうと思うから」

○掛金のトリック図解

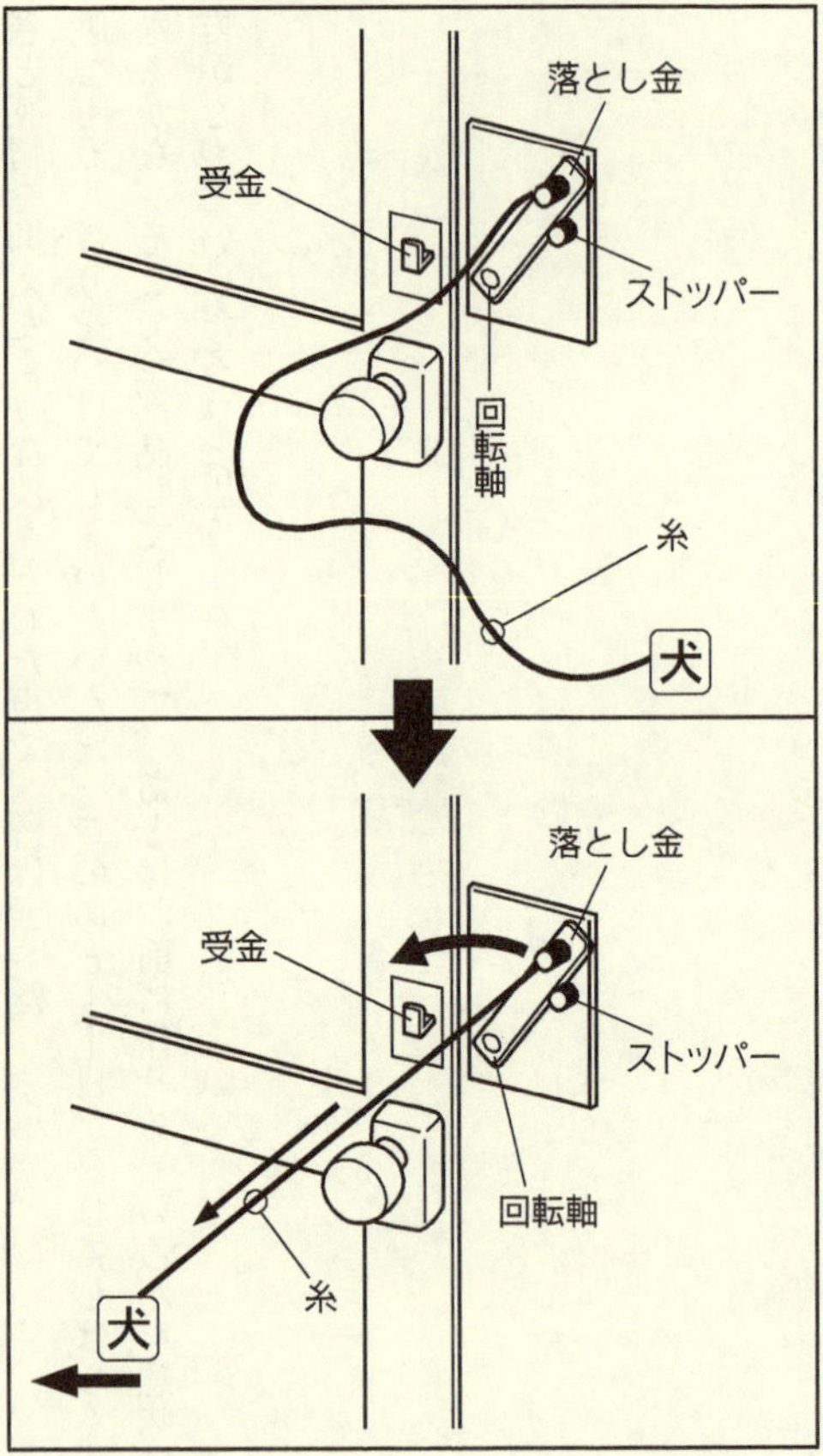

ではここで、謹《つつし》んで読者の注意を喚起《かんき》する

かねてより敬愛してやまぬ先人の例にのっとり、それがまったく無謀かつ不遜《ふそん》な行為となるかもしれぬことを重々承知した上で、作者はここにおいて、親愛なる読者諸氏に挑戦する。

美島夕海および青柳洋介を殺害した犯人は誰か？

また、その答を導くための論理的根拠は？

本編のこの段階までに、読者諸氏は右記のささやかな問題に対する正しい解答を示しうるのに必要な情報のすべてを入手されている。

いまだ示されざる情報もあるではないかとの反論も予想される。たとえば明日香井響が病室において行なった「計算」の何たるか。たとえば彼が鳴風荘を再訪して行なった「測量」の何たるか。確かに、彼が真相の解明に先立って実行したそれらの行為の具体的内容は、ここではまだ明らかにされては

いない。しかしながらそれらは、純粋に論理的あるいは心理的な考察および洞察によって彼が辿《たど》り着いた解答を、あくまでも確認するために必要な作業であったにすぎない。慧敏《けいびん》なる読者諸氏においては、彼がどのような「計算」を行ない、どのような「測量」を行なう必要があったのか、それらを正しく云い当てることもすこぶる容易なはずであると、作者は確信する。

　また、次章で披露される明日香井響の推理は、それが実際の犯人逮捕に結びつくまでには、まださらに二、三の確認調査を必要とする。その確認調査がどのようなものであるのか、これも現時点において充分に推測可能であるということを、ここに明記しておきたい。

XI　犯人が指摘される

1

「ねえ蓮見君。この家、変わった家だけど、ほら、秘密の通路とか隠し部屋とかね、そういった仕掛けはあったりしないの？」

涼子が淹《い》れてくれたハーブティーを一口啜《すす》ってから、深雪はそろりと蓮見に訊いてみた。——鳴風荘A館の広間にて。中庭に面した窓のそばに置かれた円《まる》い小テーブルを、深雪と蓮見、涼子の三人が囲んでいる。

「ありませんよ、そんなもの」

銀縁の眼鏡の奥で、蓮見はぱちぱちと小さな目を瞬《また》かせた。

「やっぱり？」

と云って、深雪は軽く頰を膨《ふく》らませる。

「せっかくだからこっそり造れば良かったのに、そういうの」

時刻は午後七時四十分。すでに日は暮れ、窓の外は暗かった。庭の外灯が、闇《やみ》のところどころに白く滲《にじ》んでいる。

「今日は全然、風の音がしないのねえ」

「たまにはそんな日もありますよ」

「カナウ君たち、いったいどんな『実験』をするつもりなのかなあ」

「さあ」

響と楠はこの場にいない。蓮見夫妻に勧められて先ほど夕食をご馳走になったあと、二人してC館の方へ行ってしまったのである。

「これからちょっとした実験をしてみるから」というのが、席を立つ際の響の弁だった。「今日の風の状態ならたぶん大丈夫だろう」とも云っていた。そして、楠には「実験」の手伝いを、あとの三人にはこの広間のこの窓辺の場所での待機を命じたのであった。

響と楠は夕食の前にも、二人で例の「測量」を行なっている。それがいったいどのような測量だったのか、結局深雪は知らされていなかった。「夕飯の支度を手伝いに行ったら？」と響に云われ、あの場を追い出されてしまったからである。深雪が不満を表明すると、「どうせあと何時間かしたら分かることだから」とあしらわれた。

「木綿の糸を一巻き貸してくれって云うから渡したんだけど、その実験に必要なわけかしら」

と、涼子が云った。小首を傾《かし》げながら、深雪は昼間に訪れた青柳邸の土蔵を思い出す。

（糸かぁ）

あのドアの掛金を下ろすのに使われた（と楠が推理した）糸。夕海のソーイングセットの中から持ち去られていた（と響が推理した）糸……。

「十五分経《た》ったら外を見てくれって云ってましたよね」

と云って、蓮見が窓の方へ身体《からだ》を向ける。深雪は腕時計を見た。もうすぐ七時四十五分になろうとしている。響たちが出ていったのは七時半頃だったから、そろそろである。

それまでソファの上に寝そべっていたポテが、のそのそと起き出してこちらに向かってきた。途中で一度大きな伸びをしたあと、「うにゃあ」と例の間延びした鳴き声を投げかけて深雪の足にじゃれついてくる。手を下ろして背中を撫《な》でてやりながら、

「タケマルはどうなるのかな」

ふと思ったことを呟《つぶや》いた。

「画伯のお兄さんっていう人が引き取るのかなあ。それとも……」

「ポテとの相性が悪くなけりゃ、うちで貰ってもいいんだけど」

と、涼子。夫に向かって「いいわよね」と同意を求める。ティーカップを口に運ぼうとしていた蓮見が、ちょっと困った顔で返答をためらった――その時だった。

「あっ」

真っ先に声を上げたのは深雪であった。

「あれ見て。ほら」

と窓の外を指さす前に、蓮見と涼子もそちらへ目を向けていた。

中庭の向こうに建つC館。その四階西側――ちょうどあのヴェランダのあたりになるだろうか。そこで今、突然小さな赤い炎が燃え上がったのだ。

息を呑《の》んで三人が見守る中、炎は数秒のうちに勢いを弱め、まもなく闇の中をすうっと流れ落ちていった。それが視界から消えたあとも少しの間、赤と黒と金色の入り混じった帯のような残像が、深雪の目には残った。

「今のは……」

呟きながら、涼子がソバージュヘアを掻《か》き上げる。その声に重ねて、深雪が「火の玉？」と首を傾げた。思わず口を衝《つ》いて出た言葉であった。

「まさか」

涼子は掻き上げた髪を押さえつけたまま、

「四階のヴェランダで、誰かが何かを燃やしたのよ」

「明日香井さんたちが？」

おずおずと蓮見が云った。

「じゃあ、今のがさっき云ってた『実験』だったわけかな」

「行ってみましょ、あっちへ」

「ああ、うん」

三人は広間を飛び出した。

B館からの廊下を抜け、C館の一階へ。そうして二階への階段を昇りかけたところで、

「やあ、皆さん」

と、背後から声をかけられた。響の声である。

「意外にうまくいきましたね」

どうやら彼は、階段の手前にあるこの棟の裏口から、たったいま入ってきたものらしい。

「ヒビク……じゃない、カナウ君っ」

深雪が訊いた。

「今の炎は？　あれはカナウ君たちが？」

「だから、実験をしてみると云っただろう」

響はにこりともせずに答えた。

「事件の夜に青柳氏が目撃した『火の玉』を、ああして再現してみたわけだよ。どうだった？　それらしいものに見えたかい」

「う、うん。だけど……」

「よし。じゃあ上へ行こうか。楠警視が四階のあの部屋で待っている。詳しい説明はそこで。——蓮見さんと涼子さん？　あなたたちもこの話、聞きたいですよね」

2

四階のベッドルームでは、響の云ったとおり楠が皆の来るのを待ちかまえていた。

室内の様子にこれといった変化はない。ヴェランダに出るガラス戸は閉まっている。深雪はとことことそのそばまで駆け寄り、ガラスに額をくっつけて外を覗《のぞ》き見た。

「何も残っていないよ」

響が云った。

「せいぜいフェンスの鉄パイプに煤《すす》が付いているくらいだろう」

「煤……。ね、何を燃やしたの」

深雪が振り返って訊くと、響はゆっくりとベッドの方へ足を進めながら、

「僕のハンカチ」

と答えた。

「ただし、物置のポリタンクに入っていた灯油を少々染み込ませて、燃えやすいように処理したものでね。それをヴェランダのフェンスに結びつけておいて、下からライターで火を点《つ》けた」

そう聞いても、深雪は首を捻《ひね》らざるをえない。

「下から、って？　どうやって下から火を点けたって云うの」

「導火線を作って垂らしたのさ」

云って、響はズボンのポケットに右手を突っ込んだ。そうして中から取り出してみせたものは、一巻きの黒い縫い糸である。

「涼子さん。これ、どうも」

「それが導火線？」

「そういうこと」

響は糸を涼子に手渡した。

「これもやっぱり灯油を染み込ませた上でね、ハンカチに片方の端をくくりつけて、崖の下まで垂らした。下で火を点けると、油を燃え伝って炎は上昇していき、ついにはハンカチに燃え移る。ある程度まで燃えるとハンカチはフェンスから外れて落ちてくる。——とまあ、そんな塩梅《あんばい》さ。

強い風が吹いていたりしたら途中で消えてしまっただろうけど、幸い今夜は風がないからうまくいった。『鳴風荘』という名前が付けられてはいるものの、普段も夜半から朝にかけては『不思議なくらいぴったりと凪《な》いでしまう』っていうから……そうでしたよね、蓮見さん」

「ああ、ええ」

「おんなじようなことが、あの事件の夜にも行なわれたってわけ？」

「そうだよ。もっとも——」

響はベッドサイドのテーブルの上へ目をやる。灰皿と並んで、そこにはアンティークな石油ランプが一つ置かれている。

「あの夜は物置のポリタンクじゃなくって、このランプの中に残っていた油が使われたのかもしれないね。導火線に使った糸はもちろん、美島夕海のソーイングセットからなくなっていた黒い木綿糸だ。そして、その時の炎がたまたま広間の窓辺にいた青柳氏の目に留まって、彼の『火の玉』目撃発言につながった。時刻は——、午前二時半とか三時とか、その辺だったんじゃないかな。フェンスに付着したかもしれない煤は、朝から降りだした激しい雨ですっかり洗い落とされてしまった」

「でも」

そこまで聞かされても、深雪にはまだまるで納得がいかない。

「何でそんなことを？　夕海ちゃんを殺した犯人がやったわけでしょ、それを。いったい何で……ね、分かる？　蓮見君、涼子さん」

彼ら自身もまたあの事件の〝容疑者〟に含まれるのだということをつい忘れて、深雪は問いかけた。二人はそれぞれに不審と不安が入り交じったような顔で、ゆるゆると首を振った。

「だからそれも含めて、これからきっちり説明しようってわけだよ」

そう宣言して、響はベッドの端に腰かける。例のサングラスはかけていないが、

「今晩でもう、けりをつけてしまいたいんだ」と云ったあの時にふと浮かんだ何とも物憂げな目の色は、今は窺《うかが》えない。意識的に、ことさら淡々とした表情を作っているように見えた。

響は煙草に火を点け、少し間《ま》を取る。深雪も蓮見夫妻も楠も、黙って彼の「説明」が始まるのを待った。どうやら楠も、「測量」だの「実験」だのを手伝わされていながら、まだ響の考えをすべては聞かされていないようである。

「まずは、この部屋で起こった美島夕海殺害事件について、これまでに明らかとなっている事実を整理しておきましょう」

やがて響は口を切った。いやに改まった口調、言葉遣いだった。深雪だけではなく、蓮見夫妻と楠警視——この場にいる皆に対して話す。そんなスタンスで始めようということか。

「犯行時刻は十八日の午前一時半頃。凶器はこの部屋にあった銅製の花瓶。諸々の状況から、犯人はあの時この鳴風荘にいた〝内部の人間〟で、なおかつたぶんに突発的な犯行であったと推察されます。

犯行のすぐあとに、地震が起こって三階の廊下にペンキがこぼれた。犯人は指紋を拭き取ったり何なりといった事後工作の後、このペンキを跳び越えて逃げたものと思われる。従って当然〝犯人はペンキを跳び越せた人間〟であり、そこから〝犯人は足が不自由ではなかった人間である〟という条件が容易に導き出されます。すると、事件当時何らかの形で足にハンディキャップを持っていた人間、すなわち青柳洋介、後藤慎司、蓮見涼子、明日香井深雪の四人はこの条件に合わず、除外されることになるわけです。残る人間は蓮見皓一郎、五十嵐幹世、杉江あずさ、千種君恵、そして僕こと明日香井キョウの五人。このうち、蓮見さんと僕には確実なアリバイがあった。

――いいかな？　深雪ちゃん」

深雪は神妙に頷く。二十二日の午後、病室で叶を交えて話し合った内容の簡単な確認であった。

「ところが一方で、これは何度も云っていることなのですが、この事件の考察にあたって最も重要なのは、どうして被害者の髪があのように切断されて持ち去られていたのか？　という問題だと僕は考えます。六年半前に東京で起こった美島紗月殺害事件の際にも同じようなことがあったのはご存じだと思いますが、今回の事件では、この頭髪の切断に加えてさらに妙な事実がある。切られた髪の毛の他にも、実にさまざまなものが現場から持ち去られていたという事実です。

犯人は何故そんなことをしたのか、せねばならなかったのか」

これもまた、病室で響が強調していた問題点の確認である。そして、そうだ、彼はそこで見えてくる「ある推理の筋道」に従うと、犯人は深雪しかいないことになってしまう、などと云っていた。やっとここで、その「ある推理」を語ってくれるわけなのだろうか。

深雪はどきどきしながら響の動きを見つめる。彼はこほんと乾いた咳払いをして、上着の内ポケットを探った。

「この部屋から持ち去られていた美島夕海の所持品は、具体的には次のような品々でした」

ポケットから取り出されたのは、折りたたまれた一枚の紙であった。ノートの一ページを破り取ったもののようだ。それを開いて視線を落としながら、響は続ける。

「黒い長袖のシャツが一着。黒い長袖のトレーナーが一着。黒いワイドパンツが一本。白いサマーセーターが一着。長袖長ズボンのパジャマの上下、色は紺に白の水玉でしたね。黒い革のベルトが一本。薄緑色のスカーフが一枚。緑色のフェイスタオルが一枚。同じく緑色のバスタオル一枚。黒いパンティストッキング三足。旅行用のドライヤーが一つ。財布や手帳、ハンカチ、ティッシュ、櫛《くし》、キーホルダー、化粧品などの入った黒いショルダーバッグが一つ。これらのうちパジャマの上下は、殺された時に夕海が着ていたのを脱がせて持っていったものと思われます。どうしてこんなにたくさんの品物を、犯人はわざわざ持ち去ったのか」

響は目を上げ、深雪たち四人の反応を窺う。

「バッグに財布が入っていたからと云って、物盗りが目的だったということにはならない。金が欲しかったのなら、財布なりバッグなりをそれだけ持ち去れば良かったはずです。複数の衣類やタオル、ドライヤーなんかまで一緒に持っていく必要はどこにもない。

フェティシズムなんていう概念で説明することはできないか。女性の衣服や髪の毛に対する異常な執着ゆえに？　あるいは、犯人は男性で女装趣味があったとか？　しかし、だったらタオルやドライヤーを持ち去る理由はない。また、だったら何故、同じ部屋にあった彼女のブラウスやスカート、下着には手を出さなかったのか。――明らかに辻褄《つじつま》が合いません。

ちょっと見方を変えて、こういった理屈も考えられます。犯人が本当に欲しかったのは、実はこれらの中のたった一つだけだった。たとえばその一品がドライヤーだったとして、そのことを悟られないようにする――カムフラージュのために、他にもいろいろな品物を持ち去った。『木の葉は森の中に隠せ。森がなければ森を造れ』という、あれのヴァリエーションです」

なるほど、カムフラージュか――と、ここで深雪は納得しかけたのだが、響はすぐに、

「これも、どうもいただけない」

とかぶりを振った。

「服にタオルにパンストにドライヤーに……という品物の選択は一見でたらめだけれども、僕にはそこに、何かとても切実な意思の一貫性のようなものがひそんでいると思えてならないのです。つまり、これらの品々の間に何らかの共通点を見出すことこそがここでは必要なのであって、その意味で、この〝カムフラージュ説〟っていうのはどうも方向性が違う――〝形〟が合わない。どうしても共通点が見つからなかった場合の最後の解釈法として、これは保留しておくべきであると判断します」

響は新しい煙草を唇の端にくわえ、火は点けずに話を続ける。

「問題を繰り返しましょう。犯人は何故、他にもたくさんあった被害者の所持品の中から、先に列挙したような品々を恣意《しい》的に選んで持ち去ったのか」

いったいどうしてなんだろう、と深雪は改めて考えてみる。けれどもやはり、犯人の目的はよく分からない。響が云うような「品々の間の共通点」にしても、いっこうに見えてはこない。

「これらすべての品物に共通する特性が、何かないものだろうか。金銭的価値じゃない。犯人の趣味の対象でもない。色もばらばらだし、本来の機能もばらばら。燃えるものもあれば燃えないものもある。そんなふうにあれこれ考えていくと、最も〝形〟の合う答がただ一つ、おのずと見えてきます。つまりそれは――」

響は煙草に火を点け、大きく一吹かしして灰皿に置いた。

「財布や化粧品といった細々としたものは、ショルダーバッグの中身ということでひとくくりにできるので、ここでは考察の対象から外すとして、残りの品々に共通の特性――それは、ある程度以上の長さと強度なのではないか、と」

「キョード？」

と、思わず深雪は首を傾げる。

「強さだよ。特に引っ張る力に対するね」

「うーん」

深雪はさらに首を傾げ、

「じゃあ、それって……」

「シャツにトレーナー、ズボン、セーター、パジャマ、ベルト、スカーフ、フェイスタオルとバスタオル、パンスト、ドライヤーのコードに肩紐《かたひも》の付いたバッグ。これらを全部つなぎ合わせたらどうなるだろうか、ということさ」

「つなぎ合わせて――」

思い浮かぶままに、深雪は云った。

「長いロープを作る？」

「そう。それが答だ」

満足げに頷くと、響はベッドのそばに置いてあった例のスポーツバッグを皆に示した。

「この中には、事件の時に持ち去られていた品々と同じものが入っています。なるべく同じサイズ、同じ材質のものを選んで買い揃《そろ》えたわけですが、これらの品物について、僕はちょっとした足し算と引き算をしてみました」

響はバッグを開ける。まず取り出されたのは、小型の黒いショルダーバッグであった。

めいっぱいまで伸ばされた肩紐の中央に、黒いパンティストッキングの一端がしっかりと結びつけられている。このストッキングを手繰《たぐ》り出すと、端同士を結び合わせた二足目のストッキングが現われる。その先には三足目のストッキングが、さらにその先には紐状にねじられたスカーフが……といった具合に、ひとつながりになった品々が次々に引き出されていった。

「それぞれの品物の長さを、まず測ってみました」

手を止め、響は話を再開する。

「この際、たとえば長袖のシャツはこんなふうに、前のボタンを外した状態で、左右の袖口と裾《すそ》をそれぞれ束ねてねじって紐状にする。これが最も強くて長さが取れる形だからです。そうするとこの長さは――」

響は先ほどの紙に目を落とす。測定した長さが、そこにメモしてあるらしい。

「だいたい百センチになります。トレーナーはシャツに比べて丈夫なので、袖口から袖口までをそのまま使う。この長さが百二十センチ。――と、こんなふうにして、ある程度以上の強度が保持されるよう気遣いつつ、それぞれの品が持ちうる長さを測っていくわけです。以下、計測したそれらの数値を順に並べ上げると――。

ワイドパンツ、九十センチ。

サマーセーター、百三十センチ。

パジャマは上が百センチ、下が九十センチ。

ベルト、九十センチ。

スカーフ、百二十センチ。

フェイスタオル、百センチ。

バスタオル、百五十センチ。

パンストは、相当に伸びることをあらかじめ考慮に入れて、それぞれ百五十センチ。

ドライヤーはもちろんコードの部分を使います。これが二百センチ。

さらに、ショルダーバッグは肩紐の中央から鞄《かばん》の底までを測って、九十センチ。

これらを全部足すと、千八百三十——十八メートル三十センチになります。ただし、こうして実際につなぎ合わせたものを見ても明らかなように」

と、響はスポーツバッグから引っ張り出したそれを見やり、

「各々をしっかりつなぐためには、相当な長さを結び目に取られます。バスタオルのような厚手の生地であれば少なくとも四十センチくらい、ドライヤーのコードみたいなものであっても二十センチくらいが、一つの結び目に必要となる。両方の端を他の品とつなぐには、その倍が要《い》る勘定です。ただ、バッグについてだけは例外で、この

ように して〝ロープ〟の一番先に付ける分には長さは減りません。

そこで、結び目に要する長さを一品につき平均五十センチとして、バッグを除く十四品分の長さ——すなわち七百センチを、さっきの合計から引いてやる。答は千百三十——十一メートル三十センチと出ます。さて、この長さは何なのか」

「十一メートル三十センチ……」

もごもごとその数字を呟きながら、深雪はそろりとヴェランダの方へ目を流した。

「この建物の高さ、とか？」

ほんのかすかな笑みを口許《くちもと》にたたえながら、響は頷く。深雪は続けて訊いた。

「じゃあ犯人は、いろんなものをつないで作ったその〝ロープ〟を使って、下へ？」

「当然そういう考えが出てくるよね。さっき云った『ある程度以上の強度』っていうのは、従って、人間一人の体重を支えられるだけの強度だということになる」

「そこのヴェランダから？」

「だから今日、測量をしてみたのさ。四階のそのヴェランダから地上までの——もっと正確に云えば、そのフェンスの一番下の鉄パイプから、崖下の池に並んでいる飛び石までの距離をね。結果は十一メートル七十センチだった。算出した〝ロープ〟の長さとの差は四十センチ」

そこでまた、響の口許にかすかな笑みが滲む。

「ところで、美島夕海の死体から切り取られていた髪の長さは、百五十八センチという彼女の身長と残っていた髪の長さなどから推量して、だいたい九十センチくらいはあったと思われる。ここから結び目に必要な五十センチを引くと、ちょうどこの四十センチという数字になる」

「ああ……」

「これこそが、犯人が髪を切った理由だったんじゃないか、とね」

深雪から他の三人へと視線を移し、響は口調を改めて云った。

「長く伸ばして一本に束ねた人間の髪の毛というのも、ある程度以上の長さと強度を持った品物の一つだったということです。作った〝ロープ〟の足りない長さを補うため、その最後の材料として、犯人は死体の髪を使ったわけなのです」

3

「今の足し算引き算はもちろん、説明の便宜を考えて、たぶんに数字を操作しつつ行なったものです。たとえば結び目に取られる長さの見積もりをちょっと変えたり、衣類の伸び具合などをもっと考慮に入れたりしたならば、最後にうまく四十センチなんていう差が出てくることもない。だからまあ、話をもっともらしくするための、一種のはったりみたいなものだったと思ってください」

　そんな云わずもがなの断わりを述べてから、響はまた淡々とした調子に戻って続ける。

「しかしながら、論理の大筋には変わりはありません。この現場にあったさまざまな品物を利用して、犯人は長い〝ロープ〟を作ったに違いない。そしてそれを使って、ヴェランダから地上へ降りようとしたのに違いない、ということです。この答が見えてしまった以上、先ほど保留した〝カムフラージュ説〟を再検討する必要性はもはやないだろうと僕は判断します。

　犯人は何故そんな面倒なことをしなければならなかったのか。それを考えてみる時、一見強引なこの解釈も俄然《がぜん》、現実味を帯びてくる。関連づけて捉えなければならないのはもちろん、最初に触れた三階廊下のペンキの件です。すなわち——。

　ペンキを跳び越えて逃げれば良かったものを、わざわざ苦労してそんな〝ロープ〟を作ってヴェランダから脱出したのは何故なのか。答は明らかでしょう。犯人はペンキを跳び越えられなかった、あるいは跳び越える自信がなかったからである」

「なるほどな」

それまでずっと黙っていた楠が、ぱちんと小さく指を鳴らした。

「すると、最初の条件がまったく引っくり返ってしまうわけだ。〝犯人は足にハンディを持っていた人間である〟ってことに……」

「ここでちょっと、犯人の行動を時系列に沿って具体的に追ってみましょうか」

楠の言葉を遮《さえぎ》って、響は話を進める。

「美島夕海はあの夜、パジャマに着替えてベッドに入ったものの、寝つかれずに一度B館の方へ降りてきた。涼子さんが用意したミルクとクッキーを受け取り、この部屋に戻ってきてそれを食べた。そこへ犯人が訪れたわけです。

犯人はおそらく、夕海と何か折り入って話をしたいと思って訪れたのだろう。そう推測できます。最初から彼女を殺害する計画を立てていたわけではなかった。ところが話しているうちに激しい殺意が膨れ上がり、それを抑えられなくなって彼女に襲《おそ》いかかった。彼女は死んでしまった。自らの犯行であることを知られないようにするため、犯人はまず、自分のハンカチか何かを使ってあちこちの指紋を拭き消してまわる。他にもまずい証拠が残っていないか、入念に目を配る。そうこうしている間に、あの地震が起こった。

地震の発生はむろんまったく偶然のことで、犯人はひどく驚いたに違いない。階下で誰かが騒ぎだしたりはしないかという心配も、当然したはずです。そういった気配がないかどうか窺いつつ、犯人はそろそろと階段を降りていった。幸い誰も起き出した様子はない。しかしほっとしたのも束《つか》の間《ま》、廊下にはペンキがこぼれていて、行く手を塞いでいた。逃げるためには、ペンキを跳び越えていかねばならない。けれども犯人には、どうしてもそれができない事情があったわけです。

犯人はすごすごとこの部屋に引き返し、思案に暮れる。何とかしてここから脱出する方法はないものか。三階の廊下が通れないとなると、残されているのは窓かヴェランダ、あるいはルーフバルコニーから直接下へというルートだけです。そして、そのためには長いロープが要る。

どこかにロープがないかと、犯人はこの四階中をくまなく探した。このベッドルーム、奥の物置部屋、さらにはルーフバルコニーにも出てみたことでしょう。しかしロープはなかった。万事休す、です。こうなるともはや、どうにかして自分の手でロープ代わりになるものを作るしかない。

犯人は部屋を見まわす。ロープの材料となるものはないか。もしもこのベッドにシーツが掛かっていたなら、きっと真っ先に目に留めたことでしょう。引き裂いて結び合わせればかなりの長さになるだろうから。けれどもシーツや肌布団のカバーは、あいにくあの夜ここにはなかった。赤い色が大嫌いだったという夕海が、どちらも外して部屋から出してしまっていたのです。もしもカーテンがあったならば、やはり目に留めたに違いない。けれど見てのとおり、ここの窓に掛けられていたのはカーテンではなくブラインドだった。

何か材料となりうるものはないか。ある程度以上の長さと強度を持った品物を、そして犯人は手当たり次第に集めはじめます。ワードローブを開けてシャツとワイドパンツ、ベルトを見つけた。ボストンバッグの中を調べてトレーナーやサマーセーター、バスタオルといった品々を見つけた。ドライヤーはコードの部分が使える。他の下着類はだめだが、パンストは意外に丈夫で充分に使えそうだ。同じバッグの中に入っていた半袖のブラウスは、生地が薄すぎて不適だと判断した。タイトスカートは形状の面でとても使えない。被害者が着ていたパジャマの上下は、利用可能だと考えて脱がせた……。こうして掻き集めた材料を、犯人は慎重に結び合わせていったわけですが、この時点ではまだ、それらをすべてつなげば長さが足りるのか、まだ足りないのか、あるいは余ってしまうのか、確たる予測はついていなかっただろうと思われます。

さて、次に犯人は、物置部屋の段ボール箱の中にあった懐中電灯を使ってヴェランダの下の状態を調べます。そこから降りることにしたのは、他に適当な場所がなかったからです。この階の廊下の窓は嵌《は》め殺《ごろ》しだし、ルーフバルコニーはああいったコンクリートのフェンスなのでロープをくりつけられない。この部屋の南北の窓にしても、嵌め殺しではないがロープを結ぶ場所がない。ヴェランダのフェンスの鉄パイプだけが、ロープの一端を固定することが可能な唯一のものだった。

この建物の西側は、ご存じのとおりちょっとした崖になっていて、その下は池。池には飛び石があって、これは崖下まで続いています。懐中電灯で照らしてみて、ちょうどその飛び石の真上に当たる位置を探した。下手をして池に落ちてしまったら、水音で誰かに気づかれる虞《おそ》れもある。また、服が水でずぶ濡れになってしまったら、朝までに乾かせるかどうか分からない。濡れたままでいたら不審な目で見られる。――と、そんなふうに先の先までを考えて、きっと犯人は行動したはずだと思うのです。

位置を決めると、できあがっている分の〝ロープ〟をヴェランダから下ろします。この際、中身が入ったままのショルダーバッグを一番先にぶら下げて下ろしたのだろうというのが、僕の推理です。地上までの正確な距離が分からないのだから、そうして作った〝ロープ〟がちゃんと下へ届くかどうかも、やってみないと分からないわけで。だから、とりあえずバッグをおもり代わりにして下ろしていって、飛び石の上にそれが着いた手応えを頼りにするしかない。バッグの中身を抜かなかったのは、おもりとして使うにはそれくらいの重さが必要だと判断したからでしょう。

ヴェランダから地上まで降りるのに必要な〝ロープ〟の最小の長さは、十一メートル七十センチという高さから犯人の身長プラスα《アルファ》を引いた値です。けれども実際問題として、懐中電灯の光で下を覗きつつ、それだけのところまで〝ロープ〟の先が届いているのかどうかを目で確認するのは難しい。だからやはり、先端にぶら下げたバッグが地上に着いたかどうかで判定するのが、安全かつ確実なやり方だったはずだと思う。実際にそのヴェランダに立って下を見てみても分かるように、十一メートル七十センチというのは相当な高さです。〝ロープ〟の先が地上に届いたという確かな手応えもないまま、だいたいこのくらいで足りているだろうという目算で降りる勇気は、少なくとも僕にはありません。

バッグをおもりにして、どんどん〝ロープ〟を下ろしていく。そうして、作ってあった分を全部下ろしてもまだ手応えがない。いったんこちらの端をフェンスにくくりつけておいて、犯人はもっと他に何かつなげるものはないかと部屋を探した。フェイスタオルや被害者が着ていたパジャマなんかは、この段階で使用が決定されたのかもしれませんね。それらをつなぎ足して、さらに下ろす。ところがそれでもまだ足りない。犯人はそこで、あるいはそれ以前に、自分が付けていたベルトくらいは使ったかもしれない。自分が着ている服を使うという手もあったが、それはできる限り避けたかった。不自然な皺《しわ》が寄ったり破れたりして、それを翌日も着ていたら怪しまれるからです。別の服に着替えたとしても、警察に持ち物の検査をされたりしたら不審を抱《いだ》かれかねない。

自分の服は使えない。しかしもう材料がない。犯人は途方に暮れます。見た感じ、あと少しで下まで届きそうなのに、そのあと少しがない。

地上から〝ロープ〟を回収するための方策は、初めの段階で考えておいたはずです。〝ロープ〟を二重にする長さの余裕がない以上、フェンスのパイプとの連結部分を、痕跡が残らないように切断しなければならない。そのためには、灯油を染み込ませたハンカチあるいはスカーフを連結に用い、下から導火線を使って燃やすという方法以外にないと考えた。強度の問題を考えると、スカーフを使った可能性の方が高いかもしれませんね。――で、この連結部の仕掛けの長さを勘定に入れても、なお〝ロープ〟の長さはあと少し足りない。

そこで、最後の手段として犯人は、被害者の髪の毛を切り取って利用することを思いついた。一本に束ねて編まれた長い髪。根元を輪ゴムか糸で縛った上で、ソーイングセットの中にあった鋏《はさみ》を使って髪を切り、これを〝ロープ〟の材料として使うことに決めた。二本に分けてつないだ可能性もあるでしょう。人間の毛髪というのは、束ねると本当に丈夫ですから。

そして——、この最後の材料を加えてやってようやく、〝ロープ〟は地上に届いたわけです」

響は小さく吐息をつき、話に耳を傾けていた深雪たち四人の顔を順に見やった。誰も何も云わなかった。それを響は、了解の意思表示と受け取ったに違いない。

「以上のような手順で、犯人はこの四階から脱出しました。手製の〝ロープ〟を両手で握り、建物の外壁に足を付けてうまく体重のかかり具合を調整しながら、どうにかこうにか目的の飛び石の上に着地することに成功した」

相変わらず淡々とした調子で、響は続ける。

「時刻はおそらく午前二時半から三時過ぎといったあたり——犯行後一時間から一時間半が経った頃だったと想像できます。こういった形での脱出までには、そのくらいの時間は当然かかったでしょうから。いずれにせよ、夜半以降のことです。この近辺の風はぴったりと凪いでいた。導火線を使って連結部を燃やし、〝ロープ〟の回収を無事終えると、犯人はそれをまとめて腕に抱え、飛び石を伝って池の外に出た。

　次にしなければならないのは、この〝ロープ〟と物置から失敬した懐中電灯をどこかに隠すことですが、これはなるべくここから離れたところでなければならない。そこで犯人は車を使ったのかもしれないし、歩いて隠し場所を探しまわったのかもしれない。どちらにしても、夜明けまでにはまだ充分に時間があったろうから、警察が捜索しても容易に発見されないよう慎重に場所を選ぶことはできたはずです。また、犯人にとって非常に都合が良かったことに、この夜天気は下り坂に向かいつつあった。これで雨が降りだせば、フェンスに付着したかもしれない煤も庭の足跡もきれいに消してくれる。

　こうやってどこか安全なところに〝ロープ〟や懐中電灯を隠した後、犯人はこの別荘に戻ってきた。C館裏口のドアは夜通し開いていたから、そこからこっそりと中へ忍び込むこともできたはずです。ところがその前に、折りしも自宅へ帰ろうとして建物から出てきた青柳氏に、姿を見られてしまった。これが、青柳氏の証言が正しいとすれば、午前三時半から四時といった時間だったと考えられる。

　ちょっとと云いながら長くなってしまいましたけど、ざっとまあこういった具合に、犯人はこの夜の犯行を終えたわけです。さて、そこで――」

響は乾いた唇を舌で湿した。

「最も重要な問題に立ち戻るとしましょう。この犯人はいったいどんな人物なのか」

息遣いと咳払い、ちょっとした身動きといったものが入り混じって、部屋の空気が微妙にざわめく。改めて提示した問いかけに誰かが答えるのを待つことなく、響は言葉を継いだ。

「さっき楠警視が云ったように、〝犯人は足にハンディを持っていた人間である〟という答がまず導き出されそうです」

「そうだよな」

楠がしたり顔で相槌《あいづち》を打った。

「当然そういうことになるよな」

「一番最初に示した犯人限定の条件が、ここにおいて表裏逆転してしまうわけです。犯人は足に何らかのハンディがあった。だから、三階の廊下にこぼれたペンキを跳び越えることができなかった。あるいは、必ず跳び越せるという自信が持てなかった。跳び越そうと試みることはできる。しかし、万が一にも失敗したら大変だ。ペンキに足跡が残ろうものなら、それこそ致命的な証拠となってしまう。自分の足もペンキで汚れてしまう。汚れを完全に洗い落とすのは容易ではない。——と、そのような虞れを強く抱いてしまったがゆえに、犯人はたかだか一メートルちょっとの幅跳びに挑むことができなかったということです」

「あのう、明日香井さん」

一言も発言せずにひたすら話を聞くだけでいた蓮見が、そこでおずおずと口を開いた。壁にもたせかけていた背を離し、傍らに立つ涼子の顔をちらと見てから、

「ペンキに足跡が残ったら確かにやばいし、犯人は何とかしてその危険を冒《おか》したくないと思ったには違いないでしょうけど、でも、だからと云ってその、十メートル以上も高さのあるヴェランダから、そんな急ごしらえの〝ロープ〟で降りるっていうのは……」

「危険すぎるのでは、と？」

「――ええ」

蓮見は心許なげに頷き、

「僕だったらとても、そんなことは」

「あなたがやったとは一言も云ってませんよ」

響は突き放すように云った。

「そもそも蓮見さんには、この僕と一緒にいたという確実なアリバイがある。仮にそ

れがなかったとしたら、〝ペンキを必ず跳び越せるという自信が持てなかった人間〟の一人として、あなたを考慮に入れなければならなくなるわけですが。これはつまり、体重の問題を考えてです」

深雪は蓮見の顔から身体へと視線を下げる。百キログラム近くはありそうなその肥満体を見ると、別に足にハンディキャップがなくても、響の云う犯人の条件には充分当てはまるように思える。

「しかし仮に考慮に入れたとしても、その次の段階で、やはり蓮見さんは違うということになる。さっき云ったような手製の〝ロープ〟じゃあ、あなたの体重はきっと支えきれなかったでしょうから」

「……………」

「つまり、少なくともあなたにとっては、ペンキを跳び越えようと試みることよりもヴェランダから降りようと試みることの方が、より危険度の高い行為だった。それだけの話でしょう。他のすべての人間にとってもそうであったという保証にはまったくならない」

「それはそうですけど」

「云わんとされることは分かります。必ず成功するという自信のないまま幅跳びに挑戦するのは危険だが、〝ロープ〟でヴェランダから降りるのも、それはそれでとても危険だ。いくら念入りに強度を確かめつつ〝ロープ〟を作ったとしても、万が一切れてしまえば元も子もない。下手をすると命にも関わる。下の部屋の西側の窓はどの階も嵌め殺しだから、部屋にいる人間が窓から首を出したりすることはないにせよ、それとは違う形で誰かに目撃される虞れだってある。

だから、結局のところ問題となるのは、犯人自身が実際その場でどちらに対してより切実な危険を感じたかということでしょう？　その結果、少なくともこの犯人の主観は、ヴェランダからの脱出の方を選んだのだ、と」

「こういうことだよな、明日香井」

楠が割って入った。

「目的地へ行くために二つの道があって、片方を選べば途中にはジェイソンがいる。もう片方の途中にはゴジラがいる。どちらかを通っていかなきゃならないわけだが、ジェイソンならやっつけられると思う奴もいれば、ゴジラなら気づかれないように逃げられると思う奴もいる。な？」

「ううむ。あまり適切だとは思わないが、まあ、それで警視が納得できるのならとりあえず良しということにしましょうか」

響は微苦笑を浮かべる。けれどもすぐに真顔に戻り、「推理を進めます」と云った。

「〝犯人は足にハンディを持っていた人間である〟——この条件に合致するのは、従って、最初の段階の検討で犯人たりえないと除外した人々だということになります。青柳洋介、後藤慎司、蓮見涼子、明日香井深雪。実はこの四人の中にこそ犯人はいるのだ、という結論になる」

4

「ここで一つ、留意すべき問題があります」

響の話は続く。

「先ほど実験してみせたように、犯人はヴェランダから下ろした〝ロープ〟の回収に、フェンスのパイプとの連結部分を下から燃やすという方法を用いたと考えられる。つまり、地上に降り立った段階で、犯人はあらかじめ垂らしておいた導火線に火を点けなければならなかった、ということです。

一方、十八日の朝に僕がこの部屋を見にきた時、このベッドサイドのテーブルの上にはシガレットケースとともにライターが一個置いてあった。どちらも美島夕海の持ち物です。

このことから、犯人はもともとライターあるいはマッチといった点火器具を持っていたのだ、という推理が成り立つわけです。『もともと』というのはすなわち、犯人がこの部屋を訪れた時点ですでに、という意味です。もしもそうじゃなかったのならば、犯人は〝ロープ〟の回収に必要な道具として、ここにあった夕海のライターを持ち出さざるをえなかったはずだからです」

なるほど、これは実に単純明快な理屈である。

「では、さっきの四人のうちこの第二の条件を満たす者は誰か。——考えると、まず後藤慎司は除外されることになりそうです」

「どうして」

と、深雪が疑問を差し挟んだ。

「後藤君は煙草吸うし、ライターも持っていたんじゃあ」

そこまで云って、はっと言葉を切る。

「ああ、そう云えば……」

「自分のライターのガスが切れて、火を借りていただろう？　彼。十七日の夕食後のことだった。次の日もガスが切れたままだったのを、僕たちは見ている」

「憶《おぼ》えてるわ」

「もしも彼が犯人だったのなら、ここにあった夕海のライターは持ち出されていたはずだよね」

深雪はこっくりと頷いた。右手が知らぬ間に、ポニーテールの先を撫でている。

「他の三人についてはどうか」

響は新しい煙草を取り出し、しなやかな人差指と中指の間に挟んだ。

「青柳氏はパイプの愛用者で、マッチを使っていました。そのマッチが切れたような様子も、あの夜はなかった。犯人の条件には合うものと判定するべきでしょう。次は――」

「わたしは煙草、吸いませんけど」

先手を取ってそう云ったのは涼子である。

「だから普段、マッチやライターを持ち歩くこともありません」

「そうですね。しかし、こういう可能性は考えられませんか」

響は冷ややかに目を細めて、

「あなたは事件の第一発見者でしたね。千種君恵と二人で、あの朝最初にこの現場を訪れた。その際にこっそりと、〝ロープ〟の回収に使用した夕海のライターをこのテーブルに戻しておくこともできたはずだ、と」

「そんな」

涼子の頰が紅潮する。傍らの蓮見が、「ちょっと待ってくださいよ」と抗議の声を上げるのを、

「可能性を検討しているだけですから」

軽くいなして、響は「さて」と深雪の方を見た。

「もう一人は深雪ちゃんだが」

「あたしも煙草は吸わないわよ。第一発見者でもないし。この部屋に来たのは、カナウ君と千種さんも一緒だったあの時だけだから……」

「確かにね。だけどあの夜、君の手許にライターが一個あった事実は否定できないだろう？」

「えっ」

「あの夜、君がそろそろ休むと云いだして、僕が部屋までついて行ったよね。その時、僕はこいつを」

と、響は自分の手許に目をやる。カチリと小気味の良い音を立てて、ジッポーの蓋《ふた》

が開かれた。

「このライターを、うっかりあの部屋に落としていった。あとになってからポケットにないことに気づいたもので、涼子さんに云ってマッチを貸してもらったんだよ。次の朝、君を起こしにいった時、ライターはベッドの横のテーブルにあった」

「でも、それは……」

「もしかすると君は、あのあと夕海を訪れた際、こいつを持っていたのかもしれない。たとえばだね、初めはすぐ僕に届けるつもりでポケットに入れた。けれども気が変わって届けるのはやめにした。だからライターがポケットに入ったままだった、とか」

そんな事実はない、と深雪は知っている。あの時ライターはサングラスと並べてテーブルに置き、翌朝までそのままだったのだ。例の地震のあと、様子を見に部屋へ来た時には、響はきっとそれに気づかなかったのだろうが……。

「だからぁ、あたしは」

云いかけて、深雪は口を噤《つぐ》む。考えてみれば、ここでむきになって反論する必要はないのである。あくまでも響は、推理のこの段階における「可能性」をあげつらっているだけなのだろうから。

「といったわけでここまでのところ、後藤慎司を除く三人は依然、犯人たりうるという話になります。そこで、さらに詳しくこの三人について検討していくことにします」

響は指に挟んでいた煙草をくわえ、ジッポーで火を点ける。そんなにすぱすぱ吸って、手術の跡に悪いんじゃないかと、つい深雪は心配してしまう。

「ご承知のとおり、青柳洋介は先週——二十二日の夜に殺されています。諸々の状況から、青柳氏を殺したのは夕海を殺したのと同一の人間だと考えられるので、すると当然、彼は犯人ではなかったことになるわけですが、ここではまず、この第二の事件の発生は考慮に入れずに検討してみるとしましょう。

青柳氏は足が不自由で、なおかつ事件当夜マッチを所持していた。一見犯人の条件に適合するようですが、実際問題として彼に犯行は可能だったのか。

足にハンディがあったと云っても、彼の場合はかなり事情が特殊でした。事故で左足を失い、義足と杖《つえ》に頼らなければならない状態だったのです。ペンキを跳び越すことはもちろん難しかったに違いないが、では〝ロープ〟でヴェランダから降りることはできたかというと、これはペンキを跳び越す以上に困難な仕事だったろうと考えざるをえない。加えて、事件の夜に広間の窓から『火の玉』を見たと証言したのは、彼自身です。仮に彼が犯人だったとして、現場からの脱出方法に密接に関わるそんな目撃証言を、自らしただろうか。——したはずがない。

よって、青柳洋介は犯人ではない、と断定してしかるべきでしょう。

次に、蓮見涼子はどうか」

響は涼子の方には視線を向けず、この場にはいない第三者としてその名を呼んだ。

「青柳氏とは違って、彼女の右足のハンディは、ヴェランダからの脱出がどうしても不可能であるような程度のものではなかった。これは、先に除外した後藤慎司についても、もう一人の該当者である明日香井深雪についても云えることです。十七日に足を負傷したこの二人の場合は、むろんそれ相当の痛みはあっただろうけれど、殺人の罪で捕まらないためとなれば、その痛みを必死でこらえることもできたでしょうから。

蓮見涼子はまた〝ロープ〟の回収に夕海のライターを使い、それをこっそりここに戻しておくことも可能であった人物です。犯人たりうる条件は二つとも満たしている。

では——と考えて、僕は一つの否定材料に突き当たりました。それはつまり、彼女が、この鳴風荘の住人である、という事実です」

何故それが「否定材料」なのか、深雪には呑み込めなかった。当の涼子も「は？」というような顔をしている。

「さっき具体的に追いかけてみたように、犯人は脱出用の〝ロープ〟を作っていくにあたり、どうしてもあと少しの長さが足りなくて、それを補うための最後の材料として被害者の髪を利用しようと思いついたわけです。その際、自分自身が着ていた衣服は後のことを心配して使えなかったに違いない、とも云いましたね。しかし、仮に蓮見涼子が犯人だとしたなら、事情はいささか異なったはずだと思うのです。

犯人がこの別荘の来客ならば、持ってきている衣服の数は限られている。不自然な皺が寄ったり破れたりした服を着ていれば怪しまれるし、別の服に着替えたとしても処分に困る。けれども、この家に住んでいる者ならば、そのような事態を恐れる必要はない。皺の寄った服は洗濯機に放り込んでしまえばいいし、破れた服があったとしてもいくらでも云い訳できる。だから、あと少しの長さは自分の着衣を使って補えば良かった。わざわざ被害者の髪を切る必要などなかったはずだ、ということです」

涼子はちょっと戸惑いの面持ちで、それでもほっとしたように胸に手を当てる。その様子をちらりと見ながら、響は「蓮見涼子は除外しましょう」と宣言した。

なるほどこういうことか、と深雪は思った。

おそらく響は、十八日の午後、青柳の「火の玉」目撃の証言を聞いたあとの時点で、ここまでえんえんと述べてきたような推理を頭の中で組み立てていたのに違いない。夕海の所持品の詳細を調べさせたり、そこからあんな面倒臭そうな計算をしてみたりしたのは、あくまでその推理の妥当性を検証するためだったのだろう。十八日午後の段階で、そうして彼は、「犯人は明日香井深雪しかいない」という例の喜ばしくない結論に行き着いてしまったわけだ。だから……。

「残る一人は明日香井深雪です」

と、ここでもまた響は、深雪をこの場にはいない第三者であるかのように扱った。

「彼女が犯人ではありえないと否定する材料は、ここまでのところ一つもありません。僕は彼女に質問してみました。例の地震が起こった頃どこにいたのか、と。地震のあと様子を見にいって、彼女が部屋にいなかったのを知っていたからです。けれどもそこでの彼女の答は、ひどく曖昧《あいまい》で怪しげなものでしかなかった」

響は深雪の方を向いて、眉《まゆ》を上げてみせた。

「困ったことになったものだろ」

5

蓮見夫妻と楠、三人の当惑した眼差しが深雪に集まる。このまま響が自分を犯人だと決めつけてしまうことはないと分かってはいても、居心地の良いはずがない。

(違うのよ、あたしは)

声を大にしてアピールしたいのをぐっと抑えながら、上目遣いに響をねめつけた。が、そんな深雪の気持ちをあっさりと置き去りにして、

「第一の事件の検討はここでちょっと措《お》いておくとして、第二の事件——青柳洋介殺しの方へ移ることにしましょう」

何喰わぬ顔で、響は話を進めるのだった。

「死体の発見は二十五日の午後でしたが、犯行があったのはその三日前——二十二日の夜から翌朝にかけてだったと判明しています。犯人はこの時間に青柳氏の家へ行き、彼を絞め殺した。凶器は黒いパンティストッキングで、これは色やサイズの一致から、第一の事件で持ち去られた美島夕海の所持品の一つであると考えられます。

犯人はまず、どこかに埋めるなり何なりして隠しておいた例の〝ロープ〟や懐中電

灯を掘り出し、そこからパンストを取り出した。結び目をほどくのにはかなり苦労したかもしれません。凶器にパンストを選んだのは、丸めて隠し持つのに最適だったからでしょう。これを使って青柳氏を殺したあと、残りの品々はまとめて青柳邸の焼却炉で焼き払ってしまった。第一の事件とは違って、明らかにこれらは計画的な行動であったと思われます」

「どうして犯人は青柳を殺す必要があったわけだ」

楠が訊いた。

「やっぱりその、口封じってことか」

「――おそらく」

響はやや曖昧な頷きを返した。楠は重ねて訊く。

「それはつまり、青柳が美島夕海殺しの際に、この家の外で犯人の姿を目撃したから？」

「そういうことになりますね」

「しかし青柳は、自分が見た人影を『誰か知らない人間だったような』と証言したんだぞ。はっきり顔を見たわけじゃない。俺たちが改めて質問しても、よく分からないの一点張りだった。なのに犯人は、わざわざ口封じをする必要があったわけか」

「だから――」

響はわずかに口ごもり、

「たぶん彼は、僕たちに対してはその辺をごまかしていたんだろうと。本当はちゃんと犯人の姿を見ていた。けれども本当のことは云わなかった」

「何だってそんな」

楠は鋭く眉を寄せ、左右の頬を片方ずつ膨らませる。そしてやがて、

「脅迫、か」

と呟き落とした。

「青柳は犯人をゆすろうとしたんだな。それで犯人は……」

「まあ、そんなところかな」

と、響の答はどうも歯切れが悪い。

「そのあたりの事情は、犯人を捕まえて尋ねてみればはっきりするでしょうから」

相変わらず取り澄ました表情だが、そこに何やら不愉快そうな色が滲む。どうしてだろう、と深雪は思ったが、思ううちにその色は消え、響は事件そのものの検討に戻った。

「ここからはとりあえず、第二の事件は第一の事件と切り離した上で、その犯人は誰

なのかを考察していくことにします。その方が、話がうまく整理できそうだからです。

死体が発見されたのは青柳邸の庭に建った例の土蔵でした。ここに置かれていた古い長持ちの中に、絞殺された青柳氏が入れられていたのです。発見当時、建物内には飼い犬のタケマルが一緒に閉じ込められていて、扉には内側から掛金が下りていた。と云っても、いわゆる密室殺人の様相を呈していたわけではない。この土蔵は屋根に大きな穴が開いていて、そこに中から梯子《はしご》が立てかけられていたからです。犯人は掛金を下ろしたあと、梯子を使って屋根に登り、建物の横に生えた木に飛び移って地上へ、というルートで逃げることが可能だった。

そのような脱出方法が採られたのだとすると、そこで一つ、犯人像に迫るための条件が導き出されます。すなわち、犯人は少なくとも、屋根から木に飛び移ったり木から地上へ降りたり、といった一種アクロバティックな行為を問題なくこなせた人間である、という条件です。云い替えればこれは、〝犯人は足にハンディのなかった人間である〟ということになるでしょう。ところが――」

響は楠の方に視線を流す。

「この見解は間違いなのではないかという線が、捜査開始後まもなく濃厚になってきた。というのも、問題の掛金とタケマルの首輪の両方に、同種の黒い木綿糸がくくりつけられているのが発見されたからです。この糸は、これもまた第一の事件でこの部屋から持ち去られた美島夕海の所持品の一つと思われます」

そして響は、昼間に青柳邸の土蔵を見にいった際に楠が提示した推理を説明した。犯人は屋根から脱出したのではなく、正規の出入口から外へ出た上で、タケマルを操ってドアの掛金を下ろしたのに違いない、というあの推理である。

「そう考えると、タケマルが土蔵に閉じ込められていた理由も、死体が長持ちの中に入れられていた理由も、より大きな説得力をもって説明できるわけです。さらに、どうして犯人はそんなトリックを弄《ろう》したのか？　という問題を考えるにつけ、先に示した犯人限定の条件が、第一の事件の時と同じように表裏逆転してしまうことになる。〝犯人は実は足にハンディを持っていた人間である〟というふうに」

楠は満足げに腕組みをしている。昼間に一度聞かされた話だったので、深雪にしても何ら引っかかりを覚えるところはなかった。

「では、犯行があった二十二日夜の時点で、この条件を満たしていた関係者は誰か」

「あたしはもう、怪我良くなってたもんね。普通に歩いてたでしょ」

ここぞとばかりに深雪が口を挟んだ。響は澄ました顔で「そうだったね」と応え、

「従って、まだまだ足首の捻挫《ねんざ》が治っていなかった後藤慎司、それから蓮見涼子、この二人が該当者であると云えます」

涼子の名前が挙がったので、蓮見がまた心配そうに表情を曇らせる。逆に深雪は、あらかじめ予想のついていた展開だったとはいえ、何だか胸を撫で下ろしたい気分であった。

「さっきも云ったように、とりあえずここでは、第一の事件に関する検討の結果とは切り離して考えを進めていくことにします」

そう念を押してから、響は云った。

「該当者二人のうち、蓮見涼子には、楠警視が見破ったような掛金のトリックは実行不可能だった。これがまず、僕の意見です」

「どうしてかな」

と、楠が尋ねるのに対し、

「警視はご存じじゃないのかもしれませんが」

響は少々申し訳なさそうに答えた。

「あの犬――タケマルには、何と云うか、普通の犬とはいささか異なる性質があったのです」

「と云うと？」

「よくしつけられていて、誰の云うことでも聞く犬だ。そんなふうに市川登喜子が話していたかもしれませんが、問題はその躾《しつけ》のされ方で、普通に『お坐り』とか『お預け』とか云っても、タケマルには通じないんですよ」

「はあん？」

「青柳氏が妙な具合に教え込んでいたんです。『お坐り』は『バカめ』、『お手』は『なかよし』、『お預け』は『がまん』、『よし』は『ゆるす』といったようにね。他の声符《せいふ》で命令しても、うまく云うことは聞かないわけです」

「――知らなかった」

「僕たちは十七日の午後、あの家の庭で実際に青柳氏がそういった声符で犬を動かすところを見たんです。けれども、その時その場には蓮見涼子はいなかった。彼女には、だから、タケマルに『お預け』や『よし』を命じて掛金を下ろさせることはできなかったはずなのです」

「ふうん。――しかしたとえば、蓮見さんからあとで話を聞いて、変わった声符だと知った可能性もあるだろう」

楠の突っ込みに、蓮見がぷるぷると頬の肉を震わせて首を振る様子が、深雪にはお

かしかった。響は無表情にそれを一瞥《いちべつ》して、

「仮に彼が話したのだとしても、微妙なアクセントやイントネーションまでは、実際に聞いていないと分からなかったでしょう。青柳氏が発するそれらの命令の言葉には、こっちの訛《なま》りなのかな、若干変わった抑揚《よくよう》があった。犬は発音ではなく、語勢で聞き分けるといいますから」

「なるほど」

「よって、蓮見涼子はやはり犯人たりえない。一方の後藤慎司はどうかというと、この事件に関しては、彼が犯人である可能性を否定する材料は何もないようです」

「じゃあ」

腕組みをしたまま、楠は大きく首を捻る。

「いったいどういうことになるわけだ。後藤は第一の事件の犯人ではないと、さっき……」

「その前にですね、ここでもう一度よく考えてもらいたいことがあります」

響の声がいくぶん鋭さを増した。

「〝犯人は足にハンディのあった人間である〟——楠警視のこの推理は本当に正しいと云えるのかどうか、という問題です」

「あん？」

「どうも僕には引っかかるんですよね」

「何が、どう？」

「掛金と首輪に残っていた糸から、確かに犯人はタケマルを使ってあの不完全な密室を作ったものと推察できる。しかしね、どうしてそんな――糸が発見されてすぐにばれてしまうような下手なトリックを、犯人はわざわざ選択したのか。まるでこのトリックを見破ってくれとでも云わんばかりでしょう？

　そんなつまらない小細工をするくらいなら、単にドアを閉めておくだけの方がよほどましだったのではないか、と思うわけで。どうしても掛金を下ろしたかったのなら、もっと頭の良い方法が他にあったはずです。たとえば、粘性のあるドッグフードか何かで落とし金を留めておいて、それをタケマルに食べさせる、とかね」

　困ったように唇を尖《とが》らせながら、楠は「うーむ」と低く唸《うな》る。

「第一の事件の犯行後の行動からも察せられることですが、この犯人は相当に神経質と云うか、物事の先の先まであれこれと想像してから動くタイプのようです。そういった人間が、ちょっと調べられたらすぐに見破られてしまうようなトリックを使ったというのが、どうしても僕には解《げ》せない。〝形〟が合わないのです」

「それじゃ、どう考えりゃあ〝形〟が合うって云うんだ?」

「裏の裏をかこうとしたのではないか、と」

響は自信たっぷりに云った。

「警視が見破ったトリックは、見破られるために犯人が仕掛けたものだったのではないか、ということです」

「…………」

「掛金のトリックが見破られれば、そこから警察は〝犯人は足にハンディがあった人間である〟という結論を導き出すだろう。それを見越した上での、あれは工作だった。つまりですね、犯人は実のところ足にハンディなどなかった——屋根から脱出しようと思えばできる人間だったわけです。そんな自分を容疑の外に置くためにこそ、犯人はわざわざあんな下手なトリックを使ったのです」

6

「〝犯人は足にハンディのなかった人間である〟——こうしてまたも、犯人限定の条件が表裏逆転することになります」

参ったな、とでも云うように八重歯を覗かせる楠を後目《しりめ》に、響は淡々と検討を続ける。

「この条件に該当する事件関係者は、全部で六人。杉江あずさ、蓮見皓一郎、五十嵐幹世、千種君恵、明日香井深雪、それから僕——明日香井キョウの六人です。このうち、この第二の事件のみを対象に考えて除外されうるのは誰か。

杉江あずさについては、彼女が犬に対して大変な恐怖心を持っていたという事実が、除外の根拠となりえます。話によれば、かつて彼女は旅行先で航空機の墜落事故現場に出くわしたことがあり、その際に野犬が死体を食べているのを目撃して、以来犬を恐れるようになったといいます。実際、彼女は青柳邸の庭においても、タケマルを怖がって決して近づこうとしなかった。十七日午後のこの時点で、彼女がそんな嘘《うそ》をつく必要性はどこにもなかったはずです。従って、もしも彼女が犯人なら、掛金を下ろすトリックのためにタケマルを利用しようというこのアイディア自体が、そもそも浮かばなかったに違いない——よしんば浮かんだとしても実行しようとは思わなかったに違いないわけです。

同様のことが、五十嵐幹世についても云えるでしょう。十七日の午後、青柳邸の庭でタケマルに飛びかかられた直後、彼はひどい発作を起こして苦しんでいた。あれが犬の毛垢に対するアレルギーのためだったとしたら、同じような発作を引き起こされる危険まで冒してタケマルと接触するようなまねはしなかったはずですね。——五十嵐幹世は除外するものとします。

千種君恵については、さっき涼子さんを除外したのと同じ理屈が当てはまります。十七日午後、彼女は美島夕海とともに、他のみんなよりも遅れて青柳邸へやって来た。そのため、青柳氏が庭でタケマルの相手をするところを見ていないのです。あの犬を動かすのに必要な特殊な声符を、彼女は知りえなかった。よって、彼女は犯人ではないということになります。

それからもう一人、かく云う僕自身は除外させていただきます。二十二日の夜は虫垂炎の手術の三日後で、とても病室から抜け出してこちらまでやって来られる状態ではなかったのですから。病院に問い合わせて確認してもらってもかまいません。

ということで、残るのは二人です。蓮見皓一郎と明日香井深雪」

言葉を切って、響はまず蓮見の方を、それから深雪の方を見る。冷ややかに細められたその茶色がかった目に、瞬間ちらりと意味ありげな笑みが浮かんだような気がして、深雪はふと不《ふ》穏《おん》な予感に捉われた。

「さて、そこで」

響はおもむろに口を開いた。

「この結果と、先に行なった第一の事件に関する検討の結果を突き合わせるとどうなるか、です」

蓮見夫妻と楠、三人の眼差しがまたしても深雪に集まる。先ほどと同じように戸惑いがちな、しかし先ほどよりも確実に不審と疑惑の色が濃く含まれた眼差し……。

(勘弁してよ、もう)

深雪はそれこそ、じたばたと足を踏み鳴らしたい心境であった。

(あたしは違うんだってば)

「両方の事件において犯人たりうる条件を満たしている人間は、明らかに一人しかいません。明日香井深雪です」

響の目にまたちらりと笑みが浮かぶ。

「楠警視。そういった次第《しだい》なので、ここは思い切って彼女に対する逮捕状を……」

「ああん、もう！」

さすがにそこで、深雪は大声を上げざるをえなかった。当然のことである。

「いい加減にしてよね、ヒビ……カナウ君」

「冗談だよ、もちろん」

「そうじゃなかったら困るわ」

（ほんっとにつまんない冗談！）

内心ぷりぷりしながら、深雪は河豚《ふぐ》のようにほっぺたを膨らませた。蓮見夫妻と楠は「やれやれ」といった様子である。響はというと、悪戯《いたずら》っ子のような小憎らしい笑顔を少しだけ見せたが、それはすぐ、夕方に一瞬深雪が垣間見《かいまみ》たような、何だかひどく物憂げな翳《かげ》りに覆われて消えてしまった。

「明日香井深雪は犯人ではありえない。実を云うと現時点で、それははっきりと証明されています。十八日の午前一時半過ぎ——例の地震が起こった時、彼女はこの家を抜け出し、こっそりと自分の車を出して公衆電話を探していた。わざわざ外へ電話をかけにいったのには、それなりの事情があったのだといいます。電話の相手は彼女の義理の姉だったのですが、一時四十分くらいの時刻に彼女から確かに電話があったことを、その人は認めている。つまり、彼女には第一の事件において確かなアリバイがあったということです」

最初からそういうふうに云ってくれればいいものを——と、深雪は頬を河豚にしたままである。

「といったわけで——」

響はぐるりと場を見まわし、軽く両手を広げて肩をすくめた。

「ここに至って、いよいよ困ったことになってしまいました。犯人たりうる人間が一人もいないという妙な結果に行き当たってしまう」

7

「どうしてこういう結果になってしまうのかと、僕もずいぶん頭を悩ませる羽目になりました」

皆の反応を窺《うかが》いながら、響はまた新しい煙草をくわえて一服つけた。

長々と続けられてきた事件の検討を、深雪は心の中で振り返ってみる。響が展開した推理は、どの部分を取ってもなかなかに緻密で隙《すき》がないように見える。けれども……。

「どこかが間違っているのだ、ということです」

そう云って、響は二、三口吸っただけの煙草を灰皿で揉《も》み消した。

「ここまで行なってきた事件に関する考察のどこか――ひょっとしたら非常に根本的なところに、何か決定的な誤りがあるのではないか。そう考える他ない。では、その誤りとはいったい何なのか。

そこで僕が思い至ったのは――、蓮見さん？」

「は、はい」

この場面でいきなり名を呼ばれて、蓮見はたいそうたじろいだふうだった。

「先ほど――第一の事件の検討の途中で、あなたが疑問を差し挟み、僕がそれを否定した問題がありましたよね。憶えてますか」

「ええと……」

「足にハンディがあるため必ずしもうまくペンキを跳び越えることができないかもしれない、というのは、なるほど犯人にとって危険だ。けれど、この部屋のヴェランダから〝ロープ〟で下へ降りようとすることの方が、もっと危険ではなかったのか」

「ああはい、確かに」

「あそこで僕は、結局のところ問題となるのは、犯人自身が実際その場でどちらに対してより切実な危険を感じたかということだから、と答えました。そして、少なくともこの犯人の主観は、ヴェランダからの脱出の方を選んだのだ、というふうに」

「ええ。そうでしたね」

「結果として、あなたのあの指摘は非常に的を射たものだったと、ここで僕は認めざるをえないわけです。つまり——。

犯人はペンキを跳び越えることができなかった。あるいは必ず跳び越えられる自信がなかった。よって犯人は足に何らかのハンディを持っていた。第一の事件の考察においいて要となるこの論理展開は、真に妥当なものなのか。そう疑ってみることによってやっと、問題の正しい答が見えてくると分かったからです」

「呑み込めないな」

楠がしかめっ面で云った。

「足が悪かったから跳べなかった。そうじゃないのか？」

「こんなふうに考えてみればどうでしょう」

響は答えた。

「ペンキに足跡を絶対に残したくない。それが目的だったのなら、何もヴェランダから地上へという脱出方法を採らなくても、他にもっと安全なやり方がありえたのではないか。例を挙げるなら、十八日の朝、涼子さんが四階の様子を見にいった際に行なったように、長椅子でペンキの〝川〟に〝橋〟を架けるという方法があるわけですが」

云いながら、響は部屋を見まわす。

「ここにはああいった長椅子はありませんね。しかし、たとえばそのストゥール」

と、響はワードローブの横に置かれている腰かけを指さし、

「二脚あります。それをペンキの上に並べて渡ることもできたはずだし、もっと云えば、たとえば夕海の死体を三階まで運んでいって〝橋〟代わりに使うなんてことだってできた。もっとも、このどちらの方法にも、そうやってストゥールなり死体なりをペンキを越えるための〝橋〟に利用したのだと捜査陣に気づかれる虞れがつきまとう。そこから自分の肉体的なハンディを悟られてしまうことにもなりかねないわけで、これは犯人にしてみれば決して望ましい話ではない。

しかしそれにしても――と、先ほどの蓮見さんと同じように僕は思ってしまう。だからと云って、ありあわせの材料で〝ロープ〟を作ってヴェランダから脱出する手間と危険の方を選択する必要性が、果たしてあったのかどうか。これも結局は、犯人の主観がどのような判断を下したかという問題に帰結することではあるのだけれど、それにしても……と。最後に待っている『犯人たりうる人間がいなくなってしまう』という困ったた結論が分かっているだけに、ここはどうしても首を捻らざるをえなくなってくる。

そこでですね、僕は改めて考えてみることにしたわけです。足にハンディがあった

という理由の他に何か、犯人がどうしてもペンキを越えられなかった切実な理由はありえないものだろうか、と」

足が悪い以外の、何か切実な理由——。

十八日の朝に見たこのC館三階の廊下の様子を思い出しながら、深雪は考えを巡らせる。

地震でこぼれたペンキ。幅は一メートルから一メートル半といったところ。グレイの床を染めた真っ赤なその色が異様だった。涼子が架けた長椅子の〝橋〟。倒れて蓋が外れた容器。あたり一帯に立ち込めた強いシンナー臭……。

「足のハンディが理由じゃないのだとしたら、こぼれていたペンキの幅自体は、実は無関係であったに違いない。では、赤という色が問題なのか」

深雪の追想をなぞるように、響は淡々と言葉をつなげていく。

「色は——、いや、違う。たとえば殺された美島夕海は赤い色を毛嫌いしていたらしいけれど、そういった好き嫌いが理由となることはこの場合ありえない。とすると、あと考えられる要素は——、臭いだろうか」

響は人差指を鼻の頭に当てた。

「そうだ。臭いなのかもしれない。それしか考えられない。犯人は、ペンキがこぼれてあたりに立ち込めていたあのシンナー臭を避けたかったのではないか。しかし、何故？

そこまで考えていって、思い浮かんだ言葉が一つありました。『化学物質過敏症』という言葉です。奇《く》しくも病室のベッドの上でのことでした」

「化学物質――過敏症？」

耳慣れぬ用語だったのだろう、楠が聞き直した。響は「そう」と頷《うなず》き、

「文字どおり、何らかの化学物質に身体が病的な反応を起こしてしまうというものです。日本ではまだあまり取沙汰されていませんが、近年になって徐々《じょじょ》に、ことに環境問題への関心の高まりとともに注目されてきている」

「そんな病気があるのか」

「病気というより、後天的に備わってしまった体質と云った方が正しいのかも」

「アレルギーみたいなもんか」

「以て非なるもの、と云うべきでしょうね。まあ、僕はいつだったか何かの本でそういう記述を目にした憶えがあるだけなので、詳しくは専門家にお尋ねください、ということで。入院していた病院の医者や看護婦には、一応話を聞いてみたんですけどね、確かにそういうこともありうるだろう、と」

「そういうこと？」

「これの原因となりうる化学物質は実に多岐にわたり、その正確な実態はまだまだ摑《つか》めていないそうです。有機燐《ゆうきりん》系の殺虫剤や塩素系の漂白剤なんかで引き起こされる人もいれば、トルエンやシンナーといった有機溶媒に対して病的な過敏反応を示す人もいる。症状についても、頭痛や腹痛、不眠、手足の痺《しび》れから目眩《めまい》、吐き気、息切れや呼吸困難などなど、患者によって種類も程度もさまざまだといいます」

「じゃあ何か、要するに犯人はその……」

「ある種の有機溶媒に対する過敏症――それもかなり重度の。そうい、い、い、い、い、い、い、いうことだったのではないかと、僕は結論したいわけです」

響がそこまで云った時点で、深雪の心には、先ほどとはまた違った形の不穏な予感がじわじわと広がりはじめていた。息を呑み、無意識のうちにゆるりと頭を振りながら、語りつづける響の口許を見つめる。

「犯行後、犯人は三階まで降りてくる途中で、あたりに立ち込める異臭に気づいた。そしてすぐ、さっきの地震で廊下に大量のペンキがこぼれてしまったことが、その原因なのだと悟る。このままうかつに近づくわけにはいかない。急激な症状に見舞われて、たとえば激しく咳込んだり倒れたりしたらおおごとだ。最悪の事態を想像すればするほど、それこそ一歩もそこへ近寄ることができなくなったに違いありません。犯人は慌てて四階へ引き返し、この部屋に逃げ込んだ。たかだか一メートルちょっとのペンキの〝川〟は、だから、そこから発せられる強い臭気ゆえに、犯人にしてみれば地上十一メートルの高さよりも遥かに危険な障害となりえたわけなのです」

響は深雪の方へすいと眼差しを向け、取り澄ましていた顔に何とも憂鬱そうな気色を浮かべる。これ以上はもう話したくないんだが、とでも云っているように見えた。

「事件関係者のうちの誰かが、実はこういった病的な体質の持ち主だったはずだ。そう考えて僕は、十七日と十八日の二日間にあった出来事を順に思い起こしていきました。そうすると、おのずとある一人の人物の名前が浮かび上がってきた。その人物の言動、その人物に関する情報のことごとくを、今の線に沿って読み替えることができる」

「ああ……」

深雪の口から知らず溜息が落ちた。

「まさかそれ」

響は微妙な頷きを返して深雪の言葉を遮り、先を続けた。

「その人物はかつて大学院で化学を専攻していましたが、四年前に『ちょっと健康上の問題があって、続けられなくなった』ということで、研究室を辞めています。長年研究室に出入りするうち、身近に置かれた実験用の化学薬品などに感作《かんさ》されて症状が出はじめた。その結果、研究生活を断念せざるをえなくなった。そうは考えられないでしょうか。

その人物は『犬アレルギー』だというが、猫のポテは平気なようです。猫はだめだけれども犬は大丈夫、という例はよく耳にするのですが、さて？――ところで、その人物が十七日の午後、青柳邸でタケマルに飛びかかられてひどい発作を起こした時、近くにはその日の朝にペンキが塗られたばかりの犬小屋がありました。刺激臭も漂ってきていた。あの発作の原因は実はタケマルではなく、その臭気の方にあったのではないか。そう云えばあの時、『犬アレルギー』なる言葉を持ち出したのは発作の様子を見ていた後藤慎司でした。その人物自身は、一言も自分がそうだとは云っていないのです。

その人物はこの鳴風荘に足を踏み入れた時から、何となく顔色が悪くて体調が思わしくないように見受けられました。たまに咳込んだりもしていた。あれはつまり、建物の外壁にペンキで描かれた絵――そこから不断に発せられ、漂ってくるかすかな刺激臭のためだったのではないか。

その人物のことを、明日香井深雪は昔から実の兄のように頼りにしてきたといいます。そんな彼女が十八日の朝、僕の要請に従って事件の現場へ向かう際、心細いから一緒に来てほしいとその人物に頼んだ。ところがその人物は、物怖じしたようにかぶりを振るばかりでした。勘弁してくれ、血とか死体は苦手なんだ、と云って。あれは、本当にそうだったのか。実のところは、三階の廊下にこぼれているペンキ——その臭気を恐れて、彼女の頼みを断わったのではないでしょうか」

深雪の口からまた、力のない溜息が落ちる。それに合わせるように響も小さく息をつき、さらに続けた。

「以上のような読み替えに加えて——。その人物は第一の事件の夜、例の〝ロープ〟を回収するために必要な点火器具を持っていたか。——持っていました。その人物は煙草を吸うためにライターを所持していて、そのライターは後藤慎司の場合のようにガスが切れてもいなかった。また、その人物は身長百五十センチ強、体重四十キロくらいの、小柄で身軽な体型の持ち主です。手製の〝ロープ〟を使っての脱出も、決して不可能ではなかったに違いない。

青柳洋介が殺害された二十二日夜の時点で、その人物の足にはいかなるハンディキャップもありませんでした。屋根から脱出できた人間は犯人ではないと僕たちに思わせるため、さっき説明したようなトリックを使って土蔵の扉に掛金を下ろす、その必然性があったということです。

その人物は『犬アレルギー』であると僕たちは思い込んでいたけれども、本当はそうではなかったのだとしたら、掛金のトリックのために犬を利用することにも何ら抵抗はなかったはずです。むしろそのことをもって自分が容疑から外される可能性の方が大きい。また、タケマルを操るための声符についても、実際に青柳氏が命令する場面を見ていてその人物は知っていた。

もう一つ補足しておくと、その人物の性格を、長年親しいつきあいのあった明日香井深雪はこんなふうに評しています。『昔から心配性なの』『あんまり深く考えない方がいいようなことまであれこれ考えちゃうんだから』などなど。これはまさに、二つの事件の検討を通して浮かび上がってくる犯人の性格と一致するのではないでしょうか」

そこで再び小さく息をつき、響は煙草を探った。残りがもうないことに気づくと、何とも許しがたいというふうに顔をしかめて、くしゃりと箱を握り潰す。そして、云った。

「その人物とはつまり、五十嵐幹世です」

XII　時を遡《さかのぼ》る

1

蓮見夫妻に礼を述べ、深雪たちが鳴風荘をあとにしたのは午後十時前のことだった。

泊まっていってはどうかと蓮見たちは繰り返し勧めてくれたのだが、少なくとも深雪はそんな気分にはなれなかった。かと云ってこれから東京まで車を飛ばす元気もなく、結局近くのリゾートホテルに一泊しようと決めた。

夏休み最後の日曜日とあってホテルはけっこう混んでいたが、幸い部屋を取ることはできた。シングルルームを二室、である。

チェックインするとすぐ、深雪は東京の叶に電話をかけた。この時間だとまだいないかなとも思ったのだけれど、予想は外れた。病み上がりを理由に、早めに帰宅したのだという。

帰りは明日になるからと告げ、ホテルの電話番号を教えた。こちらの事件を巡る状況を叶はしきりに訊いてきたが、深雪は「明日ね」とだけしか答えなかった。とても今、自分の口から話す気にはなれなかったのである。

そして、時刻は午後十一時過ぎ。ホテルのコーヒーハウスにて——。

「質問させてくれ、明日香井」

響と深雪が客室から降りてくるのをそこで待っていた楠が、二人が注文を済ますなり云った。

「五十嵐幹世が犯人だっていうお前の推理には充分納得した。——で、犯行の動機はいったい何だったんだ?　本人に訊けば分かるだろうなんて云っていたが、お前にも察しはついてるんだろう」

「蓮見夫妻もいる前で、あれ以上のことを喋《しゃべ》るのは気が進まなかったものでね」

と云って、響はテーブルに頬杖を突いた。すっかり疲れてしまっているのが、その動きを見ていて分かる。

「もちろんだいたいの想像はついているけれど、これはあくまでも想像の域を出ない話でね。だから……。あとはもう、警察の仕事だろう。四年前に彼が研究室を辞めた理由を調べて、ついでに彼が『犬アレルギー』じゃないってことも確認して、青柳氏を殺すためにこっちへ来たのはあのシビックを使ったんだろうから、その辺を中心にね、勤勉なる刑事さんたちの足にものを云わせてあちこち訊き込んでまわれば……」

「んなこと、お前に指図されなくても分かってる」

楠はいくぶん声を荒《あら》らげ、きょろりとした目で響を睨《にら》み据《す》えた。

「気が短いのは警察に入ってからも変わってないんだ。こっちもめいっぱい協力してやっただろう。勿体《もったい》ぶらずに教えろよな。な」

「しようがない警視さんだねえ。ほんとに大学時代と変わってない」

「何とでも云え」

「固い友情」で結ばれているという友人の要求に響が応えたのは、運ばれてきた紅茶の香りを嗅いで「あんまりいいものを使ってないなあ」と文句を吐いた、そのあとのことである。

「話は六年半前——一九八二年の十二月三十日に遡ることになる」

たっぷりとミルクを入れた紅茶を、響はまずそうに啜った。

「世田谷区代田のマンション〈ヴィニータコータ〉——これはサンスクリット語で

『美しい城』って意味だね——このマンションの最上階６０５号室でその夜に起こった殺人事件のことは、もちろん知ってるだろ。美島夕海の姉、紗月が殺された事件だ」

「ああ、そりゃあ」

楠は尖った顎を撫でながら、

「中塚哲哉っていう紗月の男友だちが犯人で、警察に追われた挙句、首を吊《つ》って自殺したんだってな」

「そう。その中塚が問題のマンションのエレベーターから降りてくるのを目撃したのが、他ならぬ深雪ちゃんと美島夕海だった。二人はその日たまたま下北沢で出会って、深雪ちゃんの希望で紗月の部屋を訪れることになったんだな。

夕海が事前に電話を入れて姉の了解を取り付け、二人は午後九時頃マンションに到着した。電話を受けた時、紗月はいま客がいるのでと云っていたらしいが、その客というのが中塚だったわけだね。九時に妹たちが来ることになったのを、紗月はきっと中塚には告げなかったんだろう。だからその後、予言された未来の破滅から逃れたいという衝動が爆発して、中塚は手近にあった鋏を取り上げ、紗月に襲いかかった。彼女の〝力〟の源であると信じていた黒髪を奪おうと思ったのだ、と中塚自身が後に日記で告白している」

「ふんふん」

鼻の頭を撫でながら、楠は小さく何度も頷く。今回の捜査にあたって、六年半前のあの事件の記録も当然調べたに違いない。

「一方、紗月がそうして中塚に襲われる場面を、何百メートルか離れた建物の屋上から見ていた人間がいた。明日香井叶――当時まだ大学生だった僕の弟だ。

その夜の皆既月蝕《かいきげっしょく》を見るため屋上に昇ってきていた彼は、双眼鏡で偶然、近所に建つマンションの一室で起こったその事件を目撃してしまった。黒い服に黄色いスカーフの美しい女性が、部屋の中で何者かに切りかかられて逃げ惑っている光景……。彼は大慌てで、そのマンションへ向かった」

深雪はどうにも複雑な心地で、響の話に耳を傾ける。あの夜の、あの不思議な赤銅色の月影が、窓ガラスの外の闇に滲んだ外灯の光に重なって妖《あや》しく揺らめいた。

「深雪ちゃんと夕海は中塚哲哉とすれ違ったあと、エレベーターで六階に上がった。そうして訪れた605号室で見たものは、リビングの床に倒れ伏した紗月の姿だった。この時の模様を、深雪ちゃんはこんなふうに回想している。

黒いシャツに黒いスパッツという服装で、部屋の中央で俯《うつぶ》せになっていた。ねじ曲がるようにして顔がこちらを向いていた。頬に刃物で切られたような傷があって、血が流れ出していた。同じように血にまみれた両手が力なく前方へ投げ出され、そして足許に何か、鮮やかな朱の色をしたものが落ちていたような気がする……。

深雪ちゃんは夕海をその場に残し、部屋を飛び出した。エレベーターで一階に降りて玄関へ向かう。そこで、駆け込んできたカナウと出会った。マンションの横にあった電話ボックスから警察に通報したあと、カナウと一緒に現場へ戻る。夕海は茫然自失の体《てい》で床にしゃがみ込んでおり、そのそばでは紗月が息絶えていた。紗月の首には血に染まったスカーフが巻きついていて、それが直接の死因であったことが後に判明した」

響は頬杖を外し、ぐいと背筋を伸ばした。テーブル越しに楠の顔を見据えながら、

「今の話を聞いて、どうだい？　何だかおかしいとは思わなかったかな」

訊かれて、楠は「んん？」と眉をひそめた。

「おかしいって……どこが」

「微妙な点だからね、なかなか気づきにくいか。現に当の深雪ちゃんたちにしても、当時の捜査陣《い》にしても、それを重大な問題点として認知しなかったんだから」

「何なんだ」

「なあに？」

と、深雪が声を重ねる。先ほど新しく買った煙草の封を切りながら、響は答えた。

「最初に現場に足を踏み入れた時、深雪ちゃんが目にした『鮮やかな朱の色をしたもの』っていうのは何だったんだろうか」

「え……」

「紗月は赤という色が大嫌いで、服にも部屋の調度にもまったく赤い色のものがなかった。そうなんだろう？　なのに君は、その時『鮮やかな朱の色をした』何かが紗月の足許に『落ちていた』のを見ている。いったい何がそこにあったんだろう」

深雪は返す言葉に詰まった。慌てて記憶を手繰り寄せる。

あの時——ああ、そう、確かに自分はそのようなものを目に留めた憶えがある。先日、響を相手にあの夜の話をした際にも、そのことを云ったかもしれない。紗月の足許に落ちた、何か鮮やかな朱の色をしたもの。あれは……？　と、あの時一瞬、思ったような気もするけれど。

「カナウと二人で再び現場へ行った時には、紗月の首には凶器に使われたスカーフが巻きついていた。スカーフは血に染まっていたという。この時、死体の足許にはその『鮮やかな朱の色をしたもの』はあったかい？」

「——なかったように思う」

「とすると、どういうことになる？ ——深雪ちゃんが初めに見たのは、中塚哲哉に鋏で襲われた際の出血で汚れ、揉み合ううちにほどけて床に落ちた紗月のスカーフだったんじゃないか。もともと黄色だったのが血に染まって『鮮やかな朱の色』に見えたのだと、そう解釈するのは誤りだろうか。そのスカーフが、深雪ちゃんのいない何分かの間に紗月の足許から消え、死体の首に巻きついていた。ということは？」

「ということは……まさか」

深雪は思わず息を止めた。

「——夕海ちゃんが？」

2

「中塚は確かに紗月に鋏で襲いかかり、あちこちにひどい傷を負わせたが、それによって彼女がすぐに息絶えることはなかった。彼の第一目的はあくまでも彼女の髪を奪うことにあったわけだから、無意識のうちに急所への攻撃を避けたのかもしれない。つまりだね、深雪ちゃんたちが部屋を訪れた時、紗月はまだ死んではいなかった。気を失っているだけだったというわけだ。深雪ちゃんが警察を呼ぶために部屋を出ていった、そのあとに、夕海はそれに気づいた。そこで彼女は、そばに落ちていたスカーフを使って紗月の首を……」

「何で夕海ちゃんが、そんな?」

黙って聞いていられなくて、深雪は問いかけた。響はゆるりとかぶりを振りながら、

「それこそ彼女に訊いてみないことにはね」

と答えた。

「けれども、たとえばこういった想像は容易にできる。十七日の夜、鳴風荘の広間で僕が彼女につっかかった時のことは憶えているだろう?」

「——うん」

「あなたはお姉さんのことをどのように思っていたのか、愛していたのか。僕がそんな質問を繰り出した時、彼女が見せた動揺は大きかったね。そのうち彼女は、まるで人格が入れ替わったみたいな感じになって、こんなふうに云った。姉は素晴らしい人だったが、同時にひどく残酷な人でもあった。私は幼い頃、あの人に呪いをかけられたのだ」

「…………」

「あの人は、妹が自分と対等の存在になることが許せなかった。対等どころか、本当は私の方がずっと強い〝力〟を持っていたのに。だから、それを封じ込める呪いをかけたのだ」

まくしたてるように言葉を連ねた、あの時の夕海の表情が脳裏に蘇《よみがえ》る。さながら美しい鬼女とでもいうような、恐ろしく凄みのある形相《ぎようそう》だった。

「紗月が死んで、私はようやく本来の私になることができたんだと、そして彼女は云った。あの台詞《せりふ》が結局は、すべてを表わしていたんじゃないか」

「…………」

「長年の間ずっと、彼女は〝特別な人〟である姉に対して云い知れぬほどのインフェリオリティ・コンプレックスを抱《いだ》きつづけてきた。彼女自身がそれをどの程度意識化していたかは別として――」

事件の夜、血まみれで倒れ伏した紗月を目の前にして、彼女の心は激しく引き裂かれた。姉はまだ息絶えてはいないようだ。助けなければいけない。いや、しかし助かるようなことがあってはいけない。このまま姉が死んでしまいさえすれば。そうすればきっと、自分は本来の自分を取り戻せる。今ここで姉が死んでくれさえすれば……。彼女の手は、落ちていた血染めのスカーフに伸びた。

おそらくそのことをもって、彼女は自らの精神の均衡を失ってしまったんだろうね。殺人の罪はすべて中塚哲哉が背負わされる結果になったものの、彼女はその後、長らくの入院生活を余儀なくされる。そうして、崩れた心のバランスを取り戻すために彼女は、死んだ姉そっくりの人間に自分がなっていく、という方途を選んだ。それ以外、彼女にはどうしようもなかったってことかな。専門的にはもちろん、もっといろいろ深い解釈ができるんだろうけど」

「ヒビクさんは、いつからそれを?」

「確信したのはこのあいだ、病室で深雪ちゃんとカナウから詳しい話を聞いた時さ」

そう答えて、響はまた、いかにもまずそうに紅茶を啜った。

「もっとも、それ以前――夕海の〝変貌〟を見て深雪ちゃんたちが驚いていたあたりから、何となく気に懸《か》かりはじめてはいたんだけれども。だから十七日の夜、あんな具合に彼女に絡《から》んでみたのさ。あの時の彼女の反応を見て、漠然とした気懸かりは具体的な想像に変わっていったわけで……」

「昔の事件のことは分かった。——で?」

楠が響を促した。

「それと今度の事件の動機とが、どうつながってくるわけだ」

「五十嵐幹世と中塚哲哉が、かつて親しい友人同士だったっていうことは?」

「ああ、それは聞いてるが」

「十七日の夕方に鳴風荘の庭で彼と話していて、僕と深雪ちゃんはその関係を知ったんだけどね。あの時の様子を思い出すにつけ、彼の中塚への愛情——と云っていいのかな——それは相当に深いものだったんだろうな、と」

3

深雪は思い返す。

タイムカプセルの箱の中から響が見つけた、あの古い新聞。それに載っていた中塚哲哉のインタビュー記事。——C館西側の、あの池のそばでの出来事だった。

五十嵐は中塚の名を聞いて、たいそう驚いたふうだった。それがやがて溜息の繰り返しに変わり、どうしたのかと深雪が尋ねると、あいつは大学時代の友だちだったんだという答が返ってきた。

『あいつが人殺しだなんてね、いまだに僕は信じられないでいるんだよ』

そんなふうに、彼は云っていた。

どうして今まで黙っていたのかと、深雪はいくらか訝《いぶか》しく思った。四年前に五十嵐が研究室を辞めて甲府へ引っ込むまでは、よく電話で話したり会ったりする仲が続いていたからである。

『早く忘れてしまいたかったから。だから、なるべくあの事件の話は避けてたのさ』

五十嵐はそう云って、苦しげな面差しでゆるゆると頭を振りつづけていた……。

「その中塚が殺人の容疑で警察に追われ、挙句に自殺してしまった。当時、五十嵐はアメリカに留学中だったと思うんだが」

そう。確かにそうだ。六年半前のあの時期、五十嵐は研究のため日本を離れていた。

「彼らの親しさの程度によっては、ひょっとしてこんなこともあったのではないかと推測できる。逃亡中の中塚は、他に頼れる人間がなくてアメリカの五十嵐に電話をかけた。そしてありのままの事情を話し、殺したのは自分じゃないと懸命に訴える。自分は彼女の髪を奪おうとしただけだ。確かに鋏で傷を負わせはしたが、スカーフで首を絞めてなんかいない。なのに……と。遺《のこ》された日記にも、そのような意味合の記述があったらしいね。

五十嵐は中塚の言葉を信じようとしただろう。自首するように説得したかもしれない。しかし、その後まもなく、中塚はプレッシャーに耐えきれず自殺してしまった」

そうだ——と、深雪は心の中で頷く。

あのあとアメリカから帰ってきた五十嵐が、「大事な人を失った」と云ってどうしようもないくらいに落ち込んでいたのを、深雪は憶えている。心配した彼女はだから、そんな彼を元気づけるため、一緒にどこか景色のいいところへ遊びに行こうか、と持ちかけたのだった。あの時彼が云った「大事な人」というのが、つまりは中塚哲哉であったということなのだろうか。

当時、深雪はすでに叶と親しいつきあいを始めていた。にもかかわらず、いくら昔から仲良くしてきた又従兄が相手とはいえ、叶以外の若い男性と二人で旅行に出かけたりしたのは——それは決して、彼女が〝軽い〟女だったからではない。鳴風荘で響がベッドルームから締め出されたのを見ても分かるように、そのあたりはむしろ、古風なくらいに潔癖なたちなのである。

要するに深雪は、五十嵐を「若い男性」として意識していなかったわけなのだ。家庭教師をしてもらっていた頃から現在に至るまで、一度としてそのような目で彼を見たことがない。見ることができないのである。それはつまり、女性を恋愛や性欲の対象として捉えることができない彼の精神的特性を、早くから深雪が知っていたからなのだった。

五十嵐がそういう種類の人間——ありていに云えば同性愛者——であるという事実は、深雪の父政治も承知している。母も知っているはずだ。それでいて、二人ともまったく五十嵐を妙な色眼鏡で見ることはしない。三人の兄たちにしても同様である。相澤家の人々というのはどうも基本的に、その種のマイノリティに対する偏見を不思議なほど持ち合わせていないらしいと理解することもできる。

父などは、五十嵐のような男を娘の家庭教師に付けることで、むしろ安心していたふしもあった。だからこそ、十年前の夏にしても、当時大学生だった五十嵐を可愛い末娘の「お目付役」として同行させたりしたわけなのだろう。

その辺の事情を響がどれほど察知しているのかは不明である。彼のことだからきっと、もはやすべて想像がついているのだろうとは思うが……。

響はしかし、その場でそれ以上、五十嵐と中塚の関係について触れようとはしなかった。

「夕海の異様な〝変貌〟を知って、五十嵐は僕と同じように——いや、それ以上に強く、ひょっとしたら彼女こそが六年半前の事件の鍵を握っているのではないかという疑念を抱いたに違いない。そこであの夜、どうしても夕海と差し向かいで会ってそのことを問いただしたくてたまらなくなり、彼女の部屋を訪れた。

その際の二人のやりとりがどんなものだったのか、これも結局は五十嵐本人に訊いてみるしかないんだろうね。ただ、ここまでは云えるんじゃないか。タイムカプセルに入っていた昔の自分の文章や青柳氏が描いた肖像画、さらには僕の強引な質問といったさまざまな出来事のため、あの夜、夕海の精神状態はすこぶる不安定になっていた。そんな彼女が、五十嵐の詰問《きつもん》に対して、『そのとおり、自分がやったんだ』といった答を返した可能性は小さくない。きっとそうだったんだろうと、僕は思う」

『そうです。私が殺したのです』

耳の奥でふと、そんな夕海の声が響いたような気がした。深雪は目を閉じ、強く頭を振る。

『どうしようもなかった』

『私にはどうしようもなかったの。ただ私は、私の中の本当の私が命ずるままに……』

「それを聞いた瞬間、五十嵐の心の中では抑えようのない怒りが噴き上がり、爆発し、理性を粉々に吹き飛ばしてしまった。この女こそが美島紗月の首を絞めた真犯人だったんだ。この女がそんなまねさえしていなければ、紗月は死ななかったかもしれない。中塚が殺人犯の汚名を着て自殺してしまうようなこともなかったに違いない。すべてはこの女のせいだったんだ。この女のせいで。この女のせいで中塚は死んでしまったんだ。そして、彼は……」

「復讐、ってことか」

と、楠が呟いた。響は黙って肩をすくめ、窓の外の闇へ視線を逃がした。

「青柳を殺したのは、さっきも訊いたが、やっぱり口封じのためだったと？」

「だろうね。ただし――、そう、青柳氏には同性愛趣味があったらしいって話だったよな」

「ああ」

「だとすると、青柳側の行動をもう少し具体的に推測することも可能だろう」

「と云うと？」

「五十嵐幹世はあのとおり、なかなかの美男子だ。それもかなり中性的な雰囲気のある、ね。十年前の夏、彼が深雪ちゃんたちと一緒にこっちへ遊びにやって来た、その時からすでに、青柳氏が彼のことをそういった対象として見ていた可能性は否定できまい？　青柳氏は中塚哲哉の恩師でもあり、新聞の取材にも応じていたくらいだから、それなりに親しくもしていたんだろう。中塚との交流がその後も続いていたとすると、彼の口から五十嵐の話を聞いていたってこともありうるね。そんなこんなで、要するに青柳氏は、もともと五十嵐のことを憎からず思っていたのだとする」

十七日の夜――鳴風荘での夕食会が始まってまもなく、青柳がみんなに例の「お土産」を渡した時の様子を思い出す。「あなたの絵もあるから」と五十嵐に告げた青柳が、あの時浮かべたはにかんだような笑み。――あれにはそんな意味が含まれていたということなのか。

「第一の事件の夜、鳴風荘を出て家へ帰ろうとした青柳氏は、たまたま五十嵐の姿を見かけた。もしかすると声をかけて、言葉を交わしたかもしれない。それを想像してみようか。

こんな時間にどうしたのか、と酔っぱらっていた青柳氏が訊いた。五十嵐は慌てて、寝つけないので散歩に出ていたんだとか何とか云ってごまかしたが、そこでさらに、何かもっともらしい理由をつけて、くれぐれもこのことはみんなには内緒にしておいてほしい、と強く口止めをした。

青柳氏はとりあえず納得して家に帰ったが、昼になって警察から事件発生の知らせを受ける。驚いて、当然すぐに五十嵐のことを疑ってみたに違いない。警察に云うべきか、云わざるべきか。迷いながら彼は鳴風荘に駆けつけ、広間に集まっていた僕たちの顔を見渡した。その中には五十嵐の顔もあった。思いつめた眼差しで、云わないでくれと訴えているように見えた。

考えあぐねた末に青柳氏は、警察に対してはさしあたり『誰か知らない人間を見た』で通そうと決める。『走って門から出ていった、その後ろ姿を見たような』という嘘もついた。その時点で彼の頭の中では、このことをネタにして五十嵐に云い寄る手もあるなという考えが形を取りはじめていた。——どうかな」

「関係を迫ったわけだな、その——ホモの」

「そんな調子であんまりホモホモって云ってたら、深雪ちゃんに叱られるぞ。偏見持ってるの？　ってさ」

「別に叱ったりなんかしないけど」

深雪はニュアンスを訂正しようとするが、声にはまるで力が入らなかった。

男が男を愛する、あるいは女が女を愛する。そのようなことがあったっていっこうに構わないいんじゃないかと、昔から深雪はそう思っている。だからこそ、五十嵐は彼女にとって、ずっと「頭が良くて頼りになるお兄さん」でありつづけたのだった。だがしかし……。

「それで五十嵐は悩んだ挙句、青柳の口を封じることにしたってわけか。——なぁるほど。因果な話だよなあ」

楠はすっかり納得の面持ちである。これ以上何も話すことはないぞ、と云うように、響は物憂げな視線をまた窓の外に向けた。

店内にはもうほとんど客の姿がない。まもなくラストオーダーを取りにきたウェイターに、楠は妙に元気良く「コーヒーのお代わりね」と頼み、響と深雪は黙って首を横に振った。

4

ロビーで楠と別れ、響と深雪は並んでエレベーターに乗り込んだ。二人の部屋はどちらも四階にあった。

「幹世兄さん、逮捕されちゃうのかなあ」

上昇する密室の中で、深雪は大きな溜息ばかりをついていた。火の点いていない煙草のフィルターを噛む響は、いつもの澄まし顔である。

「証拠が見つかるか目撃者が現われるかしたら、すぐにでも逮捕に踏み切るんじゃないかな」

「――何も殺さなくっても良かったのに」

「今さら云ってみても仕方ないだろう」

「それはそうだけど……」

静まり返った長い廊下を、響が先に立って歩く。深雪はその後ろをとぼとぼとついて行った。

「深雪ちゃんとカナウが仲良くしてるってこと、五十嵐さんには伝えておいた方がいい」

不意にくるりとこちらを振り向いて、響がそう云った。深雪はちょっとびっくりして、

「何でそんなこと……今になって？」

「心配してると思うからさ」

「鳴風荘で、あたしとヒビクさんが不仲みたいに見えたから？」

「そう。いや、たぶんそれ以上にね」

「――って？」

「十八日の午後、僕が深雪ちゃんに、どうして地震が起こったあと部屋にいなかったのかっていう例の質問をしたのを、五十嵐さんはそばで見ていたね。そこできっと、彼は考えたと思うのさ。もしかするとこの刑事は、自分の妻のことを真面目に疑っているのかもしれない、と」

深雪はきょとんと目を見張る。響は低い声で続けた。

「それまでに明らかになっていた事件の状況を、彼は自分なりに検討してみた。ペンキを跳び越せるか跳び越せないか、足にハンディキャップがあるかないか、といったことが当面の焦点となりつつある一方で、僕はあの時、死体から何故髪の毛が切り取られていたのかという問題こそが最も重要なポイントだと思う、なんて宣言しただろう？　あそこから彼は、『あんまり深く考えない方がいいようなことまであれこれ考えちゃう』っていう持ち前の性格で、本当にあれこれと考えを巡らせたに違いない。

そしてその結果、ひょっとするとこの刑事は〝ロープ〟によるヴェランダからの脱出というところまで推理を進めているのかもしれない、と勘ぐるようになった。このままの展開で行くと、容疑は〝足にハンディのある人間〟に向けられる公算が高い。この実際、この刑事はそう疑いはじめている。だからあんなふうに、みんなの前で深雪ちゃんを問い詰めたんじゃないか……。

　さらに彼は、今夜僕が鳴風荘で長々と話したような道筋を辿って、犯人は明日香井深雪でしかありえないっていう結論が出されてしまうことになるのではないか、と思い至った。見たところ、二人の夫婦仲はあまりよろしくないようでもある。放っておけば、僕が深雪ちゃんを本気で犯人扱いする可能性も低くない」

「そこまで考える？　普通」

　云ってしまってから、すぐに思い直す。

（考えるかもしれないか、幹世兄さんなら）

「――で、東京へ帰った深雪ちゃんに何度か電話をかけて、左足の怪我の具合を訊いて、もう良くなったと知った時点で、彼は青柳殺しの実行を決めた。そしてそこで、〝足にハンディがない人間〟を容疑の外に置くための、あんなトリックを使ったわけなんだが」

「じゃあ――」

　深雪はぱちくりと目をしばたたき、

「まさかそれ、あ、あたしの疑いを晴らすためだったって？」

「そういう意図もあったんじゃないかと思わないかい？　ひどく遠まわりなやり方だ

けどね」

云いながら、響は一重の左瞼を中指の先で強く押さえつける。相当にくたびれているようだった。

「だからこそ彼は、第二の事件が第一の事件と同じ人間の犯行であることを明示するような手がかりを残したのかもしれない。パンストを凶器に使ったり、どこかに隠しておいた品々をわざわざあの家の焼却炉で燃やしたり。二つの事件が同一犯の手になるものならば、第二の事件の犯人ではないということをもって、その人物は第一の事件の犯人でもないと証明されることになるから」

「…………」

「そんなわけだからね、しかるべき時機を待って、五十嵐さんには知らせておいた方がいいと思う。カナウとはうまくやってる、ってさ。きっと彼、深雪ちゃんのことが大好きで、心配でたまらないんだよ。せっかく子供の頃からの夢が叶って警視庁の刑事さんと結婚したんだ、幸せでいてほしいんだよ」

おやすみを交わして部屋に入ると、深雪は独り熱いシャワーを浴びた。その時になってやっと、それまで何故かしら込み上げてくることのなかった涙が、堰《せき》を切ったように溢《あふ》れ出た。

エピローグ

鳴風荘で事件が起こった日から、一ヵ月余りが過ぎた。

主人を亡くしたタケマルは蓮見夫妻の許に引き取られ、ポテとともに平和に暮らしている。涼子の壁画は着々と進行し、冬までには完成の予定だという。後藤慎司は杉江あずさを口説き落とすことに成功し、千種君恵は夕海と住んでいた部屋を引き払った後、看護婦への復職を考えている模様である。

響は京都に帰って、相変わらず好き勝手な生活を送っている。叶は忙しく事件に追われ、深雪は毎日のようにそんな夫を叱咤激励《しったげきれい》する。

五十嵐幹世は九月の初めになって逮捕され、犯行を自供した。第二の事件の夜、海ノ口の近辺で山梨ナンバーの白いシビックを目撃した、などという証言もいくつか出てきているらしい。

彼の逮捕は、多くの者たちに大きなショックを与えた。深雪の父政治も母冬子も、彼のことを昔から知っている兄たちも……みんなが驚き、口々に「信じられない」と云い、そうして悲しんだ。

『あまり遠くはない将来の……悲しんでいる。いろんな人。あなたもよ。……ああ、そうね。あなた自身じゃなくって、あなたの大事な人が……』

あの夜の夕海の言葉を、深雪は思い起こさずにはいられない。ひょっとしたらこれが、あの時夕海が「見た」未来だったのかもしれない。そんなふうに考えて、どうにもやりきれない気持ちになる。

そして、九月も終わりにさしかかったある日の夜——。

札幌の明日香井家から、緊急の知らせが入った。当年九十歳、叶たちの祖母であり、明日香井一族最大の権力者でもある明日香井ミヤコが危篤《きとく》だというのである。折りしも東京方面へ遊びにきていた響に連絡を取り、深雪たちは翌朝早くに羽田《はねだ》を発って北海道へ急行することとなった。

「どうしたの、ミーちゃん」

搭乗ゲートに向かう途中で、深雪はふと足をすくませた。訝しげに問いかける叶に、

「何だか嫌な感じがして」

そう答えて、ぶるりと頭を振る。

「夕海ちゃんのあの〝予言〟のこと、また思い出しちゃったの。それで、だから……」

「だから？」

「はあん」

響が云った。

「まさか深雪ちゃん、これから乗る飛行機が落ちるんじゃないか、とか？」

深雪が何とも答えられずにいると、響は薄い唇の両端をきゅっと引き締めて、「ふん」と鼻を鳴らした。

「深雪ちゃんが信じると決めたのなら、それは深雪ちゃんにとっての〝真実《リアル》〟だ。けれどもね、この世界はそれだけで成り立っているわけじゃない」

「…………」

「たとえば僕は、彼女の〝力〟も〝予言〟もまったく信じちゃいない。僕にとってはそれが当面の〝真実〟なわけで」

「ちょっとちょっと、兄貴」

口を挟もうとする弟の顔にキッと目を向け、

「カナウは？　信じるかい」

「美島夕海の〝力〟を？」

「ああ」

「人騒がせな予言はノストラダムスだけで充分だと思うけど」

「なるほど。——とまあ、そんなわけでね」

響はにやりと笑って、深雪の肩を押した。

「二対一で僕らの〝真実〟の勝ち。——大丈夫。落ちやしないよ、この飛行機は」

空は初秋の爽《さわ》やかな青。風は北から少し。見渡す限り雲の一つとてない。

今夜の月はどんな形だろうか。そんなことを考えながら、深雪は手荷物を持ち直した。

——了

講談社文庫版あとがき

綾辻行人というこの筆名で仕事をするようになって、早いものでもう十九年になります。この間、いわゆる「新本格ムーヴメント」の流れともあいまって、「綾辻といえば本格ミステリの書き手」という認識が広く共有されてきたと思いますが、実のところ僕は、「本格」の〝中心〟＝コアを射抜くような作品をさほど多くは書いていません。そう自覚しています。

このあたり、本作の光文社文庫版に貫井徳郎《ぬくいとくろう》さんが寄せてくださった解説での指摘は当を得ています。貫井さんによれば、綾辻は「〝周辺〟の本格を書いている」作家と位置づけられます。それは確かにそのとおりで、デビュー作の『十角館の殺人』からして、あれはどう見てもやはり、〝中心〟じゃなくて〝周辺〟の本格でしょう。評者のミステリ観によっては「本格」の範疇《はんちゅう》にすら入らないかもしれないし、事実、発表当時はそういう声も少なからず耳にしたものです。僕自身も、あれを「バリバリの本格ミステリ」だと思って書いたわけではまったくありませんでした。程度の差はあれ同じことが、たとえば「館《やかた》」シリーズの中でも半数以上の作品について云えます。

何かを論じる時、対象となる事物や概念の「定義」はむろん重要な問題の一つです。が、数学や自然科学の命題とは違って、小説やそのサブジャンルであるミステリ、さらにそのサブジャンルである本格ミステリについて、揺るぎのない「定義」が付与されうるはずなど、そもそもないようにも思えます。最大公約数的な了解事項の抽出は可能でしょう。単に表面的な「形式」のみで割り切って捉えるというのも、淡泊な「割り切り」さえ厭《いと》わなければ簡単な作業ですが、それをしてみたところで別に面白くない——というか、少なくとも実作者にとっては大して意味もないこと、というふうにも思えます。

個々の創作者が、携《たずさ》わるジャンルのコアに関するみずからの理念を持つことは当然だし、必要です。それらが寄り集まって当該ジャンルのコアが形作られていく、ということも当然の結果として起こります。ですが、あたかもそれが客観的真理であるかのように述べられた、ともすれば偏狭《へんきょう》で排他的になりがちな「定義」は、いたずらにジャンルを小さくし、ジャンルのエネルギーを殺《そ》いでしまいかねない。一方でしかし、「あれもこれも、みーんな本格！」と能天気に両手を広げてしまうことの弊害もないとは云えません。そうやって理念が拡散し、コアの輪郭が曖昧になっていくと、長い目で見てジャンルは失速・衰退の道を辿るものです。

要は、〝中心〟＝コアへの求心力と〝周辺〟あるいは〝外部〟に対する浸透力・包容力、この両者のバランスが肝心なのだ——という、ごく当たり前な結論になるわけですが。

＊

「本格ミステリとは何か？」について、今ここで詳細に論じようというつもりもないので、以下には僕の、このジャンルに対する基本的なスタンスを略記しておくにとどめます。あくまでもこれは実作者綾辻の個人的事情であって、他者にその共有を強《し》いるようなものではありませんので、ご了解を。

僕が「本格」をイメージする時には、必ず二つの物差し——というより概念枠組——を用意するようにしています。
①は〝中心〟＝コアとなる本格、すなわち「狭義の本格」。
②は〝周辺〟を広く視野に入れた本格、すなわち「広義の本格」。
①において、僕にとっての理想型はエラリイ・クイーンの初期長編にあります。国名シリーズやバーナビイ・ロス名義の四部作。あれらのような「純粋な推理の問題」

こそが、真に「本格」の名に値するのだという、かなり頑固な思い込みやこだわりがある。これはまあ、少年期に味わった圧倒的感動による「刷り込み」みたいなものでもあるのですが、それだけにどうしても、そこから自由になることができないわけですね。

②については、ぐんと範囲が広くなります。

「(広義の)本格とは『トリッキーなプロットを、安易な〝後出し〟をしない努力を怠《おこた》らずに書ききった小説』である」

というのが、ここでの僕の考えです。この場合は従って、形式が探偵小説である必要すらありません。ホラーであろうとSFであろうと恋愛小説であろうと、「本格」と呼べるものはたくさんある、という話になります。

そういえば昔、「本格は雰囲気である」というような暴論を書いたことがありましたが、あれはまた別次元の問題だった、と現在は把握しています。つまりはあの頃、いわゆる自然主義的リアリズムが過度に尊重されがちな状況にほとほとうんざりしていたものですから、対するロマン主義の、それにどっぷりと浸りきったようなミステリが読みたくて、自分でも書いてみたくて仕方なかったわけなのでしょう。

＊

さて、そこで本書『鳴風荘事件――殺人方程式II――』です。

副題が示すとおり、『殺人方程式――切断された死体の問題――』の続編として、一九九五年に発表した長編です。執筆に際して、僕はかなりの程度、前述の①を意識した――すなわち、この辺で「狭義の本格」をきちんと書いてみよう、と考えました。解決編の手前に「読者への挑戦」を正式に挿入したのが、その意気込みの端的な表われですね。

結果として出来上がったものの達成度については、うーん、いくつかの点に優しく目を瞑《つぶ》ってやればまあ、悪くない仕上がりになっているんじゃないか――というのが、いま読み返してみての自己評価です。随所にさまざまなレベルでの苦心の跡が窺《うかが》われ、それらが頼もしく見えたり微笑ましく見えたり、時として痛々しく見えたりもしつつ――。

発表から十一年も経つとどうしても、何やら他人事めいた感じも強くなってくるものですが、それでもやはり、今回の再文庫化を機に、一人でも多くの方にこの「推理の問題」を楽しんでいただければ良いなと思います。

＊

　さてさて、この「殺人方程式」シリーズ、いずれ三作目を書くと云っておきながら、ずうっと放置状態が続いています。
　時代はとうに二十一世紀。――なのに、明日香井兄弟たちの「現在」は一九八〇年代末で止まったまま。今さらここで続編を、というのも何だか間抜けな話だし、もはやその可能性も低いなあ、というのが正直な気持ちですが、可能性ゼロとはまだ云ってしまいますまい。いつ何が起こって、どんなモチベーションが持ち上がってくるか分かりませんからね。――と、そのくらいの緩やかな気構えで、「本格」との今後の付き合いも続けていきたいものだと考えています。

二〇〇六年二月

綾辻　行人

解説

辻村深月

「友人」と呼ぶとだいぶ語弊があるし、何より私がそう口にするのはおこがましいことこの上ないのだが、敢えてそう呼ばせていただきたい。私には、一生を通じて関わらせていただきたい、お付き合いさせていただけたらと願う憧れの存在がある。私はその友人と、今からもう十二年も昔、中学入学と同時期に、綾辻行人氏の手によって、幸運にも引き合わせていただいた。

その時の第一印象は、ただただ「衝撃」の一言に尽きる。それまでも、遠くから姿を拝見したことはあったし、それと意識せずに接していたことはあったのだが、綾辻氏の手によって初めて、私の中で名前を持った実在の存在となった。以来、私はたちまち、この友人の持つ、その不思議な魅力の虜《とりこ》となった。

さまざまな言い方と見方ができるのだろうけど、その友人の性格を一言で表すと、「とても正直で卑怯なことが大嫌い」。法則を重んじて、直球を好む。かと思えば、真面目一辺倒《いっぺんとう》なわけでもなくて、相手を煙に巻くようなユーモアのセンスも持ち合わせていて、時には少々意地悪な言葉遊びでこちらを翻弄《ほんろう》したり、からかったりもする。しかしそれは決して不快なやり取りではなく、対話していると、徐々にその巧みな話術に引き込まれ、気が付くとそうやって翻弄されることそのものが楽しみになり、癖《くせ》になる。鮮やかに構築された論理の綺麗さに舌を巻くこともしばしばだ。

欠点は、あまりにまっすぐで、少々融通が利かないところ。これは、見る人が見れば、そっくりそのまま美点とも映る個性だけど、たとえば私のような小心者がこの友人と接する場合は、やはりこの個性の前に少々腰が引けてしまう。自分が正しいことをしているかどうかを、常に曇りのない目で正面から試されている気分がして、気詰まりがする。息苦しさに逃げ出してしまいたくなることも、正直ある。

だから、私のこの友人との付き合い方は決して「正攻法」ではない。一対一で正面から向き合うと、私の経験不足から話題が続くかどうかが心配になってしまうし、何よりあまりに畏《おそ》れ多い気がしてしまう。だから大抵、私が彼に向き合う時は、別の誰かに同席してもらったり、あるいは完全なパーティー会場をセッティングして、大勢でわいわいやる中から、ひょいっと時折顔を覗かせてもらうような方法でお会いする。いつかは長い時間じっくりと心ゆくまで向き合いたいけど、今はこれが精一杯。

憧れが高じて、がちがちに緊張していて、まだ満足に口がきけないでいる。

その点、綾辻氏とこの友人との付き合い方は、見ていてため息が出るほど絶妙だ。まず、綾辻氏は無理をしない。自然な声音、言葉遣い、会話の温度を心がけ、とてもさりげなく、けれど濃厚なやり取りをする。相手の要求を丁寧に聞き、できる限りそれに応えるが、それは決して言いなりな姿勢ではなく、時にはとても鋭い切り口で相手に反論する。こんなやり方があったのか！　と息を呑むような、思っても見ない方法で果敢にアプローチして、時には相手の性質全体を根底からぐらぐらと揺さぶる。逃げることなく、正々堂々と一対一で向き合う姿は毅然としている。

更に驚くのは、普通であれば、そんな風に常に本気で相手に挑めば、衝突して喧嘩別れしてしまいそうなもの、関係が破綻してしまいそうなものであるのに、綾辻氏の場合はそれが絶対にない。この友人と綾辻氏の関係には安定感があり、お互いがお互いをかけがえのない存在だと認識していることがそこに垣間《かいま》見える。対話を終えると、見事に一つの美しい絵が浮かび上がって完成するその様は、氏がこの友人と向き合う時、全ての場合に通底している。

気になって意識せずにいられない、この「友人」の名前は「本格ミステリ」。私は中学一年生の春、近所の書店で綾辻氏の『十角館の殺人』を手にとったことから、その存在を強く意識するようになり、以来、一生を通じて何らかの形で携わっていけたらと強い憧れを持つようになった。私にとっては畏れ多く、険しくて、腰が引ける道。けれど、綾辻氏は実に巧く、前述した通りの付き合い方で、このジャンルの持つ魅力を今も世に広く送り出し、第二、第三の私のような人間を生み出し続けている。綾辻行人という作家は、この「友人」の優れたプロモーターでもあるのだ。

さて、本書『鳴風荘事件』は、そうした本格ミステリ・プロモーターとしての綾辻氏の本領が存分に発揮された傑作である。

シリーズ前作『殺人方程式』において、氏は「犯人が死体を切断した理由」という「何故」を私たちに提示し、それを軸に物語を展開させていったが、本書でもまた、魅力的な「何故」が示される。「犯人が死体の髪を切って持ち去った理由」を、読者は作中の人物たちとともにあれこれ頭を悩ませながら探っていくことになる。「月蝕の夜の殺人」、「再会する友人たち」、「切られた髪」、「屋根のない密室」。魅力的な舞台装置とともに推理を進めていく。人間関係の妙や、登場人物たちの生き生きとした明るさ、コミカルさにも引き込まれるが、しかし本書の性質は論理につぐ論理の「本格ミステリ」を貫《つらぬ》いている。そして、物語終盤に差し掛かって、綾辻氏は「読者への挑戦」を公開するのだ。

「読者への挑戦」を挿入するというのはつまり、それまでの過程の中で、真相に辿り着くために必要な推理の材料を全て示すことであり、同時にそれは、完全に「フェア」であることを声高に宣言する、ということだ。「誰が」、「どうやったのか」、提示された「何故」に対する答えがそこまでに必ず見えるようにすることが要され、また作者の用意したその「答え」には、その他の別の「答え」が付け入る隙があってはならない。正に、私の考える綾辻氏と「本格ミステリ」の付き合い方そのものを具現化したような装置である。そして言うまでもなく、本書はこの装置の性質を充分に活かした内容になっていて、実にきれいな着地をきめる。

けれど、綾辻氏の小説は不思議だ。「読者への挑戦」を使うような、一見トリックやロジックに強固に縛られて見える作品を書いても、そのエンターテインメント性は、パズル性によってのみ成立しているわけではないことが、最後まで読むとわかる。純粋なトリックが完成しているところに、繊細な筆致や氏独自の雰囲気や世界観の要素が入り込み、何よりも「小説」として面白く読むことができる。そんなところが、私が氏を本格ミステリ・プロモーターとして意識する所以《ゆえん》なのかもしれない。ミステリ初心者を気後れさせたり、変に構えさせることなく、さりげなくその世界に引き込む術《すべ》を、氏は心得ているのだろう。作品によってもたらされた興奮と読後感に感化されて、彼らは次なるミステリを求めるようになるに違いない。その点において、綾辻ミステリは、洗練された入り口であり、原点にして頂点なのだ。

生涯の友人として「本格ミステリ」と対等に渡り合う作家・綾辻行人は、私の憧れである。フェアを貫き、正面から向き合い、いつでも美しい一枚絵を完成させる。ノベルスで一度楽しんだ方も、是非今一度、氏のその姿勢を意識しながら、本書を楽しんでみて欲しい。

綾辻行人著作リスト（2022年8月現在）

【長編】

1 『十角館の殺人』
講談社ノベルス／1987年9月
講談社文庫／1991年9月
講談社文庫――新装改訂版／2007年10月
講談社 YA! ENTERTAINMENT／2008年9月

2 『水車館の殺人』
講談社――限定愛蔵版／2017年9月
講談社ノベルス／1988年2月
講談社文庫／1992年3月
講談社文庫――新装改訂版／2008年4月
講談社 YA! ENTERTAINMENT／2010年2月

3 『迷路館の殺人』
講談社ノベルス／1988年9月
講談社文庫／1992年9月
講談社文庫――新装改訂版／2009年11月

4 『緋色の囁き』
祥伝社ノン・ノベル／1988年10月
祥伝社ノン・ポシェット／1993年7月
講談社文庫／1997年11月
講談社文庫――新装改訂版／2020年12月

5 『人形館の殺人』
講談社ノベルス／1989年4月
講談社文庫／1993年5月
講談社文庫――新装改訂版／2010年8月

6 『殺人方程式――切断された死体の問題――』
光文社カッパ・ノベルス／1989年5月
光文社文庫／1994年2月
講談社文庫／2005年2月

7 『暗闇の囁き』
祥伝社ノン・ノベル／1989年9月
祥伝社ノン・ポシェット／1994年7月
講談社文庫／1998年6月
講談社文庫――新装改訂版／2021年5月

8 『殺人鬼』
双葉社／1990年1月

双葉ノベルズ／1994年10月
新潮文庫／1996年2月
角川文庫（改題『殺人鬼　――覚醒篇』）／2011年8月

9
『霧越邸殺人事件』
新潮社／1990年9月
新潮文庫／1995年2月
祥伝社ノン・ノベル／2002年6月
角川文庫――完全改訂版（上）（下）／2014年3月

10
『時計館の殺人』
講談社ノベルス／1991年9月
講談社文庫／1995年6月
双葉文庫（日本推理作家協会賞受賞作全集68）／2006年6月
講談社文庫――新装改訂版（上）（下）／2012年6月

11
『黒猫館の殺人』
講談社ノベルス／1992年4月
講談社文庫／1996年6月
講談社文庫――新装改訂版／2014年1月

12
『黄昏の囁き』
祥伝社ノン・ノベル／1993年1月
講談社文庫／1996年7月
祥伝社ノン・ポシェット／2001年5月
講談社文庫――新装改訂版／2021年8月

13
『殺人鬼Ⅱ――逆襲篇――』
双葉社／1993年10月
双葉ノベルズ／1995年8月
新潮文庫／1997年2月
角川文庫（改題『殺人鬼　――逆襲篇』）／2012年2月

14
『鳴風荘事件――殺人方程式Ⅱ――』
光文社カッパ・ノベルス／1995年5月
光文社文庫／1999年3月
講談社文庫／2006年3月

15
『最後の記憶』
角川書店／2002年8月
カドカワ・エンタテインメント／2006年1月
角川文庫／2007年6月

16
『暗黒館の殺人』
講談社ノベルス――（上）（下）／2004年9月

講談社――限定愛蔵版／２００４年９月
講談社文庫――(一)(二)／２００７年10月
講談社文庫――(三)(四)／２００７年11月

17 **『びっくり館の殺人』**
講談社ミステリーランド／２００６年３月
講談社ノベルス／２００８年11月
講談社文庫／２０１０年８月

18 **『Another』**
角川書店／２００９年10月
角川文庫――(上)(下)／２０１１年11月
角川スニーカー文庫――(上)(下)
／２０１２年３月

19 **『奇面館の殺人』**
講談社ノベルス／２０１２年１月
講談社文庫――(上)(下)／２０１５年４月

20 **『Another エピソードS』**
角川書店／２０１３年７月
角川書店――軽装版／２０１４年12月
角川文庫／２０１６年６月

21 **『Another 2001』**
ＫＡＤＯＫＡＷＡ／２０２０年９月

【中・短編集】

1 **『四〇九号室の患者』**（表題作のみ収録）
森田塾出版（南雲堂）／１９９３年９月

2 **『眼球綺譚』**
集英社／１９９５年10月
祥伝社ノン・ノベル／１９９８年１月
集英社文庫／１９９９年９月
角川文庫／２００９年１月

3 **『フリークス』**
光文社カッパ・ノベルス／１９９６年４月
光文社文庫／２０００年３月
角川文庫／２０１１年４月

4 **『どんどん橋、落ちた』**
講談社／１９９９年10月
講談社ノベルス／２００１年11月
講談社文庫／２００２年10月
講談社文庫――新装改訂版／２０１７年２月

5 **『深泥丘奇談』**
メディアファクトリー／２００８年２月
ＭＦ文庫ダ・ヴィンチ／２０１１年12月
角川文庫／２０１４年６月

6『深泥丘奇談・続』
メディアファクトリー／２０１１年３月
MF文庫ダ・ヴィンチ／２０１３年２月
角川文庫／２０１４年９月

7『深泥丘奇談・続々』
KADOKAWA／２０１６年７月
角川文庫／２０１９年８月

8『人間じゃない　綾辻行人未収録作品集』
講談社／２０１７年２月
講談社文庫（増補・改題『人間じゃない〈完全版〉』）／２０２２年８月

【雑文集】

1『アヤツジ・ユキト　１９８７―１９９５』
講談社／１９９６年５月
講談社文庫／１９９９年６月
講談社――復刻版／２００７年８月

2『アヤツジ・ユキト　１９９６―２０００』
講談社／２００７年８月

3『アヤツジ・ユキト　２００１―２００６』
講談社／２００７年８月

4『アヤツジ・ユキト　２００７―２０１３』
講談社／２０１４年８月

【共著】

○漫画

＊『YAKATA①』（漫画原作／田篭功次画）
角川書店／１９９８年12月

＊『YAKATA②』（同）
角川書店／１９９９年10月

＊『YAKATA③』（同）
角川書店／１９９９年12月

＊『眼球綺譚――yui――』（漫画化／児嶋都画）
角川書店／２００１年１月
角川文庫（改題『眼球綺譚――COMICS――』）／２００９年１月

＊『緋色の囁き』（同）
角川書店／２００２年10月

＊『月館の殺人（上）』（漫画原作／佐々木倫子画）
小学館／２００５年10月
小学館――新装版／２００９年２月
小学館文庫／２０１７年１月

＊『月館の殺人（下）』（同）
小学館／２００６年９月

小学館——新装版／２００９年２月
小学館文庫／２０１７年１月
＊『Another ①』（漫画化／清原紘画）
角川書店／２０１０年10月
＊『Another ②』（同）
角川書店／２０１１年３月
＊『Another ③』（同）
角川書店／２０１１年９月
＊『Another ④』（同）
角川書店／２０１２年１月
＊『Another ０巻　オリジナルアニメ同梱版』（同）
角川書店／２０１２年５月
＊『十角館の殺人①』（漫画化／清原紘画）
講談社／２０１９年11月
＊『十角館の殺人②』（同）
講談社／２０２０年８月
＊『十角館の殺人③』（同）
講談社／２０２１年３月
＊『十角館の殺人④』（同）
講談社／２０２１年10月
＊『十角館の殺人⑤』（同）
講談社／２０２２年５月

○絵本
＊『怪談えほん８　くうきにんげん』（絵・牧野千穂）
岩崎書店／２０１５年９月
○対談
＊『本格ミステリー館にて』（vs. 島田荘司）
森田塾出版／１９９２年11月
角川文庫（改題『本格ミステリー館』）／１９９７年12月
＊『セッション——綾辻行人対談集』
集英社／１９９６年11月
集英社文庫／１９９９年11月
＊『綾辻行人と有栖川有栖のミステリ・ジョッキー①』（対談＆アンソロジー）
講談社／２００８年７月
＊『綾辻行人と有栖川有栖のミステリ・ジョッキー②』（同）
講談社／２００９年11月
＊『綾辻行人と有栖川有栖のミステリ・ジョッキー③』（同）
講談社／２０１２年４月

＊『シークレット　綾辻行人ミステリ対談集in京都』
光文社／２０２０年９月

○エッセイ

＊『ナゴム、ホラーライフ　怖い映画のススメ』（牧野修と共著）
メディアファクトリー／２００９年６月

○オリジナルドラマＤＶＤ

＊『綾辻行人・有栖川有栖からの挑戦状①
安楽椅子探偵登場』（有栖川有栖と共同原作）
メディアファクトリー／２００１年４月

＊『綾辻行人・有栖川有栖からの挑戦状②
安楽椅子探偵、再び』（同）
メディアファクトリー／２００１年４月

＊『綾辻行人・有栖川有栖からの挑戦状③
安楽椅子探偵の聖夜〜消えたテディ・ベアの謎〜』（同）
メディアファクトリー／２００１年11月

＊『綾辻行人・有栖川有栖からの挑戦状④
安楽椅子探偵とＵＦＯの夜』（同）
メディアファクトリー／２００３年７月

＊『綾辻行人・有栖川有栖からの挑戦状⑤
安楽椅子探偵と笛吹家の一族』（同）
メディアファクトリー／２００６年４月

＊『綾辻行人・有栖川有栖からの挑戦状⑥
安楽椅子探偵　ＯＮ　ＡＩＲ』（同）
メディアファクトリー／２００８年11月

＊『綾辻行人・有栖川有栖からの挑戦状⑦
安楽椅子探偵と忘却の岬』（同）
ＫＡＤＯＫＡＷＡ／２０１７年３月

＊『綾辻行人・有栖川有栖からの挑戦状⑧
安楽椅子探偵　ＯＮ　ＳＴＡＧＥ』（同）
ＫＡＤＯＫＡＷＡ／２０１８年６月

【アンソロジー編纂】

＊『綾辻行人が選ぶ！　楳図かずお怪奇幻想館』（楳図かずお著）
ちくま文庫／２０００年11月

＊『贈る物語　Mystery』
光文社／２００２年11月
光文社文庫（改題『贈る物語　Mystery　九つの謎宮《めいきゅう》』）／２００６年10月

＊『綾辻行人選　スペシャル・ブレンド・ミステリー　謎009』（日本推理作家協会編）

講談社文庫／２０１４年９月

＊『**連城三紀彦　レジェンド　傑作ミステリー集**』
（連城三紀彦著／伊坂幸太郎、小野不由美、米澤穂信と共編）
講談社文庫／２０１４年11月

＊『**連城三紀彦　レジェンド２　傑作ミステリー集**』（同）
講談社文庫／２０１７年９月

【ゲームソフト】

＊『**黒ノ十三**』（監修）
トンキンハウス（ＰＳ用）／１９９６年９月

＊『**ナイトメア・プロジェクト　ＹＡＫＡＴＡ**』
（原作・原案・脚本・監修）
アスク（ＰＳ用）／１９９８年６月

【書籍監修】

＊『**ＹＡＫＡＴＡ—Nightmare Project—**』（ゲーム攻略本）
メディアファクトリー／１９９８年８月

＊『**綾辻行人　ミステリ作家徹底解剖**』（スニーカー・ミステリ倶楽部編）
角川書店／２００２年10月

＊『**新本格謎夜会《ミステリー・ナイト》**』（有栖川有栖と共同監修）
講談社ノベルス／２００３年９月

＊『**綾辻行人殺人事件　主たちの館**』（イーピン企画と共同監修）
講談社ノベルス／２０１３年４月

一九九五年五月　カッパ・ノベルス刊
一九九九年三月　光文社文庫刊

|著者| 綾辻行人　1960年京都府生まれ。京都大学教育学部卒業、同大学院修了。'87年に『十角館の殺人』で作家デビュー、〝新本格ムーヴメント〟の嚆矢となる。'92年、『時計館の殺人』で第45回日本推理作家協会賞を受賞。『水車館の殺人』『びっくり館の殺人』など、〝館シリーズ〟と呼ばれる一連の長編は現代本格ミステリを牽引する人気シリーズとなった。ほかに『殺人鬼』『霧越邸殺人事件』『眼球綺譚』『最後の記憶』『深泥丘奇談』『Another』などがある。2004年には2600枚を超える大作『暗黒館の殺人』を発表。デビュー30周年を迎えた'17年には『人間じゃない　綾辻行人未収録作品集』が講談社より刊行された。'18年度、第22回日本ミステリー文学大賞を受賞。

鳴風荘事件《めいふうそうじけん》 殺人方程式《さつじんほうていしき》Ⅱ

綾辻行人《あやつじゆきと》

© Yukito Ayatsuji 2006

2006年3月15日第1刷発行
2023年7月12日第8刷発行

発行者――鈴木章一
発行所――株式会社　講談社
東京都文京区音羽2-12-21　〒112-8001
電話　出版　(03) 5395-3510
　　　販売　(03) 5395-5817
　　　業務　(03) 5395-3615

Printed in Japan

講談社文庫
定価はカバーに
表示してあります

KODANSHA

デザイン―菊地信義
本文データ制作―講談社デジタル製作
印刷―――株式会社KPSプロダクツ
製本―――株式会社KPSプロダクツ

落丁本・乱丁本は購入書店名を明記のうえ、小社業務あてにお送りください。送料は小社負担にてお取替えします。なお、この本の内容についてのお問い合わせは講談社文庫あてにお願いいたします。
本書のコピー、スキャン、デジタル化等の無断複製は著作権法上での例外を除き禁じられています。本書を代行業者等の第三者に依頼してスキャンやデジタル化することはたとえ個人や家庭内の利用でも著作権法違反です。

ISBN4-06-275311-1

講談社文庫刊行の辞

二十一世紀の到来を目睫に望みながら、われわれはいま、人類史上かつて例を見ない巨大な転換期をむかえようとしている。

世界も、日本も、激動の予兆に対する期待とおののきを内に蔵して、未知の時代に歩み入ろうとしている。このときにあたり、創業の人野間清治の「ナショナル・エデュケイター」への志を現代に甦らせようと意図して、われわれはここに古今の文芸作品はいうまでもなく、ひろく人文・社会・自然の諸科学から東西の名著を網羅する、新しい綜合文庫の発刊を決意した。

激動の転換期はまた断絶の時代である。われわれは戦後二十五年間の出版文化のありかたへの深い反省をこめて、この断絶の時代にあえて人間的な持続を求めようとする。いたずらに浮薄な商業主義のあだ花を追い求めることなく、長期にわたって良書に生命をあたえようとつとめるところにしか、今後の出版文化の真の繁栄はあり得ないと信じるからである。

同時にわれわれはこの綜合文庫の刊行を通じて、人文・社会・自然の諸科学が、結局人間の学にほかならないことを立証しようと願っている。かつて知識とは、「汝自身を知る」ことにつきていた。現代社会の瑣末な情報の氾濫のなかから、力強い知識の源泉を掘り起し、技術文明のただなかに、生きた人間の姿を復活させること。それこそわれわれの切なる希求である。

われわれは権威に盲従せず、俗流に媚びることなく、渾然一体となって日本の「草の根」をかたちづくる若く新しい世代の人々に、心をこめてこの新しい綜合文庫をおくり届けたい。それは知識の泉であるとともに感受性のふるさとであり、もっとも有機的に組織され、社会に開かれた万人のための大学をめざしている。大方の支援と協力を衷心より切望してやまない。

一九七一年七月

野間省一